W0308469

BRAM STOKER

Dracula

Traduction par Jacques Finné

Présentation, notes,
choix des extraits et dossier
par Anne Cassou-Noguès
et Marie-Aude de Langenhagen

ÉTONNANTS CLASSIQUES

GF Flammarion

Le fantastique
dans la même collection

BRADBURY, *L'Heure H et autres nouvelles*
L'Homme brûlant et autres nouvelles
CHAMISSO, *L'Étrange Histoire de Peter Schlemihl*
GAUTIER, *La Morte amoureuse, La Cafetière et autres nouvelles*
GOGOL, *Le Nez, Le Manteau*
HOFFMANN, *L'Enfant étranger*
Le Violon de Crémone, Les Mines de Falun
KAFKA, *La Métamorphose*
MAUPASSANT, *Le Horla et autres contes fantastiques*
POE, *Le Chat noir et autres contes fantastiques*
POUCHKINE, *La Dame de pique et autres nouvelles*
ROSNY AÎNÉ, *La Mort de la terre*
SHELLEY (MARY), *Frankenstein*
STEVENSON, *Le Cas étrange du Dr Jekyll et de Mr. Hyde*
VILLIERS DE L'ISLE-ADAM, *Véra et autres nouvelles fantastiques*
WILDE, *Le Fantôme de Canterville et autres nouvelles*

ISBN : 2-08-072188-7
ISSN : 1269-8822

Sommaire

5 PRÉSENTATION

Dracula

229 DOSSIER

Bram Stoker (1847-1912).

BRAM STOKER ET LE MYTHE DE DRACULA

De l'enfant chétif au jeune homme vigoureux

Abraham, dit Bram, Stoker naît le 8 novembre 1847 à Clontarf, un petit village situé au nord de Dublin. Enfant à la santé fragile, il est souvent alité, ce qui donne l'occasion à sa mère de lui raconter des histoires surnaturelles. En novembre 1863, son père décide de l'inscrire au Trinity College de Dublin afin qu'il intègre l'administration. C'est dans cette université, qui accueillit notamment Maturin, Le Fanu et Oscar Wilde, que s'opère la métamorphose physique et intellectuelle de Bram Stoker. Surnommé « le géant à la barbe rousse », il se distingue par ses prouesses sportives, s'enthousiasme pour le théâtre et éprouve une grande fascination pour l'acteur Henry Irving. Dès lors, il aspire à gagner Londres, capitale culturelle.

Du journaliste au directeur de théâtre

Bram Stoker devient critique théâtral pour le *Dublin Mail* tout en occupant un poste administratif. Parallèlement, il commence à écrire et publie son premier recueil de nouvelles fantastiques, *Au-delà du crépuscule*, en 1882. Après avoir épousé une jeune comédienne, il s'installe à Londres, où il devient l'agent artistique de Henry Irving et le régisseur comptable du Lyceum Theatre. Introduit dans les salons littéraires, il côtoie des passionnés de récits surnaturels, parmi lesquels Le Fanu, auteur du célèbre *Carmilla* (1871, voir dossier, p. 230). On pense qu'il adhère alors à la Golden Dawn, une société secrète adepte de sciences occultes et de magie.

Dracula, *ou la création d'un mythe*

Bram Stoker travaille à son grand roman, *Dracula* (1897), pendant dix ans. Le livre remporte un vif succès, qui vaut à l'auteur son adhésion au Cercle des génies de l'étrange[1]. Stoker publie ensuite de nombreux autres récits et consacre la fin de sa vie à l'écriture. Dans l'espoir de rencontrer un accueil aussi favorable que celui qu'il connut à la parution de *Dracula*, il renoue avec le récit fantastique dans son dernier roman, *The Lair of the White Worm* (*Le Repaire du ver blanc*, 1911). Il meurt d'une maladie rénale le 21 avril 1912.

DRACULA, UN RÉCIT FANTASTIQUE

La fin du roman noir

En Angleterre comme en France, le premier tiers du XIXe siècle est marqué par le triomphe du roman noir, ou roman gothique. En plein apogée du rationalisme, cette littérature permet d'échapper à un univers où dominent

1. *Cercle des génies de l'étrange* : cercle littéraire qui se réunit pour lire des textes fantastiques.

les règles de la raison et de se réfugier dans un monde peuplé de fantômes et de démons. Le roman noir est un genre codé, considéré comme facile et, de ce fait, réputé réservé aux femmes ! Ces récits, qui visent à susciter la peur, recourent aux châteaux moyenâgeux en ruines, souvent hantés, où s'accumulent des cadavres sanglants, ainsi qu'aux apparitions surnaturelles ou démoniaques. D'horribles bruits et autres grincements viennent amplifier la terreur du lecteur… Forme littéraire répétitive et « limitée », le roman noir lasse le public et décline à partir des années 1820[1].

Le fantastique, une définition problématique

Au roman gothique succède le récit fantastique, dont l'émergence coïncide avec le développement des recherches sur les maladies mentales et l'intérêt croissant pour la biologie. Les avancées scientifiques et médicales, comme celles du professeur Charcot sur l'hystérie ou l'hypnose, conduisent certains auteurs à s'interroger sur l'homme (l'individu est un être complexe) et sur la représentation du monde (est-il purement matériel ? Par quoi ou par qui est-il régi ?). La littérature fantastique, qui reflète ces interrogations, prospère entre 1884 et 1898. Protéiforme, elle échappe à la définition.

Les auteurs de récits fantastiques du XIXe siècle ont peu théorisé le genre, et par conséquent n'en ont pas

1. Les auteurs britanniques de romans gothiques les plus célèbres sont Ann Radcliffe, qui compose *Les Mystères d'Udolphe* en 1794, M.G. Lewis, qui publie *Le Moine* en 1796, et Charles Robert Maturin, qui fait paraître *Melmoth* en 1820.

donné de définition rigoureuse. Les théoriciens contemporains, quant à eux, ne s'entendent pas sur une définition commune. P.-G. Castex parle d'une « intrusion brutale du mystère dans la vie réelle[1] ». R. Caillois insiste sur l'effet produit par le texte et indique que l'« intervention du surnaturel doit obligatoirement aboutir à un effet de terreur[2] ». T. Todorov, dans sa célèbre *Introduction à la littérature fantastique*[3], fonde le fantastique sur une hésitation entre une explication rationnelle et une explication irrationnelle des événements étranges : « Le fantastique, c'est l'hésitation éprouvée par un être qui ne connaît que les lois naturelles, face à un événement en apparence surnaturel [...]. Un phénomène inexplicable a lieu ; pour obéir à son esprit déterministe, le lecteur se voit obligé de choisir entre deux solutions : ou bien ramener ce phénomène à des causes connues, à l'ordre naturel, en qualifiant d'imaginaires les faits insolites ; ou bien admettre l'existence du surnaturel et donc apporter une modification à l'ensemble des représentations qui forment son image du monde. Le fantastique dure le temps de cette incertitude ; dès que le lecteur opte pour l'une ou l'autre solution, il glisse dans l'étrange ou dans le merveilleux. » Plus récemment, J. Malrieu place au cœur du fantastique « la confrontation d'un personnage isolé et d'un phénomène, extérieur à lui ou non, surnaturel ou non, mais dont la présence ou l'intervention représente une contradiction profonde avec les cadres de pensée et de vie du

1. P.-G. Castex, *Le Conte fantastique en France, de Nodier à Maupassant*, José Corti, 1987.
2. R. Caillois, *Anthologie du fantastique*, Gallimard, 1985.
3. T. Todorov, *Introduction à la littérature fantastique*, Seuil, 1970.

personnage, au point de les bouleverser complètement et durablement[1] ».

Toutes ces définitions ne se contredisent pas mais se complètent. Le roman de Bram Stoker s'y conforme : un élément perturbateur (le vampire Dracula) vient bouleverser la vie quotidienne des personnages (les Harker, Van Helsing, Seward, Lucy, Arthur et Quincey) et leur impose une révision de leurs « cadres de pensée ». Après avoir douté de la nature vampirique de Dracula, les protagonistes sont contraints d'accepter cette réalité surnaturelle et se constituent en coalition pour anéantir le monstre.

Les personnages contre le phénomène

Le récit de *Dracula* donne à voir la lutte des personnages contre un phénomène étrange : le vampire. Ces deux entités sont radicalement antithétiques.

D'un côté se trouvent les forces du Bien, qui doivent anéantir le vampire. Ce groupe est hétérogène : il est composé d'une femme (Mina Harker), de son mari (Jonathan Harker), des jeunes soupirants de Lucy (Arthur Holmwood, Quincey Morris et John Seward) et de scientifiques (outre le docteur John Seward, le professeur Van Helsing). Le récit ne donne pas la même importance à tous ces personnages ligués contre Dracula. Arthur et Quincey ne sont que des personnages secondaires dans la mesure où leur point de vue n'est jamais présenté au lecteur : ils ne tiennent pas de journal et écrivent peu. Mina, seule femme du groupe, est

1. J. Malrieu, *Le Fantastique*, Hachette, 1992.

vampirisée par le comte Dracula et correspond en cela à la représentation archétypale de la femme dans le récit fantastique – souvent transparente, elle est apte à se transformer en phénomène. Cependant, avant de devenir spectatrice des événements (« En ce qui vous concerne, madame Mina, à partir de ce soir, vous ne vous occuperez plus de rien jusqu'à ce que tout soit rentré dans l'ordre », p. 180), Mina agit en prenant l'initiative de montrer le journal de Jonathan à Van Helsing. Enfin, Jonathan, John et Van Helsing sont les personnages les plus actifs. Au début, ce sont des individus assez communs. Jonathan est un modeste *solicitor* et Seward un docteur en mal de reconnaissance : leur banalité facilite le processus d'identification du lecteur. Van Helsing, lui, est plus marginal : sans attache affective ou sociale, c'est un homme au savoir supérieur (« C'est un philosophe, métaphysicien, un des hommes de science les plus avancés de cette époque, un de ces rares hommes qui, en dépit de son monstrueux savoir, aient gardé un esprit ouvert », p. 83). Isolé intellectuellement, il peine à faire partager son savoir (« Voulez-vous me faire avaler que Lucy aurait été mordue par une de ces chauves-souris, et ce en plein Londres, en plein milieu du XIXe siècle ? », p. 146). Ces trois personnages vont être ébranlés par leur confrontation avec le vampire : Jonathan manque de devenir fou, Seward est contraint de renoncer à son rationalisme rigoureux (« vous ne permettez pas à vos yeux de voir ni à vos oreilles d'entendre et vous ne vous encombrez pas de tout ce qui transcende votre vie quotidienne », p. 144). Ils doivent accueillir et accepter le surnaturel, pour mieux l'anéantir. Marqués à jamais par leur expérience, les héros l'emportent finalement. Le monstre meurt et l'homme triomphe. Les héros sortent ainsi grandis de leur lutte contre le vampire. Cette expérience les a révélés à eux-mêmes : «il [le fils de Mina et Jonathan] comprendra que plusieurs hommes l'ont aimée [Mina] au point d'oser, pour son salut, ce qu'ils n'auraient jamais osé autrement» (p. 227). Le vampire permet donc à l'homme de repousser ses limites et de se dépasser; ce n'est pas Dieu qu'il découvre mais lui-même.

Face à ces héros se trouve l'autre entité, l'incarnation du Mal, Dracula. Celui-ci est un être supérieur (par sa force et ses dons surnaturels), maléfique et presque indestructible. Il engendre la haine chez ceux qui le combattent : puisque Dracula rejette la religion, le travail et la structure sociale, il est un sujet déviant, qui menace l'ordre établi. Par conséquent, il ne saurait être toléré. Le roman de Bram Stoker conforte une vision manichéenne du monde. Il promeut les valeurs conservatrices et sclérosées de la société victorienne : la bourgeoisie (les Harker) doit triompher d'une noblesse féodale décadente (le comte Dracula) grâce à son labeur et à sa bonne conduite.

DRACULA, ENTRE TRADITION ET MODERNITÉ

On fait souvent du roman de Bram Stoker l'origine d'un mythe. Dracula s'inscrit pourtant dans une longue tradition de vampires...

Dracula, dans la tradition des vampires

• ***Les vampires dans l'Histoire***

L'histoire du vampirisme est longue, puisqu'il puise ses racines dans l'Antiquité (la mythologie grecque présente de nombreuses créatures buveuses de sang, parmi lesquelles des striges) et dans la tradition judéo-chrétienne (Lilith, première femme d'Adam répudiée, suce le sang des nourrissons et dépouille les jeunes hommes de leur virilité la nuit). Au cours du Moyen Âge, on observe les premières manifestations de pratiques vampiriques et, en 1484, Innocent VIII reconnaît officiellement l'existence de morts vivants. Au XVIIe siècle, la foi portée aux histoires de vampires se développe particulièrement en Europe de l'Est, où l'analphabétisme est plus propice à la diffusion de superstitions qu'à celle des grandes découvertes de la Renaissance. Au XVIIIe siècle, les rumeurs au sujet des loups-garous et des morts vivants se multiplient dans toute l'Europe. On étudie très sérieusement des cas de vampirisme et, en 1732, apparaît pour la première fois en français le mot « vampyre ». Cette effervescence du phénomène peut s'expliquer par les nombreuses épidémies qui dévastent des régions entières et sèment la panique, par la fin de la chasse aux sorcières (pour exorciser leurs terreurs, les populations ont besoin de trouver des responsables), mais aussi, paradoxalement, par la diffusion du rationalisme, qui fait reculer la religion et remet en cause les conceptions de la vie et de la mort. Les documents de l'époque s'accordent pour attribuer aux vampires trois caractéristiques : ils ont un corps (Dracula est «grand, mince, tout habillé de noir», p. 200), ils sortent de leurs tombes pour boire le sang de mortels afin de prolonger leur existence posthume (c'est ce que découvre Jonathan, p. 58), leurs victimes deviennent vampires à leur tour (Lucy apparaît ainsi «les lèvres [...] cramoisies de sang frais», p. 162).

Parmi ces vampires historiques, deux personnages ont particulièrement marqué les esprits. Vlad IV (1431-1476), aussi nommé «Tepes» (l'Empaleur) ou Dracula (nom forgé sur le roumain *dracul*, «diable», «dragon»), fait figure à la fois de héros national roumain (il est celui qui a libéré son pays des envahisseurs ottomans) et de tyran sanguinaire (il a fait empaler des milliers de personnes pour son seul plaisir). L'autre vampire historique célèbre est une femme. Il s'agit de la comtesse hongroise E. Bathory, qui fut jugée et condamnée en 1611 : elle avait fait assassiner des jeunes filles et avait bu leur sang pour préserver sa jeunesse et sa beauté.

• *L'entrée du vampire en littérature*

Paradoxalement, c'est au XIXe siècle que le vampire apparaît en littérature, alors qu'on ne croit plus au vampirisme remisé parmi les vieilles légendes et les superstitions. Pourtant, le succès des romans fantastiques, et plus précisément des histoires de vampires, peut largement s'expliquer par le contexte socioculturel de l'époque. Le XIXe siècle européen est avant tout celui de la révolution industrielle. Avec elle émerge une ère nouvelle : la société est dominée par la grande bourgeoisie, qui défend le travail et la rentabilité; la religion joue un rôle d'armature sociale; la science progresse. Cette société hiérarchisée et austère, qui laisse peu de place à la fantaisie, s'incarne dans le personnage de la reine Victoria qui occupe le trône de Grande-Bretagne et d'Irlande de 1837 à 1901. Or c'est précisément l'Angleterre victorienne qui est le berceau du genre fantastique. Les auteurs multiplient les innovations destinées à rendre le personnage du vampire toujours plus mystérieux, plus étrange : Le Fanu le dote de canines proéminentes, Stoker le rend sensible à l'odeur de l'ail, etc. En outre, les histoires les plus horribles et les plus subversives peuvent être racontées sous le couvert du surnaturel, pourvu que la morale établie triomphe dans le dénouement! «Le Vampire» (1819) de Polidori, et *Carmilla* (1871), de Le Fanu, les deux grands précurseurs de *Dracula*, présentent ainsi des personnages pervers et destructeurs, mais séduisants. De même, *Dracula* exprime les fantasmes réprimés de toute une société dans la scène de séduction des trois femmes-vampires (p. 50) et à travers la fascination qu'exerce le comte. Mais la mort du vampire à la fin du roman marque le retour rassurant à l'ordre établi.

• *Le vampire au cinéma*

Le vampire connaît une seconde vie au cinéma, à partir de 1931, année de la première adaptation du roman de Bram Stoker, par Tod Browning, avec Bela Lugosi dans le rôle-titre. Le succès est très important dans une Amérique gravement touchée par la crise économique et qui trouve dans ce film un moyen de s'évader d'un quotidien difficile et de se libérer de ses angoisses. Ensuite, d'autres films réexploiteront le mythe de Dracula, parmi lesquels celui de Fisher, en 1958, *Le Cauchemar de Dracula*, et celui de Coppola, en 1992, *Dracula*[1].

La modernité du Dracula *de Bram Stoker*

Il serait faux de penser que Bram Stoker se contente dans son roman de compiler les croyances et superstitions sur les vampires qui se sont accumulées au cours des siècles. S'il dote son personnage des caractéristiques traditionnelles du vampire, il s'applique par ailleurs à expliquer scientifiquement le phénomène du vampirisme et le donne à voir à travers un récit polyphonique.

• *La théorisation scientifique du vampirisme*

Loin d'être seulement un ramassis de superstitions et de croyances populaires irrationnelles, le vampirisme est l'objet d'un discours médical et clinique dans le roman. Ainsi, dans le chapitre XIV, Van Helsing expose sa conception de la science au docteur Seward, encore incrédule. Pour le savant hollandais, il faut extraire de son esprit les « préjugés » qui l'encombrent, accepter d'avoir foi en « l'incroyable » afin d'être réceptif « aux choses étranges » (p. 148). L'exemple de Charcot (p. 145), scientifique de renommée européenne, lui sert d'argument d'autorité : tout comme ce médecin a

1. Voir dossier, p. 239.

remporté l'adhésion d'une communauté scientifique sceptique au sujet de l'hypnotisme, Van Helsing veut faire admettre l'existence des vampires (p. 144-148). Pour lui, la qualité première du scientifique est la manifestation d'un esprit ouvert : tout ce qui n'est pas rationnel ne doit pas nécessairement être considéré comme impossible. Si le vampirisme ne peut être expliqué, on doit néanmoins reconnaître son caractère réel. À plusieurs reprises, Van Helsing dit ainsi avoir des « preuve[s] » de l'existence des « *nosferatu* ». Au chapitre XVIII, le professeur est amené à développer sa théorie scientifique sur les vampires. Son exposé est rigoureusement construit : il commence par définir le « *nosferatu* » avant d'énumérer ses pouvoirs et ses faiblesses (p. 171 *sq.*). Jamais il n'omet de citer ses sources, c'est-à-dire les « traditions et les superstitions », qui, selon lui, « sont des sources dignes de foi » (p. 174). Plus qu'un exposé, son discours est une démonstration. En faisant de Van Helsing un scientifique de renom, en contact avec les plus grands savants européens, Bram Stoker donne donc au discours sur les vampires une caution scientifique. En plein siècle rationaliste et positiviste, il rédige un éloge des savoirs parallèles et occultes !

• *La polyphonie, un choix narratif original*

Une autre originalité dans le traitement du sujet fantastique réside dans le choix narratif. *Dracula* est un récit à la première personne, mais c'est un récit polyphonique[1]. L'écriture à la première personne est l'une des caractéristiques fondamentales du récit fantas-

---

1. *Polyphonique* : à plusieurs voix.

tique. Elle permet une meilleure identification du lecteur au narrateur-personnage et dramatise le récit. L'intérêt de ce roman est qu'il exacerbe ce dispositif, en présentant une situation d'énonciation très mobile, car cette première personne n'est jamais la même. Dans *Dracula*, les personnages principaux tiennent un journal (Jonathan, Mina, Seward...) ou écrivent des lettres (Lucy à Mina, Van Helsing à Mina...) : il n'y a donc pas de conscience, ou d'instance narrative supérieure, de même qu'il n'y a pas de regard rétrospectif. Le lecteur est ainsi invité à partager « en temps réel » les doutes, les frayeurs et les inquiétudes de chacun des personnages.

De plus, l'écriture à la première personne souligne l'importance du personnage dans le fantastique. Ce qui compte, ce sont moins les événements eux-mêmes que la façon dont les protagonistes les perçoivent. Les journaux et lettres reflètent ainsi la conscience des personnages face aux événements étranges qui les ébranlent. Ce que nous savons du comte correspond ainsi à ce qu'en ont vu les personnages. Le jugement sur le vampire demeure l'élément principal du récit.

Vampires dans l'Histoire		Vampires et monstres dans la fiction	
1431-1476	Naissance et mort de Vlad IV, dit Dracula, conquérant roumain, célèbre pour sa cruauté.		
1484	Innocent VIII reconnaît officiellement l'existence de morts vivants.		
1611	Procès et condamnation de la comtesse hongroise E. Bathory, accusée d'avoir fait assassiner des jeunes filles pour boire leur sang et ainsi préserver sa jeunesse et sa beauté.		
1725	Procès pour vampirisme du Hongrois P. Plogogowitz.		
1726	Procès pour vampirisme du Serbe A. Paole.		
1728	M. Ramft, *De masticatione mortuorum in tumulis liber* (*Traité sur la mastication des morts dans leur cercueil*).		
1732	Première attestation du mot « vampyre » en français.		
1746	Dom Calmet, *Traité sur les revenants en corps*, qui répertorie tous les types de morts vivants, condamnés par l'Église.	1764	H. Walpole, *Le Château d'Otrante* (roman gothique).
1769	Voltaire, article « vampire », dans le *Dictionnaire philosophique*. Condamnation des superstitions.		
		1794	A. Radcliffe, *Les Mystères d'Udolphe* (roman gothique).
		1796	M.G. Lewis, *Le Moine* (roman gothique).
		1797	W. Goethe, *La Fiancée de Corinthe.*

1818	M. Shelley, *Frankenstein*.
1819	J.W. Polidori, « Le Vampire » (premier récit en prose mettant en scène un vampire).
1836	T. Gautier, « La Morte amoureuse ».
1871	S. Le Fanu, *Carmilla*.
1886	R.L. Stevenson, *Le Cas étrange du docteur Jekyll et de Mr. Hyde*.
1897	**B. Stoker, *Dracula*.**
1914	B. Stoker, « L'Invité de Dracula » (publication posthume par la sœur de l'auteur : il s'agit du premier chapitre de *Dracula*, supprimé par B. Stoker).
1922	Murnau, *Nosferatu le vampire* (première adaptation fidèle du roman de B. Stoker).
1928	H.P. Lovecraft, « La Maison maudite ».
1931	T. Browning, *Dracula* (adaptation fidèle du roman de B. Stoker, avec Bela Lugosi dans le rôle-titre).
1958	T. Fisher, *Le Cauchemar de Dracula* (avec C. Lee).
1966	T. Fisher, *Dracula, prince des ténèbres* (avec C. Lee).
1967	R. Polanski, *Le Bal des vampires* (version parodique).
1976	A. Rice, *Entretien avec un vampire* (roman).
1979	W. Herzog, *Nosferatu, fantôme de la nuit* (hommage au film de Murnau).
1992	F.F. Coppola, *Dracula*.
2002	G. Maddin, *Dracula, pages tirées du journal d'une vierge* (adaptation filmique).

Dracula

Note de l'éditeur : le présent volume de *Dracula* est une édition par extraits. La numérotation des chapitres du texte intégral a été conservée. Les passages supprimés sont signalés et les résumés sont présentés dans un caractère différent. Dans le sommaire, les titres des chapitres résumés sont placés entre crochets.

CHAPITRE I

Journal de Jonathan Harker (sténographié)[1]

[Jonathan Harker, un *solicitor*[2] anglais, fait le voyage jusqu'en Transylvanie pour rencontrer le comte Dracula et lui présenter l'achat d'une propriété dans la banlieue de Londres. Le 3 mai, arrivé à Bistritz[3] et suivant les conseils du comte, il descend à l'auberge de la Couronne d'Or pour y passer la nuit. Le lendemain, lorsqu'il demande au propriétaire des lieux s'il connaît le comte Dracula, l'homme fait un signe de croix, de même que sa femme. Puis celle-ci, alors que Jonathan s'apprête à les quitter, le supplie de ne pas partir, lui expliquant qu'ils sont la veille de la Saint-Georges et que, lorsque la cloche sonnera minuit, « tout le mal du monde sera maître sur la terre ». Mais Jonathan ne tient pas compte de ces mises en garde et décide de poursuivre son chemin. La femme lui remet alors un crucifix. La nuit tombée, la diligence dans laquelle voyage Jonathan est

1. *Sténographié* : rédigé dans une écriture abrégée et codée, qui permet de noter la parole à la vitesse de prononciation normale.
2. *Solicitor* : notaire.
3. *Bistritz* : ville de Transylvanie, région historique de la Roumanie centrale.

rejointe par une calèche, conduite par un étrange chauffeur, chargé de le mener chez le comte. Bientôt, Jonathan consulte sa montre : il est quelques minutes avant minuit.]

5 mai – le château[1]. [...] Un chien commença à hurler, quelque part devant une ferme, au bas de la route, un long hurlement sonore qu'on aurait dit provoqué par la peur. Un autre chien le reprit, puis un autre, puis un autre encore jusqu'à ce que, porté sur le vent qui sifflait dans le col comme s'il gémissait, naquît un immense hurlement qui, dans l'obscurité trompeuse, paraissait venir de la campagne entière. Au premier cri, les chevaux se cabrèrent et tremblèrent mais quelques paroles du cocher suffirent à les apaiser. Ils se calmèrent mais tremblaient et transpiraient toujours, comme s'ils avaient longtemps galopé pour échapper à quelque terrible danger. À ce moment, dans le lointain, des sommets des montagnes qui nous entouraient, monta un hurlement plus sonore et plus aigu. C'étaient des loups, dont les cris effrayèrent les chevaux autant que moi-même. J'eus une seconde l'idée folle de sauter de la voiture, alors que l'attelage se cabrait et hennissait à nouveau, à tel point que le chauffeur devait user de sa force phénoménale pour les empêcher de s'emballer. En quelques moments, cependant, mes oreilles s'étaient habituées aux hurlements, et les chevaux si bien calmés que le cocher put descendre à leurs côtés. Il les flatta, les caressa, leur murmura des paroles apaisantes dans l'oreille, comme le font tous ceux qui comprennent les chevaux et savent se faire obéir d'eux. L'effet fut extraordinaire. Sous ses caresses et ses flatteries, ils s'apaisèrent, encore qu'ils

---

1. Jonathan écrit du château du comte Dracula.

continuassent à trembler. Le conducteur regagna son siège et, reprenant les rênes, repartit à toute allure. Cette fois, après avoir franchi le col, il prit soudain à droite, dans un chemin étroit.

Bientôt, des arbres nous entourèrent, qui, par endroits, formaient une véritable arche au point de me donner l'impression de galoper dans un tunnel. Et, à nouveau, d'énormes blocs de rochers déchiquetés nous surveillaient, de part et d'autre de la route, menaçants. Bien que protégés par ces masses de pierre, nous pouvions entendre le vent qui sifflait et gémissait, entrechoquant les branches des arbres au-dessus de nos têtes. Le froid devenait toujours plus aigu. De la neige poudreuse commença à tomber et, bientôt, la calèche et tout le paysage furent recouverts d'un blanc manteau. Le vent portait toujours les hurlements des chiens qui s'affaiblissaient, pourtant, à chaque instant. Par contre, ceux des loups se rapprochaient comme s'ils cherchaient à nous encercler. Mon épouvante s'en accrut, et celle des chevaux. Par contre, le conducteur demeurait parfaitement calme, regardant à gauche, puis à droite, puis encore à gauche. Je tentai de regarder, moi aussi, sans pouvoir percer l'obscurité.

Soudain, loin sur notre gauche, je remarquai une petite flamme bleue qui tremblotait. Le conducteur la vit en même temps que moi. Il arrêta tout de suite les chevaux et, sautant sur le sol, disparut dans la nuit. Je ne savais que faire, d'autant plus que les hurlements des loups s'approchaient encore. Je m'interrogeais toujours lorsque le cocher réapparut soudain, reprit son siège, sans un mot, et nous repartîmes de plus belle. Je crois que je devais m'être endormi et avoir rêvé l'incident car il sembla se répéter, sans fin, comme, justement, dans les plus terribles cauchemars.

Une fois même, la lueur brilla si près du chemin qu'en dépit de l'obscurité épaisse je pus suivre les gestes du cocher. Il se précipita vers l'endroit où naissait la flamme (très faible, car elle n'éclairait guère ce qui l'entourait), rassembla quelques pierres et les disposa en une forme étrange. Un peu plus tard, je subis un étrange effet d'optique : alors que le cocher s'interposait entre la flamme et moi, je continuai à la voir trembler dans le vent, comme si l'homme n'existait pas. Voilà qui me stupéfia, mais l'illusion ne dura que quelques secondes. Je conclus que mes yeux, à force de vouloir percer l'obscurité, avaient fini par me jouer un tour. Puis, pendant assez longtemps, je ne vis plus de flamme et nous continuâmes à vive allure ; les loups, hurlant de plus belle, paraissaient former, autour de nous, un cercle de plus en plus rapproché.

Et puis, le cocher redescendit et s'éloigna plus qu'il ne l'avait jamais fait. Pendant son absence, les chevaux tremblèrent jusqu'à hennir de peur. À cette peur, je ne voyais nulle cause, car les hurlements des loups avaient soudain cessé. En une seconde, alors, la lune apparut d'entre les nuages de suie, au-dessus de la crête déchiquetée d'un rocher hérissé de pins. À la faveur de la lumière, je distinguai, autour de nous, un cercle de loups – dents éclatantes, langues rouges, longs poils hérissés sur des membres musclés. Ils me parurent cent fois plus terribles, dans ce silence, que lorsqu'ils hurlaient. La peur me paralysa. Seule la vision même de pareilles horreurs permet à l'homme de mesurer toute leur puissance.

Soudain et tous ensemble, les loups reprirent leurs hurlements, comme si la lueur de la lune exerçait sur eux un effet particulier. Les chevaux se cabraient, hennissaient, jetaient autour d'eux des regards désespérés, pénibles à voir, mais le cercle épouvantable ne se brisait pas pour autant. Nous restions prisonniers. Je hurlai au cocher de revenir. Ma dernière chance, me disais-je, consistait à briser le cercle des loups afin d'aider notre homme à revenir. Je hurlai et frappai sur les parois de la calèche espérant effrayer les loups les plus proches et permettre au cocher de passer en toute sécurité.

Comment il fut soudain près de moi, je ne sais, mais j'entendis sa voix s'élever, prendre le ton d'autorité irrésistible. Je le vis alors, au milieu de la route. Il tendait ses longs bras, comme pour repousser un mur invisible. Les loups reculèrent, peu à peu, à nouveau silencieux. À ce moment précis, un lourd nuage masqua la lune et l'obscurité nous enveloppa une fois de plus.

Lorsque je pus encore distinguer quelque chose, le conducteur grimpait sur la calèche. Les loups avaient disparu. Tout était si étrange, si effrayant qu'une terreur s'empara de moi au point de m'interdire la moindre parole, le moindre mouvement. Nous avions repris notre route, dans une obscurité opaque – les nuages qui roulaient dans le ciel avaient complètement étouffé la lune. Le voyage me paraissait à présent ne jamais devoir se terminer. Nous montions et descendions, mais, à l'allure générale, je pouvais conclure qu'en fin de compte nous gagnions de l'altitude. Enfin, le cocher fit entrer l'attelage dans la cour intérieure d'un vaste château en ruine. Aucun rayon de lumière ne tombait des fenêtres ; les créneaux endommagés se profilaient, comme des dents, dans le ciel où brillait à nouveau la lune.

CHAPITRE II

Journal de Jonathan Harker (suite)

[Le cocher a déposé Jonathan avec ses bagages. Ce dernier observe l'énorme porte du château.]

5 mai. [...] Dans quel endroit venais-je d'échouer, et chez quelles gens ? En quelle sinistre aventure me trouvais-je embarqué ? N'était-ce qu'un banal incident inhérent à la vie d'un *solicitor* – expliquer à un étranger et dans son pays l'achat d'une propriété dans la banlieue de Londres ? Clerc de *solicitor*[1] ! Mina[2] n'aimerait pas cette expression. *Solicitor*, oui, puisque avant mon départ de Londres je venais d'apprendre que j'avais réussi mon examen. Je suis donc à présent *solicitor* de plein droit. Je me mis à me frotter les yeux et à me pincer pour m'assurer que je ne rêvais pas. Tout me paraissait un horrible cauchemar et j'étais certain que j'allais m'éveiller soudain, me retrouver dans ma chambre familière, alors que l'aube cherchait à s'infiltrer à travers mes volets – impressions matinales parfois ressenties, certains matins, après une journée particulièrement fatigante. Hélas, ma chair réagit au pincement et, de toute évidence, mes yeux ne me trompaient pas. J'étais bel et bien éveillé et au beau milieu des Carpates[3]. Il ne me restait qu'à faire montre de patience et à attendre l'arrivée du matin.

1. *Clerc de solicitor* : stagiaire se préparant à la fonction de notaire.
2. Mina est la fiancée de Jonathan Harker.
3. *Carpates* : ensemble montagneux de l'Europe centrale.

J'en étais à peine venu à cette décision que j'entendis un pas sonore, derrière la lourde porte. Par les fentes, je vis s'approcher la lueur d'une lampe. Puis j'entendis qu'on détachait des chaînes et qu'on tirait le verrou de métal. Une clé tourna dans la gâche[1], avec un grincement qui prouvait son peu d'emploi. Enfin, la porte s'ouvrit.

Devant moi se tenait un grand vieillard, rasé de près, hormis une longue moustache blanche. Il était vêtu de noir, des pieds à la tête, sans que la plus petite couleur tranchât sur ses vêtements. Il portait une très ancienne lampe d'argent dans laquelle la flamme brûlait sans le moindre abri, jetant de longues ombres tremblant à mesure qu'elle se tortillait dans le vent. Le vieillard, de sa main droite, me pria d'entrer et me dit, dans un anglais excellent encore qu'entaché d'un étrange accent :

– Bienvenue chez moi ! Entrez librement et de votre plein gré.

Il ne faisait pas le moindre mouvement pour s'avancer mais, au contraire, demeurait figé sur place, ainsi qu'une statue au geste d'invite[2] éternellement figé dans la pierre. Pourtant, lorsque j'eus franchi le seuil, il se jeta littéralement sur moi et s'empara de ma main avec une puissance qui me fit grimacer – impression désagréable encore renforcée par la froideur glacée des chairs : on aurait juré une main de cadavre. Il reprit :

– Bienvenue chez moi ! Entrez librement et sans crainte. Et laissez quelque chose de ce bonheur que vous apportez.

1. *Gâche* : ici, serrure.

2. *Invite* : invitation.

La puissance de cette poigne me rappelait tellement celle que j'avais remarquée chez le cocher, dont je n'avais jamais vu le visage, que je crus un moment parler avec cette même personne. C'est pourquoi je demandai :

– Le comte Dracula?

Il s'inclina, courtois, et répondit :

– Je suis Dracula, en effet, et vous souhaite la bienvenue, Mr. Harker. Entrez donc. L'air de la nuit est bien froid et vous avez certainement besoin de vous reposer, de manger quelque chose.

Tout en parlant, il avait posé la lampe sur une console[1] et était sorti ramasser mes bagages. Avant que je n'eusse pu faire un geste, il les avait rentrés. Comme je protestais, il insista :

– Non, monsieur : vous êtes mon hôte. Il est tard et mes domestiques dorment. Laissez-moi veiller à votre confort.

Il porta donc lui-même mes valises le long du corridor, puis je le suivis dans un grand escalier en colimaçon et à travers un autre couloir, immense, sur les pierres duquel résonnaient nos pas. Au bout de ce corridor, il ouvrit une lourde porte. La vue d'une chambre bien éclairée où la table était dressée pour le repas et où un bon feu flambait dans l'imposante cheminée suscita en moi une joie peu commune.

Le comte s'arrêta, déposa mes bagages, ferma la porte et, traversant la pièce, ouvrit une autre porte qui donnait sur une petite chambre octogonale, apparemment sans fenêtre et qu'éclairait une simple lampe. L'ayant franchie, il ouvrit une autre porte encore et m'invita à entrer. La vue me réconforta tout à fait : je découvris en effet une grande chambre à coucher

1. *Console* : petite table à deux pieds appliquée contre un mur.

bien éclairée et que réchauffait un autre feu de bûches rugissant dans la vaste cheminée. Le comte lui-même apporta mes valises près du lit et se retira. Avant de refermer la porte, il me dit encore :

– Après votre long voyage, vous avez sans doute besoin de vous rafraîchir et de changer de vêtements. J'espère que vous trouverez tout ce qu'il vous faut. Lorsque vous serez prêt, passez donc dans la pièce à côté où vous attendra votre souper.

La lumière, la chaleur, la courtoisie du comte semblaient avoir dissipé mes doutes et mes craintes. Ayant de la sorte retrouvé mon état normal, je découvris que j'étais à moitié mort de faim. Je fis donc une légère toilette et entrai dans l'autre pièce.

Je découvris le repas déjà servi. Mon hôte, debout d'un côté de la grande cheminée, me désigna la table d'un geste aimable et me dit :

– Je vous en prie, asseyez-vous et soupez à votre aise. J'espère que vous m'excuserez si je ne vous tiens pas compagnie : j'ai déjà dîné et n'ai plus faim.

Je lui tendis alors la lettre scellée que Mr. Hawkins[1] m'avait confiée. Il la lut avec gravité. Puis, avec un charmant sourire, il me la tendit afin que j'en prisse moi-même connaissance. Un passage du texte, en tout cas, m'apporta un plaisir extrême. Il disait :

«Jc déplore qu'une attaque de goutte[2], une de plus, m'interdise tout voyage dans un avenir plus ou moins éloigné. Mais je suis heureux de vous envoyer un remplaçant de valeur qui jouit de toute ma confiance. Il s'agit d'un jeune homme, débordant d'énergie et de talent, à sa manière, et dont les dispo-

1. Mr. Hawkins est le patron de Jonathan Harker.

2. *Goutte* : affection caractérisée par des poussées inflammatoires douloureuses autour des articulations.

sitions ne sont plus à prouver. Il est discret, presque taciturne et a, sans exagération, grandi dans mon service. Il se tiendra volontiers à votre disposition pendant tout son séjour et suivra toutes vos instructions à la lettre. »

Le comte alors s'approcha, retira lui-même le couvercle d'un plat, et je sentis dans l'instant une irrésistible odeur de poulet rôti. Je soupai avec enthousiasme et fis tout autant honneur à la salade, au fromage et à la bouteille de vieux tokay[1] dont je bus deux verres. Pendant que je mangeais, le comte me posait cent questions sur mon voyage. Je lui racontai, sans rien omettre, tout ce que j'avais vu et entendu.

Mon récit terminé, j'avais fini de manger et, à la demande de mon hôte, j'avais approché une chaise de la cheminée et allumé un cigare qu'il m'avait présenté tout en s'excusant de ne pas me tenir compagnie : il ne fumait point. C'était la première fois que je pouvais l'observer tout à loisir et je dois reconnaître que sa physionomie ne pouvait laisser indifférent.

Son visage donnait une impression de force, avec son nez fin mais aquilin[2], des narines particulièrement larges, un front haut et bombé, des cheveux qui se clairsemaient aux tempes, mais, ailleurs, épais et abondants. Les sourcils, massifs, se rejoignaient presque à l'arête du nez et paraissaient boucler tant ils étaient denses. La bouche, pour autant que je pusse l'entrevoir, sous l'épaisse moustache, présentait quelque chose de cruel, sans doute en raison des dents éclatantes et particulièrement pointues. Elles avançaient au-dessus des lèvres elles-mêmes dont le rouge vif sou-

1. *Tokay* : vin de liqueur de Hongrie.
2. *Aquilin* : fin et recourbé en bec d'aigle (du latin *aquilinus*, formé sur *aquila*, « aigle »).

lignait une vitalité étonnante chez un homme de cet âge. Les oreilles étaient pâles et se terminaient en pointes. Le menton paraissait large et dur et les joues, malgré leur maigreur, donnaient toujours une impression d'énergie. L'impression générale était celle d'une extraordinaire pâleur.

J'avais déjà remarqué le revers de ses mains qu'il avait posées sur ses genoux et, dans la lueur des flammes, elles m'avaient paru longues et fines. Pourtant, à présent que je les voyais de près, je les découvrais grossières, larges, doigts épais. Étrange constatation, aussi, je remarquais des poils au milieu des paumes. Les ongles étaient longs et fins, presque trop pointus. Un moment donné, le comte se pencha vers moi et ses mains me frôlèrent. Je ne pus retenir un frisson. Peut-être devais-je en imputer la cause à son haleine fétide[1], mais une terrible nausée s'empara de moi, que je ne pus cacher. Le comte s'aperçut de mon dégoût, car il recula. Avec un sourire effrayant, qui découvrit davantage ses dents proéminentes, il retourna s'asseoir à côté de la cheminée. Pendant tout un temps, nous restâmes silencieux.

Regardant en direction de la fenêtre, je m'aperçus que l'aube pointait, timide. Un étrange silence semblait s'être abattu sur toute la région. Pourtant, en prêtant l'oreille, je perçus le hurlement des loups, très lointain, dans la vallée. Les yeux du comte se mirent à briller. Il me dit :

– Écoutez-les, les enfants de la nuit. Quelle musique ils font !

Sensible, je suppose, à l'expression de surprise qu'il lisait sur mon visage, il ajouta :

1. *Fétide* : à l'odeur désagréable.

– Ah ! monsieur, vous autres qui vous enfermez dans les villes, vous ne pénétrerez jamais les sentiments du chasseur !

Il se leva, enfin, et dit :

– Mais vous devez être épuisé. Votre chambre est prête et demain, vous dormirez autant que vous le voudrez. Je serai absent jusque dans l'après-midi. Reposez-vous bien et faites des rêves agréables !

Une dernière inclination, courtoise, et il ouvrit la porte de la petite pièce octogonale. J'entrai donc dans ma chambre à coucher.

Je vogue vraiment sur une mer de merveilles. Je doute. J'ai peur. Je pense d'étranges choses que je n'ose m'avouer. Que Dieu me protège, ne serait-ce que pour le bonheur de ceux qui m'aiment.

7 mai. Le petit matin, une fois encore. Je me suis bien reposé, ces dernières vingt-quatre heures, et je me sens bien. J'ai dormi jusque tard dans la journée et me suis éveillé sans contrainte. Une fois habillé, je suis entré dans la pièce où j'avais soupé. Un petit déjeuner froid m'attendait. Le café, dans un grand pot posé sur l'âtre, fumait délicieusement. Je trouvai un mot sur la table : « Je dois m'absenter. Ne m'attendez pas. D. » [...]

[En l'absence du comte, Jonathan déjeune puis cherche, en vain, une sonnette pour prévenir les domestiques de desservir. Revenu dans sa chambre, il souhaite s'occuper en lisant et, comme il n'y trouve ni livre ni journal, il ouvre une porte de communication qui donne sur une bibliothèque fournie. Il tente d'ouvrir une autre porte, face à celle de sa chambre, mais elle est fermée à clé. Lorsque le comte reparaît, Jonathan s'entretient avec lui, notamment des étranges phénomènes de la nuit passée. Dracula lui apprend ainsi que la petite flamme bleue entrevue indique un trésor caché. Puis ils en viennent à parler de la propriété que Dracula a achetée à Londres, par l'intermédiaire de son hôte et de Mr. Hawkins, sur un domaine appelé Carfax : c'est une grande maison dont une partie ressemble à un donjon. Enfin, le comte laisse seul Jonathan et revient pour lui dire que son dîner est servi. Jonathan passe sa deuxième nuit au château.]

8 mai. En rédigeant mon journal, je craignais un peu de me montrer trop prolixe[1]. À présent, je suis heureux de m'être arrêté d'emblée à tous les détails : je trouve que cet endroit recèle quelque chose d'étrange qui me met mal à l'aise. Je voudrais pouvoir repartir sain et sauf – mieux : je voudrais n'être jamais venu. Sans doute mon étrange existence nocturne me joue-t-elle des tours, mais il n'y a pas que cela, hélas ! Pour parler, je n'ai que le comte et, lui mis à part, je soupçonne fort d'être le seul homme vivant dans ce château. Je veux rester prosaïque, aussi longtemps que les faits me le permettent. Peut-être, de la sorte, mon imagination ne me jouera-t-elle pas de tours pendables. Sinon, je suis perdu. Laissez-moi vous confier ce que j'ai vécu – ou, du moins, ce que je crois avoir vécu.

Je ne dormis que quelques heures, après m'être mis au lit et, comprenant que je ne m'endormirais plus, je me levai. J'avais suspendu mon miroir de voyage près de la fenêtre et commençai à me raser[2]. Soudain, je sentis une main se poser sur mon épaule et entendis la voix du comte qui me souhaitait le bonjour. Je sursautai, surpris de ne pas l'avoir vu entrer,

1. *Prolixe* : bavard, diffus.
2. Il n'y a aucun miroir dans le château.

étant donné que mon miroir embrassait la pièce entière. En raison de mon brusque mouvement, je m'étais légèrement coupé, ce que je ne remarquai pas de prime abord. Ayant répondu au salut du comte, je me retournai vers la glace et je tressaillis. Cette fois, il ne pouvait plus y avoir d'erreur, puisque je pouvais le deviner par-dessus mon épaule. Pourtant, je ne voyais toujours rien dans le miroir ! Toute la pièce, derrière moi, se retrouvait dans la glace, mais vide de tout homme, hormis moi-même ! Voilà qui me stupéfia et parut le point culminant de toutes les bizarreries subies depuis quelques jours ; mon sentiment de malaise s'en accrut, d'autant plus que je le subissais toujours à proximité du comte. À ce moment, je m'aperçus que du sang coulait sur mon menton. Je déposai mon rasoir et regardai autour de moi pour découvrir un morceau de coton. Lorsque le comte vit mon visage ensanglanté, ses yeux brillèrent, comme sous l'effet d'une fureur démoniaque. Il me saisit à la gorge. Je reculai, et sa main toucha le chapelet au bout duquel pendait le crucifix. En une seconde, son attitude changea : sa colère fuit si rapidement que je me demandai si elle avait vraiment existé.

– Prenez garde, murmura-t-il. Prenez garde à ne pas vous couper. Dans cette région, une blessure est plus importante que vous ne le croyez.

Puis, saisissant mon miroir :

– Voici d'ailleurs le coupable de ce qui vient de se produire – breloque[1] trompeuse qui flatte la vanité humaine ! Vous n'en avez pas besoin !

Et, ouvrant la lourde fenêtre d'une seule traction de sa terrible main, il lança, au loin, le miroir qui alla se fracasser en mille morceaux sur les pierres de la

1. *Breloque* : objet sans valeur.

cour intérieure. Puis il sortit, sans ajouter une parole. Quel ennui ! Comment vais-je pouvoir me raser – peut-être avec le boîtier de ma montre ou le fond de ma boîte à blaireau, heureusement en métal.

Lorsque je pénétrai dans la salle à manger, j'y trouvai un petit déjeuner soigneusement préparé. Le comte, je ne le vis nulle part. Je mangeai donc seul. Il est étrange de reconnaître que je n'ai encore jamais vu le comte manger ou boire quelque chose. Un homme bien bizarre, sans le moindre doute ! Mon petit déjeuner terminé, je décidai de me promener à travers le château. Près des escaliers, je découvris une chambre qui donnait sur le sud. La vue était merveilleuse, et la fenêtre constituait vraiment le poste d'observation idéal. Le château donne directement sur un terrible précipice. Une pierre jetée de la fenêtre tomberait trois cents mètres plus bas sans rencontrer aucun obstacle. À portée de vue, une mer de cimes vertes parfois coupée par une fissure dans la montagne. Çà et là, brillent des cheveux d'argent – les ruisseaux qui coulent au fond de gorges profondes, à travers les forêts.

Mais je ne me sens pas le cœur à décrire les beautés naturelles. Rassasié du paysage, je poursuivis mon exploration. Des portes, des portes encore, des portes partout, toutes fermées à clé ou au verrou ! Si j'excepte les fenêtres, il n'est aucun moyen de quitter l'endroit.

Ce château est une véritable prison – dont je suis prisonnier !

Chapitre III

Journal de Jonathan Harker (suite)

Quand je compris que j'étais prisonnier, une sorte de frénésie s'empara de moi. Je galopai dans les escaliers, les escaladant, les dévalant, secouant toutes les portes, me penchant à toutes les fenêtres. Bien vite, pourtant, le sentiment de mon impuissance me calma. À présent que je revois la scène, alors que plusieurs heures se sont écoulées, je crois bien avoir subi une crise de folie, car j'ai bel et bien agi comme un rat pris au piège. Pourtant, une fois imposée à mon esprit l'idée de mon impuissance, je m'assis tranquillement – plus tranquille, sans doute, que je ne l'avais jamais été de [illegible] – et je me mis à réfléchir à la meilleure solutio[illegible] devais adopter. Je réfléchis toujours au problème, [illegible] l'avoir encore résolu de façon définitive. D'une c[illegible] je suis certain : il est inutile de laisser transpirer mes soupçons devant le comte. Il sait fort bien que je suis prisonnier ! Il l'a voulu, fidèle certainement à des raisons personnelles, et il est clair qu'il me tromperait aisément si je lui confiais ce que je sais. Donc, pour le moment, mieux vaut ne pas extérioriser mes craintes et… garder les yeux ouverts. Ou bien je ressemble à un enfant, aveuglé par ses propres peurs, ou bien je me débats vraiment dans une situation désespérée. Si la seconde hypothèse est vraie, il me faut et me faudra toute mon intelligence pour m'en tirer.

Je venais à peine d'arrêter cette conclusion que j'entendis la lourde porte d'entrée se fermer. Le comte venait de rentrer. Il ne monta pas tout de suite dans la bibliothèque de sorte que je retournai dans ma chambre, le plus discrètement possible. Je le surpris en train de faire mon lit. Incroyable spectacle, mais qui me confirma dans mes soupçons : il n'y avait pas de domestiques dans toute la maison. Lorsque, un peu plus tard, je le vis, par une fente dans la porte, dresser la table dans la salle à manger, le doute ne fut plus permis : qu'il s'abaisse à ces travaux serviles démontre que personne d'autre n'est engagé pour les faire. Cette découverte me fit frissonner – si personne d'autre n'habitait le château, ce devait être le comte lui-même qui avait conduit la voiture, deux jours avant ! Terrible pensée ! Dois-je penser qu'il détient le pouvoir de contrôler les loups comme il me l'a montré – en levant seulement la main, sans même prononcer une parole ? Et qu'était cette épouvante que ressentaient, à mon égard, le menu peuple de Bistritz et mes compagnons de voyage ? Pourquoi ce crucifix ? Pourquoi, dans la voiture, ces petits cadeaux peu ordinaires – ail, rose sauvage, cendre de montagne ? Bénie soit la vieille femme qui m'a passé son crucifix autour du cou ! Je sens renaître mes forces et mon courage chaque fois que je le touche. Étrange qu'un objet qu'on m'a appris à tenir pour un relent[1] d'idolâtrie puisse apporter une aide aussi immense en des temps de solitude et de danger ! L'essence de l'objet lui-même posséderait-il quelque pouvoir, ou sert-il seulement de tremplin, de médium[2], pourrai-je presque dire, pour me replonger dans mes souvenirs les plus calmes et les plus heureux ? Un jour, si cette expression présente encore un sens pour moi, je devrai réfléchir sérieusement à ce problème. En attendant, je dois

1. *Un relent* : une trace.
2. *Médium* : moyen.

rassembler le plus de renseignements possible à propos du comte Dracula – le plus petit détail pourra m'aider à comprendre. Ce soir, par exemple, je pourrai sans doute faire dévier la conversation sur sa propre personne. Je dois pourtant veiller à ne pas susciter ses soupçons. […]

12 mai. Laissez-moi exposer les faits – les faits nets, nus, que peuvent prouver livres et représentations, sur la nature desquels aucun doute n'est permis. Je dois bien veiller à ne pas les confondre, ces faits, avec ce que j'ai vécu moi-même – expériences qui doivent se décanter dans mon souvenir. Le soir dernier, lorsque le comte est venu me retrouver, il a commencé par m'interroger sur des questions légales et sur la manière de mener à bien certaines affaires. […]

[…] Lorsqu'il s'estima satisfait des explications, que j'avais parfois dû rechercher dans les livres tellement les questions étaient précises, il se leva brusquement, et me demanda :

– Depuis votre première lettre, avez-vous envoyé quelque missive[1] à notre ami, Mr. Peter Hawkins, ou à quelque autre personne ?

Ce fut avec, au cœur, un peu d'amertume que je lui avouai n'avoir pas encore eu l'occasion d'écrire à qui que ce fût.

– Écrivez donc maintenant, mon jeune ami ! décréta-t-il en posant, sur mon épaule, une main pesante. Donnez des nouvelles à votre ami et à ceux qui vous sont chers. Annoncez-leur, s'il vous plaît, que vous resterez ici un mois encore, à dater d'aujourd'hui.

1. *Missive* : lettre.

– Si longtemps? demandai-je alors que je sentais de la glace étreindre mon cœur.

– Si longtemps, oui. Et je n'accepterai aucun refus. Lorsque votre maître, ou votre employeur, appelez-le comme vous le voudrez, m'a écrit qu'il envoyait quelqu'un en son nom, il fut convenu que je disposerais de cette personne comme je l'entendrais. Alors, pas d'objection! D'accord?

Pouvais-je résister? Je défendais les intérêts de Mr. Hawkins, non les miens, et c'est à lui que je devais penser, non à moi. D'ailleurs, à mesure que le comte parlait, je découvrais quelque chose, dans ses yeux et dans son comportement, qui me rappelait mon état de prisonnier. Je n'avais donc pas le choix. Mon inclination souligna donc la victoire du comte comme les traits de mon visage soulignaient sa supériorité absolue. Celle-ci, il s'en servit dans l'instant, avec cette suavité[1] de la voix à laquelle il était impossible de résister :

– Je vous prierai, mon bon ami, de ne parler que d'affaires, dans vos lettres. Bien entendu, vos amis aimeront savoir que vous êtes en excellente santé et que vous songez déjà au jour où vous les rejoindrez, n'est-ce pas?

Ce disant, il me tendit trois feuilles de papier et trois enveloppes. Il s'agissait de ce papier spécial, très mince, réservé au courrier international. Relevant les yeux sur le comte je compris, à son sourire qui découvrait des canines aiguës d'une blancheur encore soulignée par le rouge vif des lèvres, que je devrais me montrer fort prudent dans ma correspondance – il pourrait lire le moindre de mes mots. Je décidai donc de rédiger des lettres neutres, me promettant d'écrire plus tard, en toute sincérité, à Mr. Hawkins et à Mina

1. *Suavité* : douceur.

– à celle-ci, je pourrais écrire en sténographie, à seule fin d'embarrasser le comte s'il désirait se montrer indiscret. Mes deux lettres insignifiantes terminées, je restai dans mon coin, lisant mon ouvrage pendant que le comte poursuivait la rédaction des siennes, ne s'interrompant que pour consulter un des ouvrages posés sur la table. Ensuite, il prit mes deux missives, les joignit aux siennes et les déposa près de son écritoire, et s'en alla. Je me levai et allai examiner les enveloppes sans éprouver la moindre honte – étant donné les circonstances, je sentais que je devais me protéger de toutes les façons possibles.

[…] Je me disposais à les lire lorsque je vis bouger la clenche[1] de la porte. D'un bond, je regagnai mon siège, après avoir remis les lettres dans leur position primitive. J'avais à peine eu le temps de récupérer mon livre que le comte entra, une nouvelle lettre à la main. Il ramassa les autres, sur la table, les timbra avec soin puis, se tournant vers moi, me dit :

– Je suis certain que vous m'excuserez, mais ce soir il me reste bien du travail à terminer. J'espère que vous trouverez ici tout ce dont vous avez besoin.

Arrivé devant la porte, il se retourna et, après quelques secondes de silence, déclara :

– Laissez-moi vous donner un conseil, mon jeune ami, voire un avertissement, un avertissement très sérieux. S'il vous advenait de quitter ces pièces, faites en sorte de ne pas vous endormir où vous vous trouvez ! Le château est vieux, riche en souvenirs, et celui qui dort où il ne doit pas subira de terribles cauchemars. Si le sommeil veut s'emparer de vous, en quelque endroit que ce soit, hâtez-vous de regagner vos appartements : là seulement votre repos sera

1. *Clenche* : poignée.

calme et protégé. Par contre, si vous méprisez ce conseil…

Il ne termina pas sa phrase, mais frotta ses terribles mains comme s'il était en train de les laver. Je compris fort bien, me demandant néanmoins si un rêve, même terrible, pouvait se révéler plus odieux que la réalité – horrible filet d'ombres et de mystères qui semblait se refermer autour de moi.

Plus tard. […] Le comte sorti, je regagnai ma chambre. Au bout de quelques moments, comme je n'entendais rien, je sortis et escaladai l'escalier de pierre jusqu'à l'endroit où j'avais vue sur le côté sud. La vaste étendue que je découvrais, bien qu'inaccessible, me donnait une enivrante sensation de liberté, en comparaison avec l'espace, sombre et étroit, formé par la cour intérieure. C'est à cette vue, surtout, que je compris combien j'étais prisonnier et combien je désirais respirer une bouffée d'air frais – même d'air nocturne. Je commence d'ailleurs à ressentir les effets d'une vie essentiellement nocturne qui me détruit les nerfs. Je frémis à voir mon ombre et d'incroyables chimères s'emparent de mon esprit, à tout moment. Dieu sait que ce maudit endroit est l'idéal pour susciter des craintes épouvantables ! Je contemplais donc le paysage magnifique, baigné dans la chaude lueur de la lune qui l'éclairait presque autant qu'en plein jour. Dans une lumière aussi douce, les collines, si distantes, semblaient se confondre et les ombres des vallées prenaient une couleur sombre d'une très grande douceur. Cette beauté, simple et pure, m'apaisa, dirait-on. Chaque aspiration semblait m'apporter davantage de paix et de réconfort. Comme je me penchais par la fenêtre, un mouvement, quelques mètres sous moi, attira mon attention, à l'endroit même où, si j'en croyais la disposition des chambres, devait s'ouvrir l'appartement du comte. La fenêtre devant laquelle je me trouvais était haute, profonde, avec des meneaux[1] de pierre. Fort ancienne, usée par les intempéries, elle était pourtant demeurée à peu près indemne. Je me dissimulai derrière la maçonnerie sans cesser d'observer avec la plus grande attention.

Je vis d'abord la tête du comte passer par l'ouverture de la fenêtre – je reconnus l'homme, dont je ne voyais pas le visage, à la forme particulière de la nuque, épaisse, et aux mouvements du dos et des bras. Et puis, je ne pouvais pas ne pas reconnaître les mains que j'avais pu observer si souvent. Je fus d'abord intéressé, voire amusé – il est incroyable de constater combien un petit détail peut distraire, passionner même, un prisonnier. Pourtant, mes sentiments devinrent répulsion et terreur lorsque je vis le corps entier jaillir lentement de la fenêtre et se mettre à ramper, tête en bas, le long de la paroi du château, au mépris de ce gouffre qui s'ouvrait sous lui. Oui, il rampait comme une bête, avec son manteau qui flottait dans le vent, comme deux monstrueuses ailes animales. D'abord, je ne voulus pas en croire mes yeux. Je me dis que la clarté de la lune me jouait des tours ou que l'ombre m'empêchait de distinguer ce qui se passait. Quelques moments d'attention suffirent pour me prouver que je ne rêvais pas. Je distinguais les doigts et les orteils qui s'agrippaient aux angles des moellons[2] sans mortier et qui se servaient de la moindre aspérité, de la plus petite saillie pour descendre, à une vitesse étonnante, comme un lézard le long de sa muraille.

Quel homme était-ce donc – ou plutôt, quelle créature sous une apparence humaine ? Je sentis soudain

1. *Meneaux* : montants de la fenêtre (tels des barreaux).
2. *Moellons* : pierres de construction.

m'envahir toute la menace de cet horrible endroit. J'ai peur – une peur atroce, d'autant plus atroce que je la sais sans issue. Je suis prisonnier de terreurs auxquelles je n'ose même pas penser.

15 mai. Une fois encore, j'ai vu le comte sortir de chez lui comme un lézard le long de la paroi. Il descendait légèrement de biais. Il a parcouru de la sorte quelque trente mètres, vers la gauche, et a disparu dans un trou ou à travers une fenêtre. Lorsque je fus certain de ne plus le voir, je me suis davantage penché, mais sans succès – la fenêtre ou le trou étaient trop éloignés pour me donner un angle de vue correct. J'étais en tout cas certain qu'il avait quitté le château et décidai d'en profiter pour visiter les lieux plus que je n'avais encore osé le faire. Je rentrai dans ma chambre et, m'emparant d'une lampe, tentai d'ouvrir toutes les portes. Elles étaient fermées, comme je le soupçonnais. Je remarquai que les serrures paraissaient toutes neuves. Je descendis alors l'escalier de pierre jusqu'au hall d'entrée. Ce fut sans difficulté que je parvins à glisser les verrous et à retirer les lourdes chaînes qui protégeaient la porte d'entrée. Malheureusement, celle-ci était encore fermée à clé, et la clé, je ne la découvris nulle part. Sans doute se trouvait-elle dans la chambre du comte. Il me faudrait donc attendre de trouver ouverte cette porte-là pour avoir une chance de m'échapper! Je continuai à explorer les escaliers, les couloirs du château, cherchant à ouvrir toutes les portes que je rencontrais. Non loin du hall, je trouvai quelques chambres ouvertes, mais elles ne contenaient rien d'intéressant – vieux meubles bancals, moisis, fauteuils rongés aux mites. Pourtant, en haut d'un escalier, une porte parut céder sous ma poussée. J'insistai et m'aperçus qu'elle n'était pas fermée : les gonds étaient descendus avec les années, de sorte qu'elle reposait à même le plancher, d'où l'impression de résistance qu'elle donnait. L'occasion, je ne la retrouverais peut-être plus les jours à venir, de sorte que je poussai, pour me livrer un passage suffisant. Je me trouvais à présent dans une aile du château bien plus à droite que les chambres que je connaissais et un étage plus bas. Des fenêtres, je découvris que la suite de pièces s'étendait au sud du château, les fenêtres de la dernière pièce donnant en même temps sur l'ouest et sur le sud. D'un côté comme de l'autre s'ouvrait un immense précipice. Le château se dressait vraiment sur un éperon rocheux de sorte qu'il était inexpugnable[1] de trois côtés. Les hautes fenêtres s'ouvraient tellement haut que rien ne pouvait les atteindre, ni fronde, ni arc, ni couleuvrine[2], et dispensaient une abondance de lumière qu'il eût été impossible d'obtenir dans une position moins sûre. Vers l'ouest s'étendait une grande vallée à l'extrémité de laquelle, loin à l'horizon, se dressaient des monts déchiquetés, pic contre pic, déchirures de roches nues parsemées de frênes et de buissons épineux qui s'accrochaient dans les crevasses, les lézardes, les plus minces fentes de la roche.

Selon toute vraisemblance, je me trouvais à présent dans la partie du château que les propriétaires occupaient dans les temps anciens, car les meubles semblaient plus confortables qu'ailleurs. Les fenêtres n'avaient plus de rideaux et la lueur de la lune, jaune, se déversait à travers les losanges des vitres, affadissant les couleurs, adoucissant en même temps les poussières qui recouvraient les meubles, voire les ravages

---

1. *Inexpugnable* : imprenable (du latin *inexpugnabilis*, formé sur *expugnare*, « prendre d'assaut »).
2. *Couleuvrine* : ancien canon au tube long et effilé.

du temps et des mites. Ma lampe semblait presque inutile, dans cette brillante illumination, mais l'avoir en main me rassurait : de l'endroit naissait une inquiétante solitude qui me glaçait le cœur et faisait vibrer mes nerfs. Pourtant, n'étais-je pas mieux ici que dans ces pièces rendues à présent odieuses par la présence du comte? Je tentai de me raisonner et, après quelques moments, une douce quiétude s'empara de moi. Me voici donc, assis à une table de chêne devant laquelle, peut-être, voici des siècles, rougissante, une belle dame écrivit ses lettres d'amour, sans doute maladroites. [...]

Plus tard – matin du 16 mai. Dieu protège mon équilibre mental – c'est tout ce que je puis encore souhaiter! La sécurité, l'assurance d'une sécurité appartiennent désormais au passé. Alors que, par miracle, peut-être, je continue à vivre, je ne puis plus rien espérer, sauf de ne pas verser dans la folie! À moins que, fou, je ne le sois déjà! Et si je suis encore sain d'esprit, il est démentiel de penser que, de toutes les horreurs qui se tapissent dans ce château odieux, le comte me semble, à présent, la moins terrible. Lui seul peut m'offrir une sauvegarde, quand bien même, ce faisant, il servirait encore ses intérêts. Grand Dieu! Dieu miséricordieux! Conservez-moi mon calme, car s'il m'abandonne, c'est la démence! Certains mystères qui m'ont troublé commencent à perdre de leur ombre. Jusqu'à présent, je n'avais jamais parfaitement compris ce que Shakespeare voulait dire, quand il fait déclarer à Hamlet :

Mes tablettes, vite, mes tablettes!
C'est ou jamais l'instant d'y écrire...[1].

1. En fait, citation de l'évangile de Marc, 8, 24.

[…] Quand j'ai eu terminé les dernières lignes de mon journal, et replacé feuillets et plume dans ma poche, j'ai senti que j'avais sommeil. L'avertissement du comte me revint à l'esprit, mais je prenais plaisir à lui désobéir. D'ailleurs, le sommeil s'emparait de moi avec cette puissance qu'il peut manifester quand on ne le désire pas. La lueur de la lune, si douce, apaisait tous mes sens et le paysage que j'entrevoyais au-dehors, calme, m'apportait une impression de liberté qui me réconfortait. Je décidai de ne pas regagner, cette nuit, mes chambres si peu rassurantes, mais de dormir ici, où les dames du temps jadis avaient vécu, chanté, joui de douces vies, le cœur triste en pensant aux compagnons qui, au loin, menaient des guerres sans merci. J'approchai une chaise longue de l'angle des deux fenêtres afin de pouvoir admirer, dans mes dernières secondes de conscience, le merveilleux paysage, à l'est et au sud. Sans me soucier de la poussière, que j'avais d'ailleurs oubliée, je m'installai le plus commodément que je le pus, en attendant que le sommeil vînt me prendre.

Je suppose qu'en effet le sommeil me prit. Je l'espère, plutôt, mais je crains que tout ce qui suivit n'appartienne à la réalité – tout fut si net, si proche de moi que, même à présent, dans la pleine lumière du jour, je ne parviens pas à croire qu'il s'est agi seulement d'un rêve.

Je n'étais pas seul. La pièce n'avait pas changé depuis que j'y étais entré. Je distinguais même, sur le sol, dans la brillante clarté de la lune, la trace de mes pas, là où j'avais dérangé la poussière accumulée depuis des générations. Dans la lumière de la lune se tenaient trois jeunes femmes, de toute évidence de grandes dames, à en juger par leur parure et leurs manières. Lorsque je les vis pour la première fois, j'étais sûr de rêver car, en dépit de la lueur de la lune, derrière elles, elles ne projetaient pas d'ombre sur le sol. Elles s'approchèrent de moi et m'observèrent quelques instants. Puis elles se parlèrent à voix basse. Les deux premières avaient des cheveux sombres et des nez aquilins, comme celui du comte, de grands yeux étincelants qui, contraste avec la pâle clarté lunaire, paraissaient presque rouges. La troisième était belle, aussi belle qu'on peut le rêver, avec ses lourdes boucles dorées et ses yeux de saphirs pâles. Ce visage, je crus le reconnaître pour l'avoir déjà vu dans un de mes rêves, mais je ne pus m'en souvenir davantage. Toutes trois montraient des dents extrêmement blanches qui brillaient comme des perles sur le rubis de leurs lèvres voluptueuses. Pourtant, quelque chose, en elles, me mettait mal à l'aise – je les admirais et, en même temps, elles m'épouvantaient. Au fond de moi-même, brûlait le désir qu'elles m'embrassent, de ces lèvres si rouges. Peut-être ne devrais-je pas noter ce type d'impression – un jour, ces pages pourraient tomber sous les yeux de Mina qui en ressentirait sans doute de la peine. Pourtant, telle était la vérité. Elles continuèrent leurs chuchotements pendant quelques instants, puis se mirent à rire – un rire argentin[1], musical mais, en même temps, un peu dur, un rire qui n'aurait jamais dû franchir des lèvres humaines, surtout des lèvres si tentatrices. On aurait dit le tintement, à la fois adorable et intolérable, de verres maniés par des mains adroites. La plus belle des trois hocha la tête, non sans coquetterie, tandis que les deux autres la pressaient d'avancer. La première dit alors :

– Vas-y ! Tu seras la première ; nous te suivrons, mais tu as le droit de commencer.

1. *Argentin* : très clair, cristallin.

La deuxième ajouta :

– Il est jeune et fort. Il y aura des baisers pour toutes les trois !

Je restais immobile, sans rien perdre de dessous mes cils, presque tremblant d'une voluptueuse impatience. La jolie femme s'avança et se pencha sur moi, au point que je pus sentir son haleine m'envelopper. Le moment était doux, en un sens, une douceur de miel, et pourtant, j'en subissais une impression semblable à celle que j'avais subie en l'entendant rire – une harmonie tendre mais en même temps amère, insultante pour les sens, un peu comme si du sang s'était mêlé au miel.

J'avais peur d'ouvrir les yeux et continuais à l'observer à travers mes cils. Elle se mit à genoux et se pencha sur moi, m'entoura d'un regard d'envie. De tout son corps émanait une volupté qui me semblait en même temps excitante et répugnante. Quand elle se pencha davantage, je pus voir qu'elle se léchait les lèvres, comme un animal, à tel point qu'à la lueur de la lune je discernai nettement la salive qui lui brillait sur les lèvres et les dents. Lente, elle pencha davantage la tête, ses lèvres effleurèrent les miennes puis glissèrent le long de mon menton et parurent se diriger vers ma gorge. Elle observa un temps d'arrêt, et j'entendis l'horrible son de sa langue qui se léchait dents et lèvres. Son haleine me brûlait la gorge dont la peau commença à frémir comme quand on voit s'approcher une main caressante. Je sentis le doux contact de ses lèvres sur ma peau et le contact de deux dents aiguës qui semblaient attendre encore une seconde avant de mordre doucement. Je fermai les yeux, pris par un sentiment d'extase, et attendis, attendis, le cœur battant.

Mais à cette seconde, une autre sensation, rapide comme l'éclair, s'empara de moi. Je pris conscience de la présence du comte, comme s'il était jailli d'un ouragan en fureur. Mes yeux s'ouvrirent, involontairement, et je vis sa main puissante agripper le cou délicat de la jolie femme. Avec une force de géant, il l'arracha de moi. Quelle métamorphose ! Les yeux de saphir brillaient de fureur, les dents s'entrechoquaient, les joues s'empourpraient de rage et de fureur. Mais le comte ! Jamais je n'aurais osé imaginer pareille fureur, pareille rage, même chez les démons de l'enfer. Ses yeux lançaient des flammes et la couleur rouge que j'avais déjà remarquée en eux brillait avec un éclat insoutenable, comme si le feu éternel brûlait derrière eux. Par contraste, son visage était d'une pâleur de marbre, les traits étaient tirés, terriblement tirés. Les épais sourcils, qui se rejoignaient à l'arête du nez, ressemblaient à une barre tremblante de métal chauffé à blanc. D'un violent geste du bras, il repoussa la femme vers les deux autres puis s'approcha, comme s'il voulait les repousser elles aussi. Il eut un geste, ce même geste impérieux que je l'avais vu accomplir devant les loups. D'une voix basse, presque un murmure, qui donnait pourtant l'impression de trancher l'air et de résonner dans la pièce tout entière, il les invectiva :

– Comment osez-vous le toucher ? Comment osez-vous lever les yeux sur lui, alors que je vous l'avais interdit ! Arrière, je vous l'ordonne ! Cet homme m'appartient ! Ne vous occupez pas de lui, ou vous vous en repentirez !

La plus belle des trois, avec un rire provocant, osa lui répondre :

– Vous n'avez jamais aimé et vous n'aimerez jamais !

À cette réplique, les autres femmes partirent d'un rire si dur, si cruel, si inhumain que je faillis m'évanouir. On se serait cru en enfer, parmi les plaisirs des démons. Le comte me dévisagea, puis se tourna à nouveau vers les trois dames et répondit, dans un murmure :

– Si, moi aussi, je puis aimer. D'après les événements du passé – de votre passé ! – vous devriez d'ailleurs le savoir, vous autres. Eh bien, je vous promets que, lorsque j'en aurai terminé avec lui, vous pourrez l'embrasser comme bon vous semble. Partez, à présent ! Allez-vous-en ! Je dois l'éveiller, car il reste encore beaucoup à faire.

– Et rien pour nous, cette nuit ? demanda, entre deux éclats de rire, une des femmes, tout en désignant du doigt le sac que le comte avait jeté sur le sol et qui bougeait encore, comme s'il emprisonnait un être vivant.

Pour toute réponse, il hocha la tête. Une des femmes se précipita sur le sac et l'ouvrit. Mes oreilles m'ont sans doute trompé – sinon je serais prêt à jurer avoir entendu le faible vagissement d'un enfant. Les trois femmes s'assemblèrent autour de leur butin, tandis que je demeurais incapable du moindre geste, paralysé par l'horreur. Quand j'eus le courage d'ouvrir vraiment les yeux pour regarder, elles avaient disparu, en même temps que leur proie. Je ne voyais pourtant aucune porte à proximité et si elles étaient passées près de moi, je l'aurais sans nul doute remarqué. Elles paraissaient tout simplement s'être fondues dans un rayon de lune et enfuies par la fenêtre – d'ailleurs, à l'extérieur, j'ai entrevu leurs trois formes, une seconde, avant qu'elles ne disparaissent pour toujours.

Et puis, l'horreur m'envahit tout à fait, et je m'évanouis.

Chapitre IV

Journal de Jonathan Harker (suite)

Je m'éveillai dans mon lit. Si je n'ai pas tout à fait rêvé, le comte a dû m'y porter. J'essayai de réfléchir, sans y parvenir. Certains petits faits pouvaient passer pour des preuves – mes vêtements étaient pliés et rangés d'une manière différente de la mienne. Ma montre était arrêtée, alors que je suis habitué à la remonter avant de me glisser entre les draps – je considère cet acte comme le dernier de la journée. Bien des détails de ce type faisaient pencher la balance d'un côté. Mais il ne s'agissait que de détails, non de preuves. Je puis en rassembler autant d'autres prouvant qu'hier soir je n'étais pas dans mon état normal. Pour une raison ou l'autre, je me sentais troublé, d'où le désordre psychologique. Je dois attendre les preuves définitives. Quelque chose, en tout cas, me réjouit : si vraiment c'est le comte qui m'a porté ici et déshabillé, il a dû le faire en toute hâte, car le contenu de mes poches est intact. Certes, mon journal aurait été, pour lui, un mystère qu'il n'aurait pu percer, mais il ne se serait pas fait faute de s'en emparer et de le détruire. Je regarde autour de moi, dans cette chambre où j'ai tant affronté la peur. Elle forme à présent une espèce de sanctuaire, même si j'y ai connu des épouvantes sans pareilles : rien ne pourra jamais me sembler plus horrible que ces femmes – ces femmes si belles qui attendaient – qui attendent? – l'occasion de me sucer le sang.

18 mai. J'ai retrouvé la chambre à la lumière du jour, car je *dois* savoir. La porte, au-dessus de l'escalier, je l'ai trouvée fermée. On l'a tellement forcée pour la remettre sur scs gonds qu'un morceau de la boiserie a éclaté. Il était évident que le verrou n'avait pas été tiré, mais que la porte avait été fermée de l'intérieur. J'ai bien peur de ne pas avoir rêvé et de devoir agir sur la base de cette hypothèse.

19 mai. Je suis dans le noir. La nuit dernière, le comte, toujours de sa voix suave, m'a demandé d'écrire trois lettres – la première disait que mon travail ici touchait bientôt à sa fin et que j'allais rentrer dans quelques jours; la deuxième que je partais le lendemain du jour indiqué sur la lettre; la troisième, enfin, que j'avais quitté le château et que je venais d'arriver à Bistritz. J'aurais voulu m'opposer à pareille dictature, mais je compris vite que, dans cet état de choses, ce serait folie d'affronter ouvertement le comte, alors que je dépends tout à fait de lui. Un refus exciterait ses soupçons et sa colère. J'en sais trop, il en est persuadé, et je ne puis vivre davantage sans danger pour lui. Ma seule chance est de prolonger mon sursis. Peut-être un événement se produira-t-il, qui me donnera une chance de fuir. Dans ses yeux, j'ai vu un peu de cette colère qui y brillait quand il a repoussé la belle femme, l'autre nuit. Il m'a d'ailleurs donné une explication. Selon lui, les services de poste sont rares, et incertains, et ces lettres rassureront mes amis. Il me jura même, avec tant d'assurance que quiconque l'eût cru, qu'il ferait retenir les deux dernières lettres à Bistritz au cas où mon séjour se prolongerait, pour une raison ou une autre. Lui résister n'aurait servi qu'à accroître ses soupçons. Je prétendis donc être d'accord avec lui et lui demandai les dates à apposer sur chacun de ces envois. Il sembla se concentrer un moment puis répondit :

– Datez la première du 12 juin. La deuxième du 19 juin et la dernière du 29.

Je connais donc le temps qu'il me reste à vivre. Dieu me vienne en aide ! [...]

[Dans son journal, Jonathan raconte qu'une bande de Tziganes est arrivée au château et campe dans la cour intérieure. Il décide d'écrire des lettres à Mina et à Mr. Hawkins – la première sténographiée et expliquant toute la situation, l'autre demandant simplement à son destinataire de se mettre en contact avec Mina – et de les jeter à travers les barreaux de sa fenêtre pour que les Tziganes les postent. Mais ceux-ci remettent les deux missives au comte. Furieux, il brûle la première et indique qu'il fera suivre la seconde. Quelques jours après, Jonathan voit arriver deux grandes voitures conduites par des Slovaques et transportant des caisses que ceux-ci déchargent dans un coin de la cour. Une autre nuit, il observe le comte sortir par la fenêtre vêtu de ses propres habits. Selon lui, Dracula aura ainsi des témoins pour affirmer l'avoir vu, lui Jonathan, dans les villes où ses lettres ont été postées... Plus tard, il entend un bruit dans la cour intérieure : une femme hurle de douleur et demande qu'on lui rende son fils. La voix du comte semble alors appeler quelqu'un ou quelque chose... Soudain les loups surgissent. Ils repartent peu après, se léchant la gueule.]

25 juin, au matin. Nul homme, s'il n'a pas souffert de la nuit, ne peut comprendre combien douce, combien chère peut paraître l'aube. Lorsque le soleil se fut levé, ce matin, si haut qu'il frappait le sommet de la grille, en face de ma fenêtre, j'aurais presque juré que la colombe de l'arche[1] venait de se poser sur ce sommet. Ma terreur s'envola, comme un manteau fantastique qui aurait fondu à la chaleur. Je dois agir, agir pendant que le courage que confère le jour me domine encore. La nuit dernière, une de mes lettres, datée de ma propre main, a été postée – la première d'une série fatale qui devra effacer toute trace de mon existence sur cette terre.

Mais je ne dois pas penser à tout cela : je dois agir !

Ce fut toujours la nuit que j'ai ressenti des menaces, que j'ai subi toutes mes épouvantes. Jamais je n'ai vu le comte à la lumière du jour. Dormirait-il quand veillent les autres ? Agirait-il quand les autres sommeillent ? Si je pouvais pénétrer dans sa chambre ! Mais je ne vois pas comment ! La porte en est toujours fermée – impossible de l'ouvrir. [...]

56 *Le même jour, plus tard.* L'épreuve, je l'ai tentée et, avec l'aide de Dieu, réussie. Je dois mettre de l'ordre dans mes idées. Alors que mon courage m'enivrait encore, je me suis dirigé vers la fenêtre du côté sud et me suis hissé sur l'étroit rebord de pierre qui, de ce côté, court le long de la tour. Les moellons étaient énormes et grossièrement taillés. Le temps avait en outre usé le mortier entre les pierres. Je retirai mes bottes et m'aventurai par ce chemin impossible. Je jetai un coup d'œil vers le bas, pour dominer ma peur du vide, mais dans la suite je fis tout pour garder les yeux vers le haut. Je connaissais fort bien la direction et la distance qui me séparait de la chambre du comte que j'atteignis sans mal. Jamais je n'ai souffert du vertige, tant j'étais excité – et ridiculement court m'a paru le temps entre ma sortie et mon rétablissement

1. La colombe symbolise l'espoir, comme dans l'histoire de l'arche de Noé.

sur le rebord inférieur. Toutefois, je ressentis une terrible agitation lorsque je parvins à me glisser, pieds en avant, dans la chambre du comte. Je regardai, espérant le découvrir. Surpris et presque heureux, je constatai que la chambre était vide ! […]

Dans un coin de la pièce je vis une lourde porte. Je tentai de l'ouvrir : puisque je ne découvrais pas la clé de la chambre ni celle de la porte d'entrée, principal objet de mes recherches, je devais poursuivre mes fouilles, sans quoi mes efforts auraient été vains. Elle était ouverte et menait, par un couloir en pierre, à un escalier en colimaçon qui descendait fort rapidement. Je descendis, non sans prudence car les marches raides n'étaient éclairées que par de rares meurtrières dans l'épaisse maçonnerie. À la dernière marche, je me retrouvai devant un passage, semblable à un tunnel à travers lequel parvenait une terrible odeur de mort – l'odeur d'une terre qu'on vient de retourner après des années. Je m'enfonçai dans le passage et l'odeur se fit plus lourde, plus proche. Finalement, je poussai une autre porte, massive, et me retrouvai dans une vieille chapelle en ruine qui, de toute évidence, avait servi de cimetière. Le toit était détruit et, à deux endroits, des marches conduisaient à des caveaux. Le sol avait été retourné de fraîche date et l'on avait placé de la terre dans de grandes caisses en bois – celles mêmes que les Slovaques avaient apportées. Je ne vis personne et je tentai de trouver une sortie dérobée, mais en vain. J'examinai le sol centimètre carré après centimètre carré, pour être certain de ne pas laisser échapper la moindre chance. Puis je descendis dans les deux caveaux, malgré l'horreur qu'en ressentait mon âme. La lumière se raréfiait encore. Je ne découvris rien, hormis des restes de vieux cercueils et de la poussière en abondance. Le troisième pourtant m'épouvanta.

Là, dans une des grandes caisses (j'en dénombrai quelque cinquante), sur une couche de terre fraîchement retournée, dormait le comte ! Je reprends le dernier mot – il n'était pas plus endormi que mort car les yeux étaient grands ouverts, comme de pierre, mais non vitreux[1] ainsi que ceux d'un cadavre ; les joues, en dépit de leur pâleur, dégageaient de la chaleur et les lèvres étaient aussi rouges que d'habitude. Par contre, je ne découvris aucun des signes de vie que l'on cherche à trouver sur un corps – pouls inexistant, respiration nulle, aucun battement de cœur. Je me penchai sur lui, tentant de découvrir d'autres signes de vie, mais en vain. Il ne pouvait pourtant gésir[2] ici depuis longtemps ; car l'odeur de la terre se serait éventée en quelques heures. À côté de la caisse, le couvercle, percé de petits trous. Je me dis que le comte devait conserver les clés sur lui mais quand je me penchai pour le fouiller, je rencontrai son regard, mort, dans lequel je lus pourtant une telle haine, même inconsciente, que je pris la fuite, repassai par la fenêtre et grimpai à nouveau le long du mur du château. Revenu dans ma propre chambre, je me jetai sur mon lit, épuisé, et tentai de rassembler mes idées.

29 juin. La date de ma dernière lettre ! Le comte m'a bien prouvé, une fois encore, son intelligence prudente car, pour authentifier sans doute ma dernière missive, je l'ai vu, une fois de plus, glisser le long de la muraille – et, une fois encore, il portait mes vêtements. Alors qu'il s'approchait du sol, gigantesque lézard, j'en vins à souhaiter posséder un revolver ou une arme meurtrière qui me permît de le détruire. Mais j'en viens à me demander si une arme ordinaire

1. *Vitreux* : à l'éclat terni.
2. *Gésir* : être couché.

maniée par une simple main d'homme pourrait l'anéantir. Je n'ai pas osé guetter son retour, car je craignais de voir une fois de plus les trois sœurs. Je suis entré dans la bibliothèque où j'ai lu jusqu'à ce que je me fusse endormi.

Le comte m'éveilla. Il me regardait d'un air menaçant – jamais je ne crois avoir vu pareille menace sur des traits humains. Il me dit :

– Demain, nous nous séparerons, mon jeune ami. Vous retournerez dans votre merveilleuse Angleterre et moi, je m'occuperai d'un travail d'une nature telle que, peut-être, nous ne nous rencontrerons plus jamais. Votre dernière lettre est partie aujourd'hui. Demain, je ne serai plus ici, mais tout aura été organisé pour votre voyage. Dès le matin viendront les Tziganes, ainsi que les Slovaques, afin de terminer un travail dans l'enceinte du château. Quand ils seront partis, ma voiture viendra vous chercher et vous conduira au col de Borgo d'où la diligence de Bukovine vous reconduira à Bistritz. Puis-je espérer pourtant pouvoir encore vous rencontrer au château de Dracula?

J'avais des doutes et je résolus d'éprouver sur l'heure sa sincérité. Sa sincérité? J'ai presque l'impression d'un blasphème en écrivant un mot aussi noble pour un pareil monstre! Je lui demandai de but en blanc :

– Pourquoi ne puis-je partir ce soir?

– Parce que, mon jeune ami, voiture et cocher sont partis en mission. [...]

30 juin, matin. Voici peut-être les derniers mots que j'écris dans ce journal. J'ai dormi jusqu'à l'aube. Dès que j'ai eu ouvert les yeux, je me suis mis à genoux. Si la mort allait me saisir, elle me trouverait prêt à l'accepter.

À la longue, je sentis ce subtil changement, dans l'air, qui annonce l'arrivée du matin. Puis résonna le chant du coq, le chant tant attendu, et je me sentis en sécurité. Le cœur heureux, j'ouvris la porte et me précipitai dans le couloir d'entrée. J'avais remarqué que la porte, hier soir, n'était pas fermée à clé. Je pouvais donc fuir. Mains tremblantes d'impatience, je détachai les chaînes, fis glisser le verrou avec un fracas d'enfer. La porte ne bougea pas. Le désespoir me saisit. Je me précipitai sur la porte, la frappai à tel point que, toute massive qu'elle fût, elle trembla sur ses gonds. Effort stérile ! Je compris qu'elle avait été refermée après le départ du comte, la veille.

Alors, me submergea un violent désir d'arracher cette clé à tout prix et je décidai de glisser une fois de plus le long de la muraille, pour pénétrer dans la chambre du comte. Peut-être me tuera-t-il, mais, de

tous les maux, la mort me semblait à présent le moindre. Sans me donner le temps de réfléchir, je me précipitai vers la fenêtre orientale et rampai le long des pierres, comme la veille, avant de pénétrer dans la chambre du comte. Elle était vide, comme je m'y attendais. Je ne vis de clé nulle part. Par contre, le tas de pièces d'or était demeuré intact. Je franchis la porte, dans le coin de la pièce, descendis l'escalier en colimaçon et me retrouvai, après le couloir sombre, dans la vieille chapelle. Je savais à présent où découvrir le monstre que je recherchais.

La grande boîte se trouvait au même endroit, contre le mur, mais le couvercle la protégeait, cette fois – pas simplement posé sur elle, mais avec les clous prêts à être enfoncés. Je savais devoir trouver le corps, si je voulais mettre la main sur la clé, aussi soulevai-je le couvercle que je déposai contre le mur. Je regardai et vis alors quelque chose qui emplit mon âme entière de la plus abjecte des terreurs. Le comte gisait dans son cercueil, comme hier, mais il paraissait avoir recouvré une partie de sa jeunesse : ses cheveux et sa moustache, blancs hier encore, avaient, à présent, la couleur du plomb. Les joues paraissaient plus pleines et la peau, toujours blanche, masquait mal, à présent, une rougeur sous-cutanée. La bouche était plus rouge que jamais – d'autant plus que les lèvres montraient encore des gouttes de sang frais qui sortaient des commissures[1] et lui coulaient sur le menton et le cou. Même les yeux, enfoncés, brillants, paraissaient plus profonds dans cette chair neuve, tant étaient gonflés les sourcils et les poches. On eût dit, purement et simplement, que cette monstrueuse créature était gorgée de sang ! Il gisait comme une sangsue gonflée et repue. Quand je me penchai pour le toucher, je ne pus m'empêcher de frissonner, tant le moindre de mes sens se révoltait à ce contact. Pourtant, je devais le fouiller, sans quoi j'étais perdu. La nuit à venir, qui sait si mon propre corps ne servirait pas de banquet aux trois horribles striges[2] ! Je fouillai partout, sans trouver la clé. Puis j'interrompis mes recherches pour regarder le comte. Sa face boursouflée semblait encore déformée par un sourire moqueur qui me rendit fou. Telle était donc la créature qu'avec mon aide on allait transporter à Londres où, peut-être, pendant des siècles encore, il allait satisfaire sa soif de sang aux dépens de millions d'êtres, créer une race nouvelle, toujours de plus en plus étendue, de demi-démons qui domineraient le genre humain. Cette seule pensée me fit perdre tout contrôle. Je me sentis envahi par le désir irrésistible de débarrasser le monde de pareil

1. *Commissures* : coins des lèvres.
2. *Striges* : vampires, mi-femmes, mi-chiennes.

monstre. Je ne disposais d'aucune arme mortelle et n'en découvris pas autour de moi, mais je m'emparai d'une pelle dont les ouvriers s'étaient servis pour remplir les caisses de terre. Je la levai bien haut et frappai du tranchant le visage détesté. À cette même seconde, la tête se détourna légèrement, les yeux me regardèrent, brillant d'une haine insoutenable. Pareille vue parut me paralyser. La pelle tourna dans ma main, manqua le visage et entailla profondément le front, puis me glissa des mains, tomba à travers la caisse et, quand je tentai de la reprendre, le tranchant accrocha le couvercle qui retomba, dissimulant l'horrible spectacle. Le dernier détail que j'en vis fut ce visage boursouflé, ensanglanté, me narguant d'un sourire démoniaque qui donnait comme un avant-goût de l'enfer.

[…] Pendant que j'étais là, dans cet état de presque paralysie, j'entendis, dans le lointain, une chanson gitane interprétée par un groupe de voix joyeuses qui se rapprochaient. Comme réglées par un métronome, les roues roulaient, lourdes, et les fouets claquaient. Sans doute s'agissait-il des Tziganes et des Slovaques que le comte avait annoncés. […]

Tandis que j'écris, ici, devant la porte condamnée[1], j'entends, dans la pièce en bas, que l'on passe et repasse, sans discrétion, et que l'on transporte des poids terriblement lourds. Ce sont, bien entendu, les caisses remplies de terre. J'entends aussi un fracas de marteaux – la caisse que l'on cloue. Puis les lourds pas s'éloignant dans le hall d'entrée, suivis d'autres, plus légers.

1. Un courant d'air a fermé la porte de l'escalier en colimaçon ouvrant sur la chambre du comte.

La porte se ferme. Les chaînes grincent. La clé gémit dans la serrure. Je crois même l'entendre s'éloigner ! Puis une autre porte s'ouvre et se ferme. J'entends une fois encore crisser la clé et le verrou.

[...] Écoutez le claquement des fouets et les chansons des Tziganes qui s'éloignent. Tout meurt... tout disparaît...

Je suis seul dans le château, avec ces trois femelles ignobles ! Femelles ! Mina est une femme, elle – elle n'a rien de commun avec elles ! Elles, ce sont des démons échappés de l'enfer !

Je ne resterai pas seul avec elles ! Je veux tenter de ramper le long du mur, comme je l'ai fait, mais bien plus loin – et j'emporterai les pièces d'or dont je pourrais avoir besoin dans la suite. Je dois trouver la voie qui me mène hors de ce château maudit !

Et puis, rentrer chez moi ! Le premier train, le plus rapide ! Loin de cet endroit de damnés, de ce pays de damnés où le diable et sa progéniture agissent comme autant d'humains !

À tout le moins, la miséricorde de Dieu est préférable à l'amour de ces monstres. Le précipice, le long du château, est profond, escarpé. Au bas, un homme peut reposer – comme un homme. Adieu, vous tous ! Mina...

Chapitre V

[…]

Lettre de Lucy Westenra à Mina Murray

Le 24 mai

Ma très chère Mina.

Merci, merci encore, merci, toujours pour ton adorable lettre. Comme c'est bon de pouvoir parler à quelqu'un qui vous écoute avec une telle sympathie !

Ma chérie, ce n'est pas une pluie de bonheur qui m'inonde, c'est un déluge ! Comme les proverbes ont raison, qui affirment qu'un bonheur ne vient jamais seul. Tu te rends compte : j'aurai vingt ans en décembre et jamais, jusqu'à présent, je n'ai reçu la moindre proposition – pas la moindre proposition honorable, s'entend. Et voilà qu'aujourd'hui je viens d'en recevoir trois ! Imagine : TROIS propositions en un seul jour. C'est affreux, quand on y pense ! Je me sens triste, sincèrement, profondément triste pour deux pauvres garçons ! Ô, Mina, je suis si heureuse que je ne sais pas quoi faire ! Trois propositions ! Mais, pour l'amour de Dieu, n'en parle à aucune de nos amies, sans quoi elles pourraient imaginer je ne sais quelles idées extravagantes, et s'imaginer blessées, mortifiées si leur premier jour de vacances elles n'en recevaient pas six, de propositions. Certaines jeunes filles sont si vaines ! Toi et moi, Mina, ma chérie, qui sommes fiancées et sur le point de devenir d'honorables dames mariées, nous pouvons mépriser la vanité. Et pourtant, ma chérie, je veux te parler de ces trois hommes – tu ne répéteras tout cela à personne, bien entendu, sauf à Jonathan. Tu le lui raconteras car, dans la situation inverse, je raconterais certainement tout à Arthur. Une femme devrait tout dire à son mari – ne le crois-tu pas ? Et je veux être honnête ! Les hommes aiment que les femmes, et certainement que leurs épouses avant tout, se montrent aussi loyales qu'ils le sont – mais j'ai bien peur que les femmes ne soient pas toujours aussi honnêtes qu'elles le devraient. [...]

Ta fidèle Lucy. [...]

[Lucy a reçu trois propositions de mariage : celle d'Arthur Holmwood, fils d'un riche lord anglais, celle d'un docteur, John Seward, directeur d'un asile d'aliénés, et celle d'un Américain, Quincey P. Morris. Elle a choisi d'épouser le premier.]

Chapitre VI

Journal de Mina Murray

[...]

1er août. Je suis arrivée ici[1], avec Lucy, depuis une heure, et nous avons tenu une conversation fort intéressante avec mon vieil ami[2] et les deux autres qui viennent chaque jour le rejoindre. De l'aimable trio,

---

1. Mina, Lucy et la mère de celle-ci se sont rejointes à Whitby, une petite ville portuaire située près de Londres. Mina écrit assise sur un banc du cimetière.
2. Il s'agit d'un vieillard que Mina a rencontré quelques jours plus tôt, dans ce même cimetière.

c'est sans conteste lui Monsieur l'Oracle, et je me le représente volontiers, dans sa jeunesse, sous les traits d'un personnage bien autoritaire. Il ne veut rien entendre et contredit tout le monde. Quand il ne trouve plus d'arguments logiques, il passe à l'insulte et prend le silence qui s'ensuit pour une approbation de ses paroles. Lucy, ce jour, paraissait merveilleusement charmante, avec sa robe de batiste[1] blanche; depuis qu'elle est ici, elle a pris un teint superbe. J'ai bien vite remarqué que les trois vieillards ne perdaient pas de temps à venir s'installer près d'elle, chaque fois qu'ils la reconnaissaient. D'ailleurs, elle est d'une gentillesse telle que tous trois ont dû, la première seconde, subir le coup de foudre. Même mon vieillard a succombé à son charme – la preuve, c'est qu'il ne l'a pas contredite! […]

Lucy et moi sommes restées quelque temps encore sur le banc – tout était si beau devant nous que, pour mieux sentir cette beauté, nous nous sommes pris les mains. Elle me parla encore d'Arthur et de son prochain mariage. Ce bavardage me rendit un peu triste car voilà un mois entier que je n'ai plus reçu la moindre nouvelle de Jonathan. […]

26 juillet. Je suis anxieuse. L'avouer m'apporte un certain soulagement. C'est comme si l'on se chuchotait ses propres ennuis et qu'on les écoutait en même temps. De plus, les symboles de la sténographie me donnent une impression bien différente de l'écriture ordinaire. Je suis malheureuse, à cause de Lucy et de Jonathan. De lui, je n'avais pas de nouvelles depuis très longtemps et ce silence me souciait beaucoup. Et puis, hier, le gentil Mr. Hawkins m'a envoyé une lettre

1. *Batiste* : toile de lin très fine.

de lui. Je lui avais écrit pour savoir si lui, au moins, avait des nouvelles. Il m'a répondu que la lettre qu'il m'envoyait venait de lui parvenir. Ce ne sont que quelques lignes, écrites au château de Dracula – Jonathan annonce son départ. Cela ne lui ressemble pas et j'en tire un certain malaise. Et puis Lucy ! Elle est en excellente santé, mais elle a récemment recommencé à souffrir de crises de somnambulisme. Sa mère m'en a parlé et nous avons décidé, toutes deux, que je fermerais la porte de notre chambre chaque nuit. Mrs. Westenra s'est mise en tête que les somnambules se promènent toujours sur les toits des maisons, ou le long des crêtes les plus escarpées, puis se réveillent brusquement et tombent avec un cri d'horreur qui résonne longtemps. Pauvre femme ! Elle ne vit plus, assurément, quand elle pense à Lucy ; elle m'a expliqué que son mari, le père de Lucy, souffrait de la même maladie. Il se levait au beau milieu de la nuit, s'habillait et sortait si on ne l'en empêchait pas. Lucy doit se marier en automne et, déjà, elle pense à sa robe de mariage ou à l'arrangement de son intérieur. Je l'adore, pour ses projets. J'en fais aussi. Seulement, Jonathan et moi partirons dans la vie avec beaucoup plus de simplicité : notre grand problème, au début, sera de savoir comment joindre les deux bouts. Mr. Holmwood (c'est-à-dire l'honorable Mr. Arthur Holmwood, fils unique de Lord Godalming) va bientôt nous rejoindre – dès qu'il pourra quitter la ville car son père n'est pas en excellente santé. Je crois que Lucy compte les minutes qui la séparent encore de cette arrivée tant attendue ; elle ne pense qu'à l'emmener sur son banc, sur la colline, au cimetière, et à lui montrer, de cette hauteur, toute la beauté de Whitby. Je crois bien que c'est l'attente qui la trouble. Elle ira tout à fait mieux lorsque son amoureux sera ici.

27 juillet. Pas de nouvelles de Jonathan. Je me sens de plus en plus mal à l'aise, sans savoir pourquoi. Je voudrais qu'il écrive – une seule ligne, même ! Toutes les nuits, Lucy se lève et marche, de plus en plus, jurerait-on. Cela veut dire que chaque nuit ses pas, dans la chambre, m'éveillent. Heureusement qu'il fait trop chaud pour qu'elle prenne froid ! Néanmoins, cette anxiété perpétuelle et ces réveils nocturnes commencent à se répercuter sur mon état général : je deviens nerveuse moi-même, et j'éprouve de la peine à m'endormir. Mais la santé de Lucy reste parfaite, grâce au ciel. Mr. Holmwood a dû se rendre d'urgence à Ring, étant donné l'aggravation de l'état de santé de son père. Lucy est navrée de ce contretemps qui l'empêche de voir son Arthur, mais extérieurement elle semble n'en pas souffrir. Elle se montre toujours exubérante et ses joues ont une belle coloration rose presque rouge. Elle n'a plus cet aspect anémique[1] qui m'effrayait parfois. Je prie Dieu que cela dure. […]

Chapitre VII

[Une coupure du *Dailygraf* collée dans le journal de Mina Murray rapporte la terrible tempête qui a frappé la côte dans la nuit du 6 août. Parmi les bateaux pris dans la tourmente, se trouvait un navire russe, le *Déméter*, qui a réussi à rentrer au port de Whitby de façon miraculeuse. Personne ne tenait la barre, hormis la main d'un cadavre, seul homme à bord ! Lorsque le vaisseau s'est échoué sur le sable, un immense chien a surgi de la cale et a disparu.

1. *Anémique* : faible, épuisé.

L'enquête établit que l'embarcation «était presque exclusivement lestée de sable blanc, n'ayant, pour cargaison, que quelques caisses remplies de terreau destinées à un *solicitor* de Whitby, Mr. S.F. Billington». Ce dernier a d'ailleurs récupéré la marchandise. L'autopsie du marin décédé montre que la mort remonte à deux jours. On a retrouvé sur lui une bouteille soigneusement bouchée contenant un rouleau de papier, son journal de bord. Il y a consigné les disparitions successives et inexplicables des hommes de l'équipage, ainsi qu'une présence étrange et non identifiée. Faute de preuves et de témoignages suffisants, l'affaire est classée sans suite.

Dans son journal, Mina fait état de la mort de son «vieil ami» au cimetière, retrouvé sur son banc, la nuque brisée, «tombé sur la pierre sous l'effet d'une peur violente». Elle évoque également l'enterrement du marin et la scène étrange qui eut lieu pendant la cérémonie entre un maître et son chien tous deux ordinairement très calmes, le chien refusant de rester près de son maître, malgré les hurlements de ce dernier : l'animal a cessé d'aboyer et a commencé à trembler et à gémir lorsqu'il s'est trouvé sur une pierre tombale située sous le banc où Mina et Lucy ont l'habitude de s'asseoir.]

CHAPITRE VIII

Journal de Mina Murray

[…] *11 août – 3 heures du matin.* Je dois revenir à mon journal. Impossible d'encore dormir – et tant à écrire ! Je suis trop agitée pour songer au sommeil. Quelle aventure ! Quelle épouvantable aventure ! Je me suis endormie dès que j'ai eu refermé mon journal… Je me suis éveillée soudain, en sursaut, une horrible peur sur moi, un intense sentiment de vide autour de moi. La chambre était sombre et je ne pouvais distinguer Lucy. J'ai traversé la pièce à tâtons et posé la main sur son lit. Il était vide. J'ai allumé une allumette. Personne dans la chambre. La porte était close, mais non fermée à clé, précaution que j'avais omise de prendre en raison de notre grande fatigue. Je craignais d'éveiller la mère de Lucy, fort malade depuis quelque temps. J'ai enfilé quelques vêtements pour aller chercher mon amie. J'allais quitter la pièce quand une idée me frappa : il fallait savoir ce que Lucy portait pour connaître ses intentions – une chemise de nuit signifiait ainsi l'intérieur, une robe, l'extérieur. Peignoirs et robes étaient à leur place. J'en remerciai le ciel : en robe de nuit, elle ne pouvait aller loin. Je sortis et dévalai l'escalier dans le salon. Personne ! De plus en plus angoissée, je parcourus toutes les autres pièces. J'arrivai ainsi devant la porte principale que je trouvai ouverte. Comme je savais que les propriétaires fermaient soigneusement toutes les nuits, je craignis que Lucy ne fût sortie par ses propres moyens, vêtue de sa seule chemise de nuit. Mais l'heure n'était pas à imaginer ce qui pourrait se passer – une crainte vague mais impérieuse commençait à s'emparer de moi. J'empoignai un châle épais et me précipitai dehors. Quand je parvins à Crescent, l'horloge sonnait une heure. Pas une âme en vue. Je courus le long de North Terrace, sans repérer la silhouette blanche que j'espérais. Au sommet de West Cliff, très en haut du port, je regardai la pente opposée, dans l'espoir ou la crainte, je ne sais quel sentiment m'agitait, de voir Lucy sur notre banc préféré. La pleine lune brillait, parfois cachée derrière de lourds nuages noirs, rapides.

L'endroit baignait parfois en pleine lumière, parfois dans une obscurité totale. Pendant quelques instants, justement, je ne pus rien distinguer, car les nuages obscurcissaient l'église Sainte-Marie et ses environs. Puis, lentement, les ruines de l'abbaye parurent s'arracher des ténèbres. Ensuite, alors qu'une étroite bande de lumière, lame éclatante, tranchait l'obscurité, l'église et le cimetière apparurent. Quelque grandes que fussent mes espérances, elles ne furent point trompées car là-bas, sur ce banc que nous aimions, la lumière argentée éclairait une silhouette de neige à moitié étendue. Le nuage suivant arriva trop vite pour que je pusse voir tout ce que je désirais – l'obscurité revint presque tout de suite. Pourtant, il me sembla qu'une sombre silhouette[1] se tenait derrière Lucy et se penchait sur elle. Quoi que ce fût, homme ou animal, je ne sais rien de plus. Je n'attendis pas que revînt la lumière mais dévalai les marches de pierre jusqu'au port, courus le long du marché aux poissons et parvins au point qui formait la seule voie d'accès à East Cliff. La ville paraissait morte, car je n'y vis âme qui vive – soit dit sans regret, car je me réjouissais de l'absence d'un témoin qui se moquerait du malheur de Lucy. Temps et distance paraissaient infinis; mes genoux tremblaient et je me sentais de plus en plus à court d'haleine en escaladant les interminables escaliers qui menaient à l'abbaye. Je crois avoir franchi la distance en très peu de temps, et pourtant j'aurais juré que mes pieds étaient gainés de plomb et que toutes mes articulations avaient souffert de la rouille. Lorsque je fus proche du sommet, je vis enfin le siège et la silhouette blanche – car j'étais si proche

1. Il s'agit, on l'a compris, de la silhouette de Dracula, arrivé en Angleterre depuis peu, par bateau.

que je pouvais tout distinguer en dépit de l'ombre. Sans le moindre doute, quelque chose de long et de noir se penchait sur la silhouette blanche. Épouvantée, j'appelai Lucy. Quelque chose releva la tête – et, d'où je me trouvais, je pus distinguer un visage pâle et des yeux injectés de sang. Lucy ne répondant pas, je me précipitai dans l'entrée du cimetière. À ce moment, l'église s'interposait entre le banc et moi de sorte que, pendant une minute environ, je perdis Lucy de vue. Lorsque je fus en mesure de la revoir, le nuage avait passé et la lumière de la lune brillait avec un éclat tel que je pouvais voir, avec une netteté presque cruelle, Lucy à demi couchée, la tête appuyée contre le dossier du banc. Elle était seule. Pas la moindre trace de vie autour d'elle.

Je me penchai et constatai qu'elle dormait toujours. Ses lèvres étaient entrouvertes et elle respirait non pas avec douceur, comme elle le fait d'habitude, mais d'une manière saccadée, comme si elle devait lutter, à chaque inspiration, pour faire pénétrer le plus d'air possible dans ses poumons. Lorsque je m'approchai, elle releva le bras, toujours endormie, et remonta le col de sa chemise de nuit sur son cou. Ce faisant, elle frissonna un peu, comme si elle sentait le froid l'envelopper. Je l'entourai tout de suite de mon châle, dans la crainte de la voir prendre froid dans cet air frais. Je craignais en même temps de l'éveiller de sorte que, pour garder les mains libres afin de la guider, je nouai le châle à l'aide d'une grosse épingle de sûreté. Mais je suppose que mon anxiété m'avait rendue maladroite et que j'ai dû, sans le vouloir, la pincer ou la piquer car, dans la seconde, elle porta sa main à sa gorge et gémit. Lorsque je l'eus couverte avec le plus grand soin, je lui enfilai mes chaussures et entrepris de l'éveiller, avec toutes les précautions d'usage.

Elle ne répondit pas, d'abord, mais son sommeil parut de plus en plus agité – elle allait jusqu'à gémir et à soupirer, parfois. Finalement, comme le temps fuyait avec une effrayante rapidité, et pour bien d'autres raisons, d'ailleurs, je souhaitais rentrer à l'hôtel. Je secouai donc Lucy avec plus d'énergie jusqu'à ce qu'enfin elle ouvrît les yeux. Elle ne parut pas surprise de me voir – bien entendu, elle ne comprenait pas, d'abord, où elle se trouvait. Lucy s'éveille toujours gracieusement et même à ce moment, alors que son corps devait frémir de froid et que son esprit devait éprouver une terreur indescriptible en s'éveillant de nuit dans un cimetière, elle ne perdait rien de sa grâce. Elle trembla un peu et s'accrocha à moi. Lorsque je lui demandai de m'accompagner à l'hôtel, elle se leva sans un mot, comme un enfant qui obéit. [...]

Avant de s'endormir, elle me demanda, m'implora, même, de ne jamais souffler mot à personne, pas même à sa mère. J'hésitai un peu mais, pensant à l'état de santé de celle-ci, et certaine que pareille nouvelle l'affaiblirait davantage, je jugeai plus prudent de promettre. J'espère avoir bien agi! J'ai refermé la porte, et la clé, je l'ai liée à mon poignet. Peut-être qu'ainsi je ne serai plus dérangée. Lucy dort à poings fermés. Une promesse d'aube se répand déjà sur la mer. [...]

14 août. Sur la East Cliff nous avons lu et écrit toute la journée. Lucy semble bien plus amoureuse de l'endroit que je ne le suis, à tel point qu'il devient difficile de l'entraîner quand il est temps de prendre un repas. Cet après-midi, elle a lancé une remarque bien amusante. Nous rentrions pour dîner et, au sommet des marches menant à la falaise ouest, nous nous étions arrêtées pour admirer la vue, comme d'habitude. Le soleil couchant, déjà bien bas dans le ciel, disparaissait derrière Kettleness; une lumière rouge inondait East Cliff et la vieille abbaye, comme pour les protéger. Tout un temps, nous restâmes silencieuses; puis, soudain, Lucy murmura, comme si elle se parlait à elle-même :

– Ses yeux, encore, rouges! C'est la même chose…

Étrange remarque, que rien ne justifiait et qui, par conséquent, me stupéfia. Je me détournai quelque peu, afin de regarder Lucy sans pour autant paraître l'observer. Je remarquai qu'elle se trouvait dans un état de demi-somnolence et que son visage montrait une expression que je ne pouvais comprendre. Je ne dis toujours rien, mais suivis son regard. Elle semblait regarder notre banc, sur lequel une sombre silhouette avait pris place. Une seconde, je fus troublée moi-même, car il me sembla que l'étranger avait des yeux de flammes. Un second regard suffit à dissiper l'illusion. Le soleil sanglant donnait à présent sur les vitraux de l'église Sainte-Marie, plus bas que notre siège, et les variations dans la réflexion de la lumière donnaient à cette lumière une illusion de mouvement. J'attirai l'attention de Lucy sur cette merveille de la nature et, en une seconde, elle redevint elle-même – bien qu'elle conservât une certaine impression de tristesse. Peut-être pensait-elle à cette terrible nuit, passée en cet endroit. Jamais nous n'en avions reparlé. Je ne fis donc aucun commentaire et nous rentrâmes dîner. Lucy, souffrant de migraine, s'est couchée fort tôt. Je l'ai regardée s'endormir, puis suis sortie faire une promenade moi-même. Je marchai le long des collines, vers l'ouest, et m'emplis, tout le long de ma flânerie, d'une délicieuse tristesse – car je ne cessai de penser à Jonathan. Lorsque je rentrai, la lune brillait à tel point que, hormis notre hôtel qui s'abritait dans l'ombre, on aurait pu se croire en plein jour. Avant d'entrer, je levai les yeux, regardai notre fenêtre et vis Lucy qui se penchait. Je me dis qu'elle m'attendait et lui fis signe de mon mouchoir. Elle ne remarqua rien – en tout cas, elle ne bougea pas. À ce moment précis, la lune éclaira cette façade de l'hôtel et, naturellement, notre fenêtre. C'était bien Lucy, à n'en point douter, la tête appuyée contre le chambranle[1], les yeux fermés. Elle était endormie et à côté d'elle, sur le marbre, quelque chose qui ressemblait à un oiseau de grande taille. J'eus peur, soudain, qu'elle ne prît froid et montai à toute allure. Pourtant, lorsque j'eus pénétré dans la chambre, elle était en train de regagner son lit, toujours endormie, la respiration difficile. Elle avait posé la main sur sa gorge, comme pour se protéger du froid. Je pris soin de ne pas l'éveiller et la bordai du mieux que je le pus. Je refermai porte et fenêtre.

Elle est si belle quand elle dort ! Je la trouve pourtant plus pâle que d'habitude et je découvre, sous ses yeux, quelques cernes que je n'aime pas. Je crains qu'elle ne couve une maladie. Je voudrais savoir laquelle. […]

[Dans son journal, Mina consigne la mort annoncée de la mère de Lucy : il faut lui éviter tout choc trop violent, qui la tuerait. Lucy, quant à elle, paraît s'affaiblir de jour en jour et les deux petites blessures que Mina pense lui avoir faites avec une épingle à nourrice (p. 72) ne semblent pas cicatriser.
Samuel F. Billington & fils, *solicitors* à Whitby, adressent une lettre à Carter, Paterson & Cie, à Londres, pour leur demander de recevoir un envoi de marchandises expédiées par les Chemins de fer du Grand Nord – cinquante

1. *Chambranle* : encadrement de la fenêtre.

caisses –, et de les livrer au domaine de Carfax, dans l'ancienne chapelle.
Mina reçoit une lettre de Budapest lui indiquant que Jonathan, malade, atteint d'une « violente fièvre cérébrale », a été recueilli par des religieuses. Elle décide de le rejoindre.
De son côté, le directeur de l'asile d'aliénés, le docteur Seward, note le changement de comportement de l'un de ses patients, le zoophage[1] Renfield. Celui-ci refuse désormais de lui parler, répète que « le Maître s'approche » et tente même de s'échapper : le docteur Seward retrouve alors le « fugitif » dans la propriété voisine de l'asile, Carfax.]

Chapitre IX

Lettre de Mina Harker à Lucy Westenra

Budapest, le 24 août

Ma chère Lucy,

Je sais que tu es anxieuse de savoir tout ce qui s'est passé depuis notre séparation, à la gare de Whitby. Eh bien, je suis arrivée sans encombre à Hull où j'ai pris un bateau pour Hambourg, puis un autre train jusqu'ici. Je ne puis me souvenir de tous les détails – une seule chose m'importait : à chaque seconde, je me rapprochais de Jonathan et Jonathan, je devrai le veiller et le soigner. En conséquence de quoi, j'ai dormi le plus possible. J'ai retrouvé mon grand amour, mais si maigre, si pâle, si faible ! Toute cette énergie que j'aimais lire dans ses yeux a disparu, ainsi que cette

1. *Zoophage* : qui mange des animaux ou des insectes.

expression de dignité qui brillait sur son visage. Il n'est plus que l'ombre de lui-même et il ne se souvient pas de tout ce qui lui est arrivé depuis ces dernières semaines. C'est du moins ce qu'il veut me faire croire et je ne lui poserai pas la moindre question. Il a subi un terrible choc, et je crains que son pauvre cerveau ne souffre davantage si je lui rappelle les événements passés. Sœur Agathe, une excellente femme et, en plus, une remarquable infirmière, m'a avoué que, dans ses délires, il parlait de choses horribles. Je voulais qu'elle me précise ses déclarations, mais elle s'est contentée de se signer et de me jurer qu'elle ne répéterait jamais pareilles horreurs. Elle m'a ensuite expliqué que les délires d'un malade étaient les secrets de Dieu et que si une infirmière, en raison de sa vocation, doit les entendre, elle doit également, toujours au nom de cette vocation, les respecter. C'est une âme merveilleuse de douceur et de dévouement ! Le lendemain, remarquant mon trouble, elle est revenue elle-même sur la question et, après m'avoir rappelé qu'elle n'avait pas le droit de me répéter ce que mon chéri avait prononcé pendant ses périodes de délire, elle ajouta :

– Tout ce que je puis vous dire, ma chère demoiselle, c'est qu'il n'est lui-même coupable d'aucune faute et que vous, sa femme future, n'êtes pas mêlée à ce drame. Il ne vous a pas oubliée ni tout ce qu'il vous doit. Il craint des choses terribles, horribles, qu'aucun mortel ne devrait jamais connaître.

Sans doute la pauvre âme pensait que j'étais jalouse, que j'imaginais mon pauvre Jonathan lancé dans je ne sais quelle aventure avec je ne sais quelle femelle ! Moi, jalouse de Jonathan ! Et pourtant, ma chérie, laisse-moi te le murmurer, j'ai ressenti un frisson de joie lorsque j'ai su qu'il n'y avait pas d'autre femme dans toute cette histoire. Je suis, à présent, assise à son chevet et j'observe son visage pendant qu'il dort. Il s'éveille !

À peine conscient, il a demandé que je lui apporte son manteau – il désirait prendre quelque chose d'une de ses poches. J'ai appelé sœur Agathe qui m'a apporté toutes les affaires de Jonathan. Parmi celles-ci, j'ai découvert un cahier de notes et j'allais lui demander de me laisser y jeter un coup d'œil, certaine de trouver une explication à toute la situation actuelle, mais je suppose qu'il a lu mon désir dans mes yeux, car il m'a priée d'aller à la fenêtre, sous le prétexte qu'il désirait rester seul un moment. Puis il me rappela. Il avait posé la main sur son journal et me dit d'un ton très solennel :

– Wilhelmina[1] (je compris dès cette seconde qu'il allait me dire quelque chose de solennel, car depuis nos fiançailles il n'avait jamais employé mon prénom), Wilhelmina, vous connaissez mes idées concernant la confiance qui doit unir l'époux et l'épouse : pas question de secret ni de cachotteries. J'ai subi un grand choc et, quand je repense à ces quelques semaines, je me sens pris de vertige à tel point que je ne sais si ce qui s'est passé est réalité ou rêve de dément. Vous savez que j'ai souffert d'une fièvre cérébrale – autrement dit, que j'ai subi une crise de démence. Le secret se trouve ici, dans ce carnet, et je ne tiens pas à le connaître. Je désire que votre vie commence à ce moment – avec notre mariage.

En effet, ma chérie, nous avons décidé de nous marier dès que les formalités seront terminées.

– Voulez-vous, Wilhelmina, partager mon ignorance ? Voici mon journal. Prenez-le et conservez-le.

1. Mina est le diminutif de Wilhelmina.

Lisez-le si vous le désirez, mais ne m'en dites rien car je ne désire plus rien en savoir, sauf si quelque motif impérieux m'obligeait à revenir à ces heures amères, endormi ou éveillé, sain d'esprit ou dément.

À ce moment, il retomba sur son oreiller, épuisé. Je glissai son journal sous son oreiller et posai un baiser sur son front. J'ai demandé à la sœur Agathe de prier la supérieure de nous marier ce soir même. J'attends la réponse.

Elle vient de me dire qu'on a fait venir l'aumônier de l'Église anglicane. Nous serons mariés dans une heure – ou plutôt dès que Jonathan s'éveillera. [...]

Ton affectionnée – comme toujours,
Mina Harker.

Lettre d'Arthur Holmwood au docteur Seward

Hôtel d'Albemarle, le 31 août[1]

Mon cher Jack[2],

Je voudrais vous demander une faveur. Lucy est souffrante. Je veux dire qu'elle ne présente aucun symptôme de maladie, mais elle a une mine horrible qui empire de jour en jour. Je l'ai interrogée sincèrement. Je n'ose questionner sa mère car troubler cette pauvre femme, lorsqu'on connaît son état de santé actuel, serait sans doute fatal. Mrs. Westenra m'a confié que les jours de cette pauvre femme étaient comptés – maladie de cœur. Je ne crois pas que Lucy soit au courant. Je suis certain qu'elle souffre de

1. Son père étant hors de danger, Arthur Holmwood a rejoint sa fiancée.
2. Jack est le diminutif familier de John.

quelque chose – peut-être d'un mal psychologique. Penser à elle me distrait, à présent; la regarder me cause une profonde souffrance. Je lui ai révélé que j'allais vous demander en consultation et, en dépit d'un refus initial (et je sais très bien pourquoi, mon vieil ami), elle a finalement consenti. Pour vous, je le comprends, mon vieil ami, la tâche ne sera pas des plus agréables, mais *sa* santé est en jeu et je ne dois pas plus hésiter à demander votre intervention que vous ne devez hésiter à intervenir. Venez déjeuner à Hillingham demain, deux heures, pour ne pas éveiller les soupçons de Mrs. Westenra. Après le repas, Lucy s'arrangera pour demeurer seule avec vous. Moi, je viendrai pour le thé et nous pourrons repartir ensemble. Je suis dévoré d'anxiété et désire vous parler le plus vite possible après que vous l'aurez examinée. Ne manquez pas de venir !

Arthur.

Télégramme d'Arthur Holmwood au docteur Seward

1er septembre

Obligé de rejoindre mon père. Aggravation. Lettre suit. Écrivez-moi par express. Télégraphiez si nécessaire.

Lettre du docteur Seward à Arthur Holmwood

Le 2 septembre

Mon vieil ami,

En ce qui concerne la santé de Miss Westenra, je me hâte de vous rassurer : je ne crois pas qu'elle souffre du moindre trouble physiologique ni qu'elle souffre de quelque maladie. Mais en même temps, je suis aussi peu satisfait que vous de son apparence. Elle a bien changé (dans le mauvais sens du terme) depuis notre dernière rencontre. Bien entendu, vous devez comprendre que je n'ai pas eu l'occasion de l'examiner aussi profondément que je l'aurais voulu. De plus, notre amitié elle-même suscite quelques difficultés que la science médicale hésite à éliminer. Je vais donc vous décrire avec précision ce qui s'est passé et vous laisserai alors l'opportunité de tirer vos propres conclusions. Ensuite, je vous ferai savoir ce que j'ai fait et ce que je me propose de faire.

J'ai trouvé Miss Westenra d'excellente humeur, apparemment. Sa mère était là, également, et, en quelques secondes, j'ai compris que la demoiselle faisait tout son possible pour ne pas inquiéter sa maman à qui elle veut éviter toute angoisse. Elle devine la prudence nécessaire à l'égard de la santé de sa mère, même si elle ne sait rien de précis concernant sa maladie. Nous avons déjeuné à trois et, tous trois, avons rivalisé de bonne humeur – en fin de compte, d'ailleurs, nous avons ressenti une sorte de bonheur sincère, juste récompense des efforts que nous accomplissions. Puis Mrs. Westenra est montée se coucher, et Lucy est restée seule avec moi. Nous sommes allés dans son boudoir[1] et, pendant tout un temps, sa gaieté est demeurée intacte, en raison des allées et venues domestiques. Par contre, dès que la porte se fut refermée tout à fait, le masque est tombé : elle s'est affalée dans son fauteuil avec un grand soupir et a caché ses yeux derrière ses mains. Lorsque je la vis enfin sincère, je commençai à l'interroger en vue d'établir mon

1. *Boudoir* : petit salon élégant.

diagnostic. Ce fut avec une grande douceur qu'elle me répondit :

– Je ne puis vous décrire combien je déteste parler de moi.

Je lui rappelai l'existence du secret professionnel et lui exposai toute votre angoisse concernant son état de santé. Elle profita tout de suite de l'occasion pour me renvoyer à mes affaires :

– Dites ce que vous voudrez à Arthur. Je ne me soucie pas le moins du monde de moi, mais bien de lui.

Je suis donc libre ! Il n'était pas difficile de comprendre qu'elle manquait de sang, bien que je n'eusse découvert aucun des symptômes habituels de l'anémie. J'eus même la chance exceptionnelle (je parle du seul point de vue du praticien, s'entend) d'examiner la qualité de son sang car, en ouvrant une fenêtre qui résistait, elle se coupa la main. Rien de bien grave, mais je profitai de l'occasion pour lui subtiliser quelques gouttes que j'analysai dans la suite. L'examen qualitatif est tout à fait normal et montre, contrairement à toute attente, une santé vigoureuse. Au seul point de vue physique, je suis satisfait, étant donné qu'il n'y a pas de quoi s'inquiéter. Mais comme il doit exister une cause à son état étrange, j'en suis arrivé à la conclusion qu'elle devait être d'ordre psychologique. Elle se plaint de difficultés à respirer, parfois, d'un sommeil lourd, quasiment léthargique[1], alourdi de rêves qui l'épouvantent mais dont elle ne se souvient jamais. Elle m'a expliqué que, dans sa jeunesse, elle marchait dans son sommeil – habitude qui lui est revenue pendant son séjour à Whitby. Un soir, m'a-t-elle raconté, elle a marché jusqu'au sommet de East Cliff où Miss Murray

1. *Sommeil* [...] *léthargique* : sommeil profond dans lequel les fonctions de la vie sont comme suspendues.

l'a retrouvée. Elle m'assure, par contre, qu'elle n'a plus eu à souffrir de somnambulisme ces derniers temps. Je reste perplexe et j'ai donc choisi ce qui me paraissait la meilleure solution : j'ai écrit à mon vieux maître et ami, le professeur Van Helsing, d'Amsterdam, qui s'y connaît mieux que personne dans les maladies les plus étranges du monde. Je lui ai demandé de venir et, comme vous m'avez prévenu que les frais étaient à votre charge, j'ai parlé de vous, dans ma lettre, et j'ai précisé les relations qui vous unissaient à Miss Westenra. Voilà, mon vieil ami, pour répondre à vos demandes. Sachez en plus que je suis trop fier et trop heureux de faire quelque chose pour Lucy. Je sais que Van Helsing m'aidera quand je le voudrai mais, quelle que soit la raison pour laquelle il vienne, nous devrons nous en remettre à toutes ses décisions. Au premier abord, cet homme semble très tyrannique, mais cette tyrannie est due au fait qu'il sait mieux que quiconque ce dont il parle. C'est un philosophe, métaphysicien, un des hommes de science les plus avancés de cette époque, un de ces rares hommes qui, en dépit de son monstrueux savoir, aient gardé un esprit ouvert. Ajoutez à cela des nerfs d'acier, un tempérament que rien ne vient briser, une résolution indomptable, une maîtrise de soi, une tolérance sans pareille et, enfin, un cœur d'or – telles sont les armes qu'il emploie dans la noble tâche qu'il s'est assignée. Je vous décris longtemps ce personnage pour que vous compreniez l'étendue de ma confiance en lui. Je lui ai demandé de venir le plus vite possible. Demain, je reverrai Miss Westenra. Nous nous verrons au-dehors, pour que sa mère ne s'alarme pas devant une telle assiduité.

Toujours vôtre,
John Seward.

Lettre d'Abraham Van Helsing, M.D., Dr. Phil., Dr. Lit., etc. au docteur Seward

Le 2 septembre

Mon cher ami,

J'ai reçu votre lettre – me voici. Par chance, je puis disposer immédiatement de mon temps, sans avoir l'impression de trahir tous ceux qui m'ont accordé leur confiance. Les circonstances eussent-elles été différentes, j'aurais dû me résoudre à décevoir bien des gens, car je dois avant tout rejoindre mon ami, s'il m'appelle à l'aide pour sauver une personne qui lui est chère. [...] Réservez-moi une chambre au Great Eastern Hotel de telle sorte que je ne sois pas trop loin de notre patiente et arrangez-vous pour que je puisse examiner celle-ci dès demain, pas trop tard, car selon toute vraisemblance je devrai revenir ici le soir même.

Mais s'il le faut, je vous retrouverai dans trois jours, pour un laps de temps plus long. Jusque-là, portez-vous bien, mon ami John.

Van Helsing

Lettre du docteur Seward à l'honorable Arthur Holmwood

Le 3 septembre

Mon cher Art,

Van Helsing est venu et reparti. Il m'a accompagné à Hillingham. Grâce à la ruse de Lucy, Mrs. Westenra déjeunait dehors, de sorte que nous avons pu demeurer seuls avec elle. Van Helsing s'est livré à un examen très approfondi. Il me fera son rapport que je vous commenterai – parce que, bien entendu, je n'étais pas présent pendant tout ce temps. Je crains que

Van Helsing ne soit très inquiet, mais il ne veut rien dire sans avoir réfléchi à la question. Quand j'ai évoqué notre amitié et la confiance dont vous m'honoriez, il m'a répondu :

– Vous devez lui dire tout ce que vous croyez devoir lui dire. Vous devez lui dire aussi ce que je pense – pour autant que vous puissiez le deviner. Non, je ne plaisante pas. Il s'agit de vie, de mort, peut-être même plus.

Je lui demandai ce qu'il voulait dire au juste, car il paraissait fort sérieux. Cela se passait quand nous étions revenus en ville et que nous prenions une tasse de thé avant son départ pour Amsterdam. Il ne voulut pas me donner de détails supplémentaires. [...] De toute façon, je recevrai une lettre.

Notre visite, à présent. Lucy était plus joyeuse encore que le premier jour et, de toute évidence, elle allait mieux. Elle avait perdu quelque chose de ce regard effrayant qui vous inquiétait tant et sa respiration était tout à fait normale. Elle se montra très agréable vis-à-vis du professeur (comme elle l'est toujours) et fit l'impossible pour qu'il se sentît à l'aise. J'ai pourtant compris dans l'instant que la pauvre fille devait lutter pour arriver à tant d'amabilité ! Je crois que Van Helsing s'en est aperçu, lui aussi, car, de sous ses sourcils broussailleux, je surpris un regard que je connaissais bien. Il commença à papoter de toutes sortes de choses, sauf de nous et des maladies, avec un tel génie et une telle spontanéité que bientôt la feinte gaieté de Lucy céda la place à une joie véritable. Puis, sans paraître changer de conversation, il passa à l'objet de sa visite et, de sa voix la plus douce, dit :

– Ma très chère demoiselle, je ressens un intense plaisir de vous savoir tant aimée. D'autant plus que la joie de vous connaître est liée à cet amour qui vous entoure. Et c'est beaucoup, mon enfant – même si je ne vois pas tout. On m'a raconté que vous n'étiez guère en forme, voire d'une pâleur spectrale[1]. À ces mauvaises langues, je réponds : « Pfffft ! »

[...] Aussi, ma chère, allons-nous renvoyer ce jeune élément fumer une cigarette dans le jardin, pendant que vous et moi parlerons un peu de ce qui nous intéresse.

Force me fut de m'exécuter et j'allai me promener – peu de temps car le professeur apparut bien vite à la fenêtre pour me rappeler. Il paraissait grave, mais me dit :

– Je me suis livré à un examen approfondi. Il n'y a pas de cause fonctionnelle. Je suis également d'accord avec vous : elle a perdu beaucoup de sang – j'ai bien dit : a perdu, non perd. Par contre, elle ne présente pas le moindre symptôme d'anémie. Je lui ai demandé de faire venir sa femme de chambre à qui j'aimerais poser quelques questions – je ne veux rien laisser au hasard. Je sais déjà ce qu'elle va dire. Il y a pourtant une cause – tout a une cause. Je dois rentrer chez moi et réfléchir. Envoyez-moi un télégramme chaque jour et, s'il le faut, je reviendrai. La maladie (ne pas être en forme parfaite est une maladie) m'intéresse. Et puis, la pauvre chère demoiselle, elle m'intéresse aussi. Elle m'a charmé. Et je reviendrai pour elle, si pas pour vous ni pour la maladie.

Comme je vous l'ai déjà écrit, il n'a pas voulu ajouter un mot, même quand nous nous sommes retrouvés seuls. Et maintenant, Art, vous savez ce que je sais. Je monterai une garde vigilante. J'espère que votre pauvre père va mieux. Quel terrible dilemme pour vous, mon vieil ami, d'être ainsi tiraillé entre deux personnes aussi chères à votre cœur ! Je connais vos idées

1. *Spectrale* : fantomatique.

concernant les devoirs d'un enfant vis-à-vis de son père et vous avez raison de vous y attacher. Pourtant, si nécessaire, je vous enverrai un mot pour que vous rejoigniez Lucy. Ne vous faites donc pas trop de tracas, sauf si vous recevez, de moi, une lettre urgente. […]

CHAPITRE X

[…]

[L'état de Lucy s'aggrave.]

Journal du docteur Seward[1]

7 septembre. La première question que me posa Van Helsing en me rencontrant à Liverpool Street fut :

– Avez-vous dit quelque chose à notre jeune ami, l'amoureux de mademoiselle ?

– Non ! J'attendais de vous avoir vu, comme je vous l'ai écrit dans mon télégramme. Je l'ai simplement prévenu de votre arrivée parce que Miss Westenra était retombée malade et que je lui donnerais des précisions s'il le fallait.

– Fort bien, mon ami. Fort bien ! Il vaut mieux qu'il ne sache rien pour le moment. […]

À notre arrivée, Mrs. Westenra nous accueillit, alarmée, certes, mais moins que je ne l'avais redouté. La nature, parfois si bienveillante, a voulu que même la

1. Ce journal n'est pas sténographié comme celui de Mina mais enregistré sur des cylindres de cire grâce à un phonographe (voir note 1, p. 110).

mort présentât un antidote aux terreurs qu'elle suscite. Ici, une femme à qui la moindre émotion pourrait être fatale en vient à se désintéresser presque entièrement de tout ce qui l'entoure – y compris de l'effroyable changement qui affecte une fille pourtant tendrement aimée. […]

Mes connaissances de ce stade pathologique[1] m'imposèrent une règle bien stricte : elle ne serait pas près de Lucy plus que nécessaire et ne se préoccuperait pas du tout de la maladie de sa fille, sauf nécessité absolue. Mrs. Westenra s'inclina devant ma décision avec une aisance telle que je dus, une fois encore, y découvrir une intervention de la nature. Van Helsing et moi montâmes jusqu'à la chambre de Lucy. Si j'avais été choqué en la voyant la veille, je me sentis épouvanté à la voir aujourd'hui. Elle était pâle, pâle comme un cadavre; toute rougeur semblait s'être retirée de ses lèvres et de ses joues; les os de son visage saillaient jusqu'à paraître proéminents; sa respiration faisait mal – à voir et à entendre. Le visage de Van Helsing parut de marbre, soudain. Ses sourcils semblèrent presque se rejoindre au sommet de son nez. Lucy gisait, immobile, sans même sembler avoir la force de parler. Pendant tout un temps, le silence pesa sur nous. Puis Van Helsing me fit un signe de la main, et nous sortîmes de la pièce, sur la pointe des pieds. Une seconde après avoir refermé la porte, il se précipita à travers le corridor et ouvrit la porte voisine. Il me tira derrière lui, referma la porte et s'exclama enfin :

– Mon Dieu, c'est horrible ! Il n'y a pas de temps à perdre ! Elle va mourir exsangue[2] – je m'étonne même que son cœur fonctionne encore ! Il faut effectuer une transfusion immédiatement. Vous ou moi ?

1. *Pathologique* : en rapport avec la maladie.
2. *Exsangue* : qui a perdu beaucoup de sang.

– Je suis plus jeune et plus fort, monsieur le Professeur ! Ce sera moi.

– Préparons-nous tout de suite. J'apporte mon sac : j'avais prévu cette éventualité.

Je le suivis en bas. Comme nous arrivions à la dernière marche, nous entendîmes frapper à la porte. Quand nous eûmes atteint le hall, la femme de chambre venait d'ouvrir la porte, et Arthur se précipitait à l'intérieur. Il courut vers nous, et me dit d'une voix que l'émotion étranglait :

– Jack, j'avais si peur ! J'ai lu entre les lignes de votre lettre et je souffre le martyre. Papa allait mieux et j'ai pu partir. Est-ce ce monsieur, le docteur Van Helsing ? Je vous suis tellement reconnaissant, monsieur, d'être venu si rapidement...

La première seconde où le professeur avait remarqué le nouveau venu, l'interruption l'avait mis de mauvaise humeur. Mais maintenant, alors qu'il comprenait cette virile résolution qui semblait émaner d'Arthur, ses yeux se mirent à briller. Il lui tendit la main et lui déclara sans ambages[1] :

– Vous arrivez juste à temps, monsieur ! Vous êtes l'amoureux de notre chère demoiselle, n'est-ce pas ? Elle va mal, très mal. Mais non, mon petit, ne vous évanouissez pas comme cela !

Arthur, en effet, était devenu d'une pâleur effrayante et s'était laissé tomber sur une chaise.

– Vous allez l'aider. Vous pouvez faire plus pour elle que tout être vivant et votre courage est le meilleur des remèdes.

– Que puis-je faire ? demanda-t-il d'une voix enrouée. Dites-le-moi et j'obéirai ! Ma vie est à elle – et

1. *Sans ambages* : sans détours.

je donnerais jusqu'à la dernière goutte de mon sang pour…

En toute circonstance, le professeur avait manifesté un sens aigu de l'humour et sa réponse me le prouva une fois encore :

– Je ne vous en demande pas tant, mon jeune ami, pas la dernière goutte en tout cas !

– Que dois-je faire ?

Van Helsing lui frappa l'épaule.

– Venez, dit-il. Vous êtes un homme et c'est d'un homme dont nous avons besoin. Vous êtes supérieur à moi, supérieur à mon ami John.

Arthur semblait stupéfait. Le professeur lui donna toutes les explications, avec gentillesse :

– La jeune demoiselle va mal, très mal. Elle a besoin de sang, de beaucoup de sang, sans quoi elle mourra. Mon ami John et moi sommes d'accord à ce sujet. Nous allons donc réaliser une transfusion de sang, faire passer du sang de veines pleines à veines moins pleines. John était sur le point de donner son sang, étant donné qu'il est plus jeune et plus vigoureux que moi (à ce moment, Arthur me prit la main et la serra, sans ajouter un mot), mais à présent que vous êtes ici et que vous convenez encore mieux que nous, jeune ou vieux, puisque nous sommes usés à force de travailler du cerveau… Nos nerfs ne sont plus aussi calmes, notre sang n'est plus aussi rouge que le vôtre.

Arthur se tourna vers lui :

– Si vous saviez avec quelle joie je mourrais pour elle, vous comprendriez…

Une plainte mal retenue l'interrompit.

– C'est bien, répondit Van Helsing. Il ne faudra pas attendre bien longtemps, je crois, pour que vous ressentiez un intense bonheur à la pensée de ce que vous aurez fait pour elle. Venez, à présent, et soyez discret.

Vous l'embrasserez avant que nous opérions, puis, le travail accompli, vous partirez. Pas un mot à madame. Vous savez que sa santé est chancelante ! Pas un choc. Et toute nouvelle de ce genre en serait un. Venez.

Nous remontâmes jusqu'à la chambre de Lucy. Selon les ordres, Arthur resta à l'intérieur. Lucy tourna la tête et nous regarda, sans rien dire. Elle ne dormait pas – elle était simplement trop faible pour accomplir le plus petit effort. Ses yeux nous parlaient, sans plus. Van Helsing tira quelques objets de son sac et les étala sur une petite table, loin des regards de Lucy. Puis il mélangea un narcotique[1] et, s'approchant du lit, dit d'une voix joyeuse :

– Eh bien, ma bonne demoiselle, voici votre médicament. Buvez-moi ceci, comme une gentille petite fille. Regardez : je vous soulève pour que vous puissiez tout avaler facilement. Voilà !

Elle avait réussi à tout absorber, au prix de quel effort !

Le temps qu'exigea la drogue pour agir me stupéfia. Il fallait y attribuer la faiblesse de notre patiente. Le temps parut ne jamais finir jusqu'à ce qu'enfin les sourcils commencent à battre. Avec le temps quand même, le narcotique prouvait sa puissance. Elle tomba dans un profond sommeil. Le professeur s'estimant satisfait, je pus faire entrer Arthur dans la pièce. On lui fit retirer sa veste, puis Van Helsing ajouta :

– Vous pouvez prendre le baiser promis pendant que j'approche la petite table. Aidez-moi, John !

De sorte qu'aucun d'entre nous ne regarda Arthur se pencher sur la jeune malade.

Se tournant vers moi, Van Helsing déclara :

1. *Narcotique* : médicament qui provoque le sommeil.

– Il est si jeune et si fort, son sang est si pur que nous n'avons pas besoin de le défibrer[1].

Puis, vif mais précis, Van Helsing se consacra à la transfusion. Pendant qu'elle se déroulait, quelque chose qui ressemblait à de la vie commença à réapparaître sur les joues de la pauvre Lucy et, bien que le visage d'Arthur, par contre, pâlît de plus en plus, on pouvait y lire une joie qui donnait l'impression d'un jour naissant. Au bout d'un certain temps, d'ailleurs, je commençai à m'inquiéter car une telle perte de sang pouvait se révéler néfaste à mon ami, quelque robuste qu'il fût. Voilà qui me donnait une idée de ce qu'avait dû supporter l'organisme de Lucy puisque ce qui affaiblissait tant Arthur suffisait à peine à la ranimer. Le visage du professeur demeurait grave, alors qu'il restait près de sa patiente, montre en main, les yeux fixés qui sur Lucy, qui sur Arthur. Je pouvais entendre battre mon cœur. Et puis, enfin, il me dit à voix basse :

– Ne perdez pas un instant : c'est assez. Occupez-vous de lui, moi je veillerai sur elle.

L'opération terminée, je pus mesurer le degré de faiblesse d'Arthur. Je pansai la blessure et lui saisis le bras pour l'emmener. À ce moment, Van Helsing parla, sans se détourner – il semblait décidément avoir des yeux dans le dos !

– Le brave fiancé, je crois, mérite un autre baiser qu'il va recevoir sur l'heure.

L'opération terminée, Van Helsing rajusta l'oreiller sous la tête de sa patiente. Ce faisant, il fit tomber de quelques centimètres le petit ruban de velours noir qu'elle portait toujours autour du cou et que fermait une ancienne boucle de diamant offerte

1. *Défibrer* : traiter le sang avant une transfusion.

par son fiancé. Une marque rouge apparut sur la gorge. Arthur ne remarqua rien, mais j'entendis un sifflement du côté de Van Helsing – sa manière de marquer une surprise mêlée d'émotion. Sur le moment, il ne dit rien, mais se contenta de se tourner vers moi et de m'ordonner :

– Emmenons donc notre courageux amoureux, donnons-lui un verre de porto et accordons-lui quelque trêve. Il doit rentrer chez lui, se reposer, dormir, dormir beaucoup et manger le plus possible, pour récupérer ce qu'il a donné à son amour. Il ne doit pas demeurer ici. Attendez ! Un moment ! Je suppose, monsieur, que vous vous interrogez sur ce que nous venons d'accomplir. Eh bien, soyez rassuré : l'opération a parfaitement réussi. Vous venez de sauver la vie de votre fiancée : vous pouvez rentrer chez vous en vous disant que tout ce qui pouvait être fait a été fait. Lorsqu'elle ira mieux, je lui parlerai de votre noble attitude. Elle ne vous aimera pas moins que ce que vous avez fait. À bientôt !

Arthur parti, je revins dans la pièce. Lucy dormait toujours, mais sa respiration était plus forte. Je pouvais voir s'élever la courtepointe[1] à mesure qu'elle inspirait. À son chevet, Van Helsing la regardait avec attention. La bande de velours recouvrait à nouveau sa plaie. Je demandai :

– Que pensez-vous de cette marque sur la gorge ?

– Et vous-même ?

– Je ne l'avais pas encore vue, répondis-je.

– Je détachai le ruban une fois de plus. Juste au-dessus de la jugulaire[2], on pouvait distinguer deux petites piqûres, sans gravité, sans doute, mais tout de

1. *Courtepointe* : couette.

2. *Jugulaire* : veine située dans la partie latérale du cou.

même horribles à voir. Aucune trace d'infection, certes, mais les parois présentaient un aspect blanchâtre, usé comme par trituration. Je pensai une seconde que c'était cette plaie mystérieuse qui avait occasionné la terrible perte de sang, mais j'abandonnai bien vite cette hypothèse indéfendable. Avec le sang que cette pauvre jeune fille avait perdu, les draps auraient dû être trempés d'une extrémité à l'autre – la pâleur de notre patiente, avant la transfusion, soulignait la quantité perdue !

– Eh bien ? demanda Van Helsing.

– Eh bien, je n'y comprends rien, avouai-je.

Le professeur se leva.

– Je dois rentrer à Amsterdam cette nuit, dit-il. J'ai besoin d'ouvrages et d'instruments. Vous, vous resterez ici toute la nuit et vous ne la perdrez pas de vue une seconde !

– Demanderai-je une infirmière ?

– Vous et moi sommes les meilleures infirmières du monde. Gardez-la bien toute la nuit. Veillez à ce qu'elle mange bien et à ce que rien ne la trouble. Vous ne devez pas fermer l'œil de la nuit ! Plus tard, nous rattraperons ce sommeil, vous et moi. Je reviendrai le plus vite possible. Alors, nous pourrons vraiment commencer.

– Commencer ? Mais que voulez-vous dire ?

– Nous verrons, répondit-il avant de disparaître.

Un moment plus tard, il passa sa tête dans l'ouverture de la porte et me dit, en me menaçant du doigt :

– N'oubliez pas qu'elle est sous votre responsabilité ! Si vous négligez vos devoirs et qu'elle en pâtisse, souvenez-vous que vous perdrez le sommeil !

Journal du docteur Seward (suite)

8 septembre. J'ai veillé toute la nuit, auprès de Lucy. Le narcotique a agi jusqu'au début de la soirée, puis elle s'est éveillée naturellement. Elle semblait un être différent d'avant l'opération ! Elle se sentait même mieux elle-même : elle paraissait d'une merveilleuse vivacité, encore que je pusse retrouver les symptômes de la prostration[1] d'où nous venions de l'arracher. Lorsque j'avouai à Mrs. Westenra que le docteur Van Helsing m'avait ordonné de veiller sa fille toute la nuit, elle parut nettement choquée, et objecta que sa fille, à présent en excellente santé, n'avait nul besoin de protection nocturne – et masculine ! Je demeurai ferme, toutefois, et me préparai à ma longue veille. Lorsque la femme de chambre eut préparé Lucy pour la nuit, j'entrai moi-même et approchai un siège au chevet du lit. Lucy ne souleva aucune objection – au contraire, chaque fois que son regard croisait le mien, je pouvais y lire une grande reconnaissance. Après un temps assez long, elle sembla s'enfoncer dans le sommeil, mais elle le chassa – non sans effort, toutefois. Le manège se répéta plusieurs fois, à intervalle de plus en plus rapproché et avec des efforts de plus en plus grands pour résister au sommeil. De toute évidence, elle refusait le sommeil. J'abordai le sujet :

– Vous ne voulez pas dormir ?

– Non, j'ai peur.

– Peur de dormir ? Allons ? Tout le monde aspire au sommeil !

– Si vous étiez comme moi, si le sommeil était un présage de terreur, vous ne le souhaiteriez pas avec tant d'enthousiasme !

1. *Prostration* : état d'immobilité silencieuse.

– Un présage de terreur ? Que voulez-vous dire ?

– Je ne sais pas – vraiment, je ne sais pas. Et c'est bien cela qui est terrible. Toute cette faiblesse arrive dans mon sommeil, à tel point que je viens à en craindre l'idée même !

– Mais, ma chère enfant, vous pouvez dormir sans crainte, cette nuit : je suis ici pour veiller sur vous et puis vous garantir que rien ne vous arrivera.

– Je sais que je puis avoir entière confiance en vous !

J'ajoutai, pour la rassurer entièrement :

– Si je vois, en vous, le moindre signe de cauchemar, je promets de vous éveiller immédiatement.

– C'est vrai ? C'est bien vrai ? Comme vous êtes bon pour moi ! Je vais dormir, alors.

Et, presque après avoir prononcé cette dernière parole, elle soupira profondément avant de retomber sur son oreiller, endormie. [...]

Journal de Lucy Westenra

9 septembre. Je me sens si heureuse, aujourd'hui. J'ai été si faible que me sentir, à présent, capable de penser et de bouger m'évoque un rayon de soleil après des mois de vent d'est soufflant sur un ciel d'acier. Je ne sais pourquoi Arthur me semble très très proche. J'ai l'impression de sentir sa chaude présence autour de moi. Je suppose que la maladie, la faiblesse sont des ennemis égoïstes qui obligent notre âme à se replier sur elle-même, à devenir aveugle au monde extérieur, à réserver notre sympathie, nos sentiments pour nous-même alors que la santé, la force, au contraire, donnent un développement tout autre à l'amour qui peut voleter où il veut. Je sais bien où volent mes pensées ! Si Arthur savait ! Combien ses oreilles doivent tinter, pendant qu'il dort – comme les miennes pendant que je suis éveillée ! Oh le merveilleux sommeil de cette nuit ! Comme j'ai dormi, sachant que l'excellent docteur Seward me protégeait. Et cette nuit non plus, je ne craindrai pas le sommeil. Il est si proche de moi, si proche de mon appel ! Merci à tous ceux qui se montrent bons pour moi ! Merci, mon Dieu ! Bonne nuit, Arthur !

Journal du docteur Seward

10 septembre. Je sentis la main du professeur sur mon front. En une seconde, je fus conscient. C'est là une sorte de réflexe que confère un long séjour de directeur d'asile.

– Et alors, comment va notre patiente ?

– Fort bien, lorsque je l'ai quittée – ou plutôt lorsqu'elle m'a quitté.

– Eh bien, jetons un coup d'œil !

Ensemble, nous entrâmes dans la chambre de Lucy. Le store était baissé. J'allai le lever, le plus discrètement possible, pendant que Van Helsing se dirigeait vers le lit, plus silencieux qu'un chat qui s'approche d'un moineau.

Comme je levais le store et que le soleil matinal commençait à illuminer la pièce, j'entendis le sifflement caractéristique du professeur et, sachant pareille manifestation rarissime de sa part, je sentis une épouvante terrible me glacer le cœur. Alors que je me précipitais, il s'éloignait déjà du lit et son exclamation d'horreur « *Gott in Himmel*[1] ! » suffisait bien pour me faire comprendre l'épouvante de la situation. Il pointa

1. *Gott in Himmel !* : Dieu du ciel !

le lit, sans dire un mot, le visage plus blanc que la cendre. Je sentis mes genoux trembler.

Sur la couche, de toute évidence évanouie, gisait la pauvre Lucy, plus odieusement pâle, plus horriblement faible que jamais. Même les lèvres étaient décolorées et les gencives paraissaient avoir disparu entre les dents – comme le cas se rencontre parfois chez un cadavre après une très longue maladie. Van Helsing leva le pied, comme s'il allait frapper de rage, mais de longues années de domination lui firent renoncer à son explosion de colère.

– Vite ! s'écria-t-il. Apportez le brandy[1] !

Je me précipitai dans la salle à manger et apportai la carafe. Il humecta les lèvres avec quelques gouttes d'alcool puis, ensemble, nous commençâmes à masser paumes, poignets et cœur. Ensuite, Van Helsing ausculta et, après quelques moments d'une attente intolérable, déclara :

– Il n'est pas trop tard : le cœur bat encore, quoique faiblement. Tout ce que nous avons fait est perdu. Il faut recommencer et tout de suite ! Il n'y a plus de jeune Arthur ici, pour le moment, c'est pourquoi je crains de devoir vous réquisitionner, ami John !

Tout en parlant, il avait déjà fouillé dans son sac et extrait les instruments indispensables à la transfusion. Pendant ce temps, j'avais ôté ma veste et retroussé mes manches. Il n'était pas possible d'endormir la patiente – et, au demeurant, il n'en était nul besoin. Sans attendre, donc, nous commençâmes l'opération. Après un certain temps, un temps qui ne me parut pas très bref, en tout cas, car sentir son propre sang quitter ses veines, même si c'est en toute volonté, se révèle une terrible épreuve, Van Helsing leva un doigt avertisseur :

1. *Brandy* : eau-de-vie de raisin.

– Ne bougez pas… Je crains qu'avec ce renouveau de force elle ne s'éveille, ce qui la mettrait dans une terrible situation. Je vais prendre mes précautions et lui injecter une dose de morphine[1].

Il s'exécuta et il me sembla que l'effet de la piqûre était plus que positif, car Lucy parut quitter son évanouissement pour plonger tout de suite dans un sommeil de droguée. Ce ne fut pas sans un orgueil personnel que je vis quelque couleur revenir sur les joues et les lèvres de craie. Quel bonheur de comprendre que son sang coule dans les veines de l'objet aimé !

Le professeur m'observait avec une terrible attention.

– Cela suffira, décréta-t-il.

– Déjà ? protestai-je. Vous en avez pris bien plus à Arthur !

Il sourit, un sourire bien triste, et me répondit :

– Lui, c'est le fiancé, n'est-ce pas ? Il peut perdre du sang. Vous, vous avez du travail, beaucoup de travail à accomplir, tant pour elle que pour d'autres. D'ailleurs, pour le moment, cela suffira.

L'opération terminée, il s'empressa auprès de Lucy pendant que je soignais moi-même ma blessure. Je restai quelque temps étendu, attendant le bon plaisir du professeur – je me sentais en effet très faible, et même un peu mal à l'aise. Finalement, il me pansa et m'envoya en bas boire un verre de vin. Alors que je quittais la pièce, il se précipita vers moi pour me murmurer :

– Pas un mot de tout cela, à quiconque ! Et si notre jeune amoureux revient comme l'autre jour, sans être

1. *Morphine* : substance douée de propriétés calmantes et endormantes.

attendu, taisez-vous! Il en serait effrayé, jaloux, peut-être, bref, rien qui nous intéresse! Allez!

Lorsque je revins, il me regarda attentivement. Puis :

– Vous n'êtes pas brillant! Retournez dans l'autre chambre, étendez-vous sur le sofa et reposez-vous. Puis vous mangerez quelque chose et vous reviendrez ici.

Je suivis ses ordres, car je savais combien il avait raison. J'avais fait plus que mon devoir et il me fallait conserver toute mon énergie. Je me sentais très faible – voilà qui expliquera sans doute mon modeste étonnement devant les événements. Je m'endormis sur le sofa, non sans m'être demandé pourquoi cette rechute et comment une telle perte de sang était possible alors que rien, dans la chambre, ne portait la plus petite tache rouge. Je dois avoir emporté ma stupéfaction dans mes rêves car, songe ou réalité, mes pensées me ramenaient aux deux petites plaies sur la gorge de Lucy – et surtout sur l'aspect terrible des bords, même s'ils n'étaient pas impressionnants.

Pendant la journée, Lucy dormit bien. Quand elle s'éveilla, elle se sentait assez forte, encore que moins en forme que la veille. Lorsque Van Helsing l'eut vue, il sortit se promener m'ordonnant de ne pas perdre notre patiente de vue une seconde. J'entendis encore sa voix, dans le hall, qui demandait d'où il pourrait envoyer un télégramme.

Lucy papota avec moi, apparemment inconsciente de ce qui venait de se dérouler. Je tentai d'entretenir sa gaieté et son intérêt. Quand sa mère monta, elle ne parut pas s'apercevoir de quoi que ce fût. Elle me dit, d'une voix enjouée :

– Nous vous devons beaucoup, docteur Seward, mais vous devez bien prendre garde à ne pas vous surmener. Vous êtes si pâle vous-même! Il vous faut une femme pour vous soigner et s'occuper de tout, voilà ce qu'il vous faut ! […]

11 septembre. Cet après-midi, je suis retourné à Hillingham. Trouvé Van Helsing d'excellente humeur et Lucy en fort bonne santé. Peu après mon arrivée, un gros paquet, envoyé de l'étranger, parvint à Van Helsing. Il l'ouvrit avec une grande impatience (impatience feinte, sans doute) et en sortit un énorme bouquet de fleurs blanches.

– C'est pour vous, Miss Lucy !

– Pour moi… Oh docteur, je…

– Oui, ma chère, pour vous… mais non pour que vous les disposiez dans un vase ! C'est un médicament.

Lucy fit la grimace.

– Mais non, il n'est pas question de décoction ni de tisane – inutile de retrousser ce charmant petit nez ou bien je me verrai dans l'obligation de décrire à mon ami Arthur ce qui l'attendra lorsque sa femme transforme son si charmant visage en un masque hideux ! Ha ha ! Merci, ma jolie demoiselle, d'avoir rendu à votre joli nez sa forme primitive ! Ces fleurs sont des médicaments, mais vous ignorez comment vous en servir. Eh bien voilà : j'en accroche à la fenêtre, j'en fais aussi un collier que j'accroche autour de votre joli cou et vous dormirez le mieux du monde. Mais oui : ces fleurs, comme les fleurs de lotus, vous font oublier tous vos tracas ! Respirez-les, ces fleurs. Ne sentent-elles pas comme les eaux du Léthé[1], ou comme cette fontaine de jeunesse que les Conquistadores[2] ont cherchée en Floride – et découverte bien trop tard !

1. *Léthé* : fleuve de l'oubli dans la mythologie grecque.
2. *Conquistadores* : aventuriers espagnols partis à la conquête de l'Amérique au XVIe siècle.

Pendant qu'il parlait, Lucy avait regardé les fleurs et les avait reniflées. Tout de suite, elle les repoussa en riant – bien que son expression trahît en même temps un certain dégoût.

– Monsieur le professeur ! Je crois que vous vous moquez de moi ! Ces fleurs... ce ne sont que des fleurs d'ail !

À ma grande surprise, Van Helsing se redressa et déclara, d'une voix sèche, alors que ses sourcils s'étaient rejoints par-dessus l'arête de son nez :

– Mademoiselle, je ne me moque jamais de personne ! Je sais ce que je fais, quoi que je fasse ! Et je vous avertis que vous ne me contrarierez pas ! Obéissez, pour rassurer les autres, au cas où vous ne voudriez pas le faire pour vous-même !

Puis, voyant que la pauvre Lucy s'était effrayée (on l'eût été à moins), il poursuivit, plus gentiment :

– N'ayez pas peur, ma jolie demoiselle, ma très chère demoiselle, je ne veux que votre bien ! Ces fleurs si communes contiennent quelque chose de bénéfique pour vous ! Regardez : je fais, de mes propres mains, le collier que vous porterez ! Mais silence ! Ne dites rien aux autres, en dépit de leurs questions indiscrètes ! Nous devons obéir – le silence est une partie de l'obéissance. Et l'obéissance aura pour résultat de vous rendre des forces et de vous jeter entre des bras qui vous attendent avec une impatience d'amoureux. À présent, reposez-vous. Venez avec moi, mon ami John : vous allez m'aider à décorer la chambre de tout cet ail venu droit de Haarlem[1] où mon bon ami Vanderpool le cultive, en serre, d'un bout de l'année à l'autre. J'ai dû télégraphier hier, sans quoi ces fleurs ne seraient pas ici.

1. *Haarlem* : ville des Pays-Bas.

Nous entrâmes dans la chambre, fleurs avec nous. Les actions de Van Helsing étaient certainement étranges et ses médicaments ne correspondaient à aucune pharmacopée[1] dont j'eusse eu connaissance. D'abord, il referma toutes les fenêtres et les boucla hermétiquement. Puis, saisissant une poignée de fleurs, il les frotta contre les châssis comme pour s'assurer que la moindre bouffée d'air qui pénétrerait la pièce empesterait l'ail. Puis, avec cette même poignée à présent réduite à l'état de foin, il frotta le chambranle de la porte, partout, et même les montants de la cheminée. Tout me paraissait presque grotesque. Je ne pus me retenir davantage :

– Eh bien, monsieur le professeur, je sais que vous avez toujours de bonnes raisons d'agir comme vous agissez, mais voilà qui me stupéfie. Heureusement qu'il n'est pas d'esprit sceptique[2], dans la pièce, sans quoi on dirait que vous préparez un exorcisme[3] destiné à défaire quelque esprit malin.

– Et qui sait? se contenta-t-il de dire pendant qu'il confectionnait le collier que Lucy porterait.

Puis nous attendîmes que celle-ci eût terminé sa toilette; lorsqu'elle fut au lit, Van Helsing s'approcha et entoura lui-même le cou de sa couronne d'ail. Ses dernières paroles furent :

– Prenez garde à ne pas déranger votre collier. Et puis, cette nuit, même si votre chambre sent le renfermé, n'ouvrez ni la fenêtre ni la porte.

– Je vous le promets, répondit Lucy. Et merci à tous les deux, mille mercis pour toute votre gentillesse. Qu'ai-je fait pour avoir mérité des amis aussi dévoués?

1. *Pharmacopée* : traitement.

2. *Sceptique* : qui met en doute.

3. *Exorcisme* : cérémonie destinée à chasser les démons.

Nous quittâmes la maison dans mon fiacre qui attendait. Pendant le trajet, Van Helsing me confia :

– Cette nuit, je pourrai enfin dormir en paix – et j'en ai bien besoin : deux nuits de voyage et des lectures sans fin pendant la journée intermédiaire, sans parler des anxiétés le lendemain ni de la nuit de veille qui a suivi – voilà qui me suffit. Demain à l'aube, appelez-moi. Nous irons ensemble visiter notre jolie demoiselle qui dira du bien de la « belle plante ». Oh ! Oh ! Oh !

Il paraissait si confiant que je me souvins de mon optimisme, deux nuits auparavant, et de l'honneur qui l'avait récompensé. Une fois encore, j'attribuai à ma faiblesse ma répugnance à confier, à mon ami, les craintes qui m'assaillaient. Ainsi refoule-t-on ses larmes, parfois.

Chapitre XI

[…]

Journal du docteur Seward

13 septembre. Ai appelé au Berkeley et trouvé Van Helsing debout et prêt, comme toujours. La voiture, commandée depuis l'hôtel, attendait. Le professeur prit son sac qu'il emmenait d'ailleurs toujours avec lui.

Je dois m'efforcer d'être le plus précis possible. Van Helsing et moi arrivâmes à Hillingham à huit heures. La matinée était adorable. Le clair soleil et la délicieuse fraîcheur d'un automne à ses débuts paraissaient annoncer une fort belle fin à tout ce travail qu'accomplit chaque année la nature. Les feuilles prenaient toutes sortes de teintes ravissantes, mais tenaient encore aux arbres qu'elles décoraient. Une fois entrés, nous rencontrâmes Mrs. Westenra qui sortait de son petit salon. Elle se lève toujours fort tôt, elle aussi. Elle nous salua bien cordialement et nous dit :

– Vous serez heureux de savoir que Lucy va mieux. La chère enfant dort toujours. J'ai jeté un coup d'œil dans sa chambre et je l'ai vue. Je ne suis pas entrée, d'ailleurs, de peur de la déranger.

Le professeur sourit, manifesta même une joie peu commune chez lui. Il se frotta les mains et dit :

– Je crois bien avoir trouvé la cause du mal… et mon traitement agit !

À cette manifestation de fierté, elle répondit :

– N'en prenez pas orgueil tout seul, docteur ! Si Lucy se porte mieux, ce matin, c'est en partie à cause de moi !

– Que voulez-vous dire, madame ?

– Eh bien, pendant la nuit, je me suis souciée de mon enfant et suis entrée dans sa chambre. Elle dormait comme une marmotte – à tel point qu'elle ne s'est pas éveillée quand je suis entrée. Mais la pièce sentait horriblement le renfermé ! Il y avait de ces fleurs nauséabondes[1] partout et elle en avait même noué autour de son cou ! Je me suis dit que cette senteur trop lourde ne pouvait que nuire à cette pauvre Lucy, déjà si faible. J'ai donc enlevé toutes ces damnées fleurs et ouvert la fenêtre pour laisser entrer l'air nocturne. Je suis certaine que vous serez très heureux de mon initiative.

Elle quitta la pièce sans même attendre nos remerciements et se rendit dans la petite chambre où, d'ha-

1. *Nauséabondes* : qui dégagent de mauvaises odeurs.

bitude, elle prenait son petit déjeuner. Pendant sa dernière réplique, j'avais examiné le visage du professeur qui avait viré au gris cendre. Pendant que la pauvre femme nous parlait, il avait été capable de se retenir, sachant que, dans son état, un choc violent aurait pu lui être néfaste. Il lui sourit, même, et lui ouvrit la porte quand elle prit congé. Par contre, la seconde même où elle eut disparu, il me poussa violemment dans la salle à manger dont il referma la porte.

Alors, pour la première fois de ma vie, je vis ce Hollandais, d'habitude calme et placide[1], se laisser aller à un découragement mêlé de colère. Il leva les mains au-dessus de sa tête, dans une sorte de désespoir muet, puis les frappa l'une contre l'autre comme pour souligner son désespoir. Finalement, il se laissa tomber sur une chaise et, se voilant le visage de ses mains, commença à sangloter – des sanglots sonores, secs, qui paraissaient jaillir du plus profond de son cœur. Puis il leva les bras, une fois de plus, comme s'il prenait tout l'univers à témoin de son infortune.

– Grand Dieu, dit-il à voix basse, Grand Dieu! Qu'avons-nous fait? Qu'a fait cette infortunée créature pour que nous soyons tous si durement punis? Est-ce le monde païen[2] qui, toujours tapi dans l'ombre, nous envoie une épreuve aussi terrible? Cette pauvre mère, toute innocence, persuadée d'agir dans l'intérêt de sa fille et qui, en fin de compte, menace et un corps et une âme! Et ne rien pouvoir lui dire, ne pas pouvoir la prévenir, sans quoi elle en meurt – toutes les deux en meurent. Quelle horreur! Quelle puissance détiennent les puissances du mal!

Soudain, il bondit sur ses pieds.

1. *Placide* : paisible.
2. *Païen* : non chrétien.

– Venez, décréta-t-il. Venez, nous devons aller voir et agir ! Démons ou pas, au singulier, au pluriel, qu'importe : nous devons toujours combattre !

Il retourna dans le hall chercher son sac et, ensemble, nous montâmes dans la chambre de Lucy.

Une fois encore, je remontai le store pendant que Van Helsing se dirigeait vers le lit. Il ne tressaillit pas, cette fois, lorsqu'il observa le pauvre visage qu'avait envahi la même terrifiante pâleur. Il paraissait au contraire déborder de tristesse et de pitié.

– C'est bien ce que j'attendais, murmura-t-il avec, toujours, ce sifflement qui signifie tant, chez lui.

Sans un mot, il alla fermer la porte et commença à disposer, sur la petite table, les instruments nécessaires à une nouvelle transfusion. Persuadé dès les premiers moments de sa nécessité, j'avais commencé à retirer ma veste, mais Van Helsing m'interrompit d'un geste autoritaire.

– Pas question ! Aujourd'hui, vous opérez – c'est moi qui fournis ! Vous êtes encore affaibli !

Tout en parlant, il avait retiré sa veste et roulé la manche de sa chemise.

L'opération, une fois encore. Narcose[1]. Nouveau retour de couleurs sur les joues de cendre et la respiration régulière des sommeils paisibles. Je surveillai Lucy, ensuite, pendant que Van Helsing reprenait quelques forces.

Il profita de l'occasion pour faire comprendre à Mrs. Westenra qu'elle ne devait toucher à rien, dans la chambre de Lucy, sans l'avoir consulté au préalable, que les fleurs répandaient un certain arôme qui entrait dans le traitement médical imposé à Lucy. Puis il revint et organisa les jours à venir, prenant les deux

1. *Narcose* : sommeil provoqué par un narcotique.

premiers jours de veille. Il me renvoya en me disant qu'il m'écrirait quand ma présence serait nécessaire.

Au bout d'une heure, Lucy s'éveilla, fraîche, joyeuse, apparemment sans le moindre souvenir de sa terrible nuit.

Que signifie tout cela? Je commence à me demander si, à force de fréquenter les déments, je ne suis pas en train de verser à mon tour dans la folie!

Journal de Lucy Westenra

17 septembre. Quatre jours, quatre nuits de paix. Je reprends des forces à un point tel que je ne me reconnais plus! C'est comme si j'avais franchi un long cauchemar et que je venais de m'éveiller pour voir le plus merveilleux des levers de soleil, sentir le plus doux des airs matinaux m'entourer… J'ai le vague souvenir d'une longue période pleine d'angoisses, d'attentes, de craintes; des moments d'ombre où ne brillait pas même une lueur d'espoir, qui aurait rendu la détresse présente plus supportable. Puis viennent de longs moments d'oubli. Et enfin, le retour à la vie – une véritable remontée comme le plongeur qui s'arrache d'une terrible profondeur. Depuis l'arrivée du docteur Van Helsing, tout mauvais rêve semble s'être dissipé. Plus de ces bruits qui m'épouvantaient – claquement d'ailes contre la fenêtre, voix distantes qui, pourtant, me paraissaient proches, sons âcres qui venaient je ne sais d'où et m'ordonnaient de faire je ne sais quoi. C'est sans la moindre peur de m'endormir que je vais au lit, à présent. Je ne cherche même pas à rester éveillée. Je me suis habituée à toutes ces fleurs d'ail – je commence même à en aimer l'arôme douceâtre. Chaque jour, de Haarlem, me parvient une caisse de fleurs fraîches. Ce soir, le docteur Van Helsing me quitte : il doit passer un jour à Amsterdam. Mais qu'ai-je encore besoin de surveillance? Dieu soit remercié, pour ces êtres si dévoués qu'Il a créés pour moi seule – ma mère, Arthur, tous mes amis. Je crois que je ne souffrirai pas du manque de gardien car, la nuit dernière, le docteur Van Helsing a dormi sur sa chaise, les trois quarts du temps. Il dormait d'ailleurs quand je me suis éveillée, à deux reprises. Je n'ai pas craint de me réfugier à nouveau dans le sommeil, même si des ailes de chauve-souris ou de je ne sais quoi giflaient les vitres, presque en colère! [...]

[Un extrait de la *Pall Mall Gazette* du 18 septembre relate la fuite, la veille, d'un loup gris du jardin zoologique. Le gardien du zoo évoque la présence d'un homme étrange qui semblait faire hurler les loups. Pendant son entretien avec le journaliste, le loup revient, des morceaux de verre enfoncés dans la tête.]

Télégramme de Van Helsing, Anvers, à Seward, Carfax (aucun nom de comté n'étant précisé, expédié à Carfax, dans le Sussex. A atteint son destinataire après 22 heures)

À Hillingham ce soir sans faute. Si pas de veille continue, fréquentes visites et surveillances des fleurs. Très important. Vous rejoindrai dès mon arrivée.

Journal du docteur Seward

17 septembre. Je vais prendre le train pour Londres. Le télégramme de Van Helsing m'a bouleversé au-delà de toute expression. Toute une nuit de perdue et je sais, amères expériences, ce qui peut se dérouler en une nuit. Bien sûr, il se peut aussi que tout aille bien – mais quand je pense à tout ce qui *a pu* se produire ! Quelque horrible malédiction pèse sur nous, qui s'ingénie à contrarier le moindre de nos efforts ! J'emporte ce cylindre avec moi. Je compléterai mon enregistrement grâce au phonographe[1] de Lucy.

Dernière lettre de Lucy Westenra

17 septembre – la nuit. J'écris ces pages et les laisserai bien en évidence, car il faut qu'on les découvre. Je ne veux pas que quiconque souffre du moindre ennui à cause de moi. Voici le compte rendu exact de ce qui s'est passé cette nuit. Je sens que je vais mourir de faiblesse – j'ai d'ailleurs à peine la force d'écrire, mais je dois le faire, dussé-je mourir avant d'avoir terminé.

Je me suis mise au lit comme d'habitude, prenant bien soin de vérifier si les fleurs étaient en place, comme le docteur Van Helsing me l'avait ordonné. Je m'endormis très vite.

Un claquement d'ailes contre la fenêtre m'a réveillée – un bruit devenu familier, puisque je l'ai entendu pour la première fois après ma crise de somnambulisme sur la colline de Whitby, lorsque Mina m'a suivie. Je n'avais pas peur, mais j'aurais bien voulu que le docteur Seward fût dans la chambre voisine, comme l'avait promis le docteur Van Helsing. Je l'aurais certainement appelé. Je tentai de me rendormir, mais sans succès. Alors, ma vieille peur du sommeil s'est emparée de moi, une fois de plus, et je me suis

1. *Phonographe* : appareil constitué d'un récepteur, d'un enregistreur (qui permet de graver des sons ou des voix sur des cylindres de cire) et d'un reproducteur (qui permet de les écouter).

déterminée à rester éveillée. Mais le sommeil, et avec quelle perversité, cherchait à s'emparer de moi alors que je voulais le repousser. Craignant la solitude, je me suis levée, ai ouvert la porte et crié : « Y a-t-il quelqu'un ? » Pas de réponse. J'avais peur d'éveiller maman et je refermai ma porte. Alors, au-dehors, depuis les buissons, j'ai entendu hurler, comme aurait hurlé un chien, mais beaucoup plus puissant, beaucoup plus sauvage. Je me suis approchée de la fenêtre, mais n'ai rien pu distinguer sauf une grande chauve-souris qui giflait les vitres de ses ailes. Je me remis au lit, bien déterminée pourtant à ne pas m'endormir. La porte s'ouvrit alors, et ma mère entra. Elle avait compris, à mes mouvements, que je ne dormais pas et était montée pour un peu bavarder en ma compagnie. Elle s'assit près de moi. Elle me parla d'une voix encore plus douce et plus rassurante que d'habitude :

– Je me faisais du souci à ton propos, ma chérie. Je suis venue voir si tout était en ordre.

Je craignais qu'elle ne prît froid en demeurant près de moi et lui demandai si elle ne voulait pas dormir avec moi. Elle s'allongea à mes côtés, sous les couvertures, sans ôter son peignoir – elle ne resterait que quelques moments, après quoi elle retournerait dans sa chambre. Pendant qu'elle était là, dans mes bras, le claquement d'ailes recommença de plus belle. Ma mère sursauta et s'écria, un peu effrayée :

– Qu'est-ce que c'est ?

Je tentai de la calmer et réussis, car elle ne bougea plus – mais j'entendais son pauvre cœur battre la chamade[1] ! Après quelques moments, le hurlement s'éleva à nouveau, dans les buissons et, très peu après, une vitre vola en éclats, projetant d'innombrables

1. *Battre la chamade* : battre très vite.

éclats de verre sur le sol. Les stores, le vent les souleva et, dans l'ouverture du carreau cassé, apparut la tête d'un gigantesque loup gris. Maman hurla d'effroi, se débattit pour se redresser et chercha un objet qui pût la défendre. Dans ses gestes désordonnés, elle empoigna le collier de fleurs que le docteur m'a ordonné de porter autour du cou; elle tira si fort qu'elle le brisa. Pendant quelques secondes, elle resta assise, montrant le loup du doigt. De sa gorge montait un cri étouffé, horrible à entendre. Puis elle retomba, comme frappée par la foudre. Sa tête heurta mon front et j'en fus étourdie quelques moments. La chambre et tous ses meubles semblaient accomplir une sarabande[1] autour de moi. Je gardai les yeux fixés sur la fenêtre. Le loup retira sa gueule et une myriade[2] de petites taches (je ne puis décrire autrement ce qui s'est passé) parut entrer par la fenêtre ouverte. Elles formèrent un véritable tourbillon qui m'encercla – comme ces sabliers de poussières dont parlent les voyageurs du désert, lorsque souffle le simoun[3]. Je tentai de me redresser, mais on eût dit qu'une force mystérieuse m'en empêchait – et puis, le corps de ma pauvre maman pesait sur moi. Il me paraissait refroidir de seconde en seconde – le cher cœur avait cessé de battre. Puis, pendant longtemps, je ne puis me souvenir de rien.

Cette période de vide ne m'a pas paru longue, mais terrible, vraiment terrible. Puis je revins à moi. Quelque part, tout près, le glas sonnait. Tous les chiens du voisinage hurlaient et, dans le buisson, juste devant la fenêtre brisée, un rossignol chantait. Douleur, terreur, faiblesse, tout m'engourdissait. Le

1. *Accomplir une sarabande* : faire une danse.
2. *Myriade* : multitude.
3. *Simoun* : vent de sable chaud, sec et violent.

chant du rossignol, je le pris pour la voix de ma mère, revenue sur terre pour me consoler. Tout le bruit devait avoir éveillé les servantes car je pus entendre leurs pieds nus courir sur le palier. Je les appelai, elles entrèrent et hurlèrent quand elles découvrirent ce qui s'était passé, quand elles reconnurent le corps étendu près de moi. Le vent s'engouffra une fois encore dans la pièce et la porte se referma en claquant. Elles soulevèrent alors le cadavre de ma mère, attendirent que je me fusse levée, puis le reposèrent délicatement sur le lit et le recouvrirent. Toutes étaient si énervées, si effrayées que je leur ordonnai de redescendre dans la salle à manger et d'y boire un verre de vin chacune. Une seconde, la porte se rouvrit, puis claqua de nouveau. Les servantes hurlèrent et se retirèrent, en désordre, dans la salle à manger. Je déposai toutes les fleurs que je pus trouver sur la poitrine de maman. Je me souvins alors de ce que m'avait ordonné le docteur Van Helsing – mais je ne les repris pas pour autant. Au demeurant, une des servantes me tiendra sans doute compagnie pour le reste de la nuit. J'étais d'ailleurs étonnée de ne pas voir revenir mes filles. Je les appelai. Pas de réponse. Je descendis donc moi-même les chercher.

Je crus que mon cœur allait cesser de battre quand je découvris l'horrible scène. Mes quatre servantes gisaient, toutes, sur le sol, immobiles, respirant difficilement. Je découvris, sur la table, la carafe de sherry[1], à moitié pleine. Une étrange odeur acide me troubla. Je sentis le vin et reconnus l'odeur du laudanum[2]. J'ouvris le buffet pour examiner le flacon dont le médecin se sert, quand il soigne maman – quand il

1. *Sherry* : nom anglais du Xérès, vin blanc d'origine espagnole.
2. *Laudanum* : narcotique (voir note 1, p. 91).

soignait! mon Dieu! Il était vide. Que faire? Que faire? Me revoici dans ma chambre, avec maman. Je ne puis la laisser. Je suis seule dans toute la maison, seule avec quatre servantes bourrées de laudanum. Seule avec la mort! Je n'ose même pas sortir, car j'entends, au-dehors, les hurlements du loup.

L'air semble plein de taches qui flottent, tourbillonnent, dansent dans le vent coulis[1] qui passe par la fenêtre brisée. La lampe prend des colorations bleues. Elle agonise. Dieu me préserve de tout mal, cette nuit! Je vais cacher ces feuilles contre ma poitrine. On les découvrira quand on me préparera pour l'enterrement. Ma chère maman, morte! N'est-il pas temps pour moi de partir aussi? Adieu, mon cher Arthur, si je ne survis pas à cette journée. Dieu vous garde, mon chéri, et qu'il me vienne en aide.

CHAPITRE XII

[John Seward n'est chez Lucy que le lendemain du drame puisqu'il a reçu trop tard le télégramme de Van Helsing. Il arrive en même temps que le professeur devant la maison.]

Journal du docteur Seward

[…] *18 septembre.* Comment décrire ce que nous avons trouvé? Sur le lit gisaient deux femmes – Lucy et sa mère. Celle-ci reposait entre les draps – sans doute avait-elle été naguère recouverte d'un drap, mais le vent coulis, s'engouffrant par la fenêtre ouverte, avait soulevé le côté qui dissimulait un visage blanc comme craie où se lisait encore une indicible terreur. À côté

1. *Vent coulis* : air qui se glisse par les ouvertures; courants d'air.

d'elle Lucy, visage tout aussi blanc et angoissé. Les fleurs qui entouraient son cou se trouvaient à présent sur la poitrine de Mrs. Westenra. Sur sa gorge découverte, se dessinaient, nettes, les deux petites blessures souvent décrites – mais, cette fois, elles semblaient encore plus horriblement blanches et gonflées. Sans un mot, le professeur se pencha sur le lit, la tête quasiment contre la poitrine de Lucy. Il parut écouter quelques secondes, puis, bondissant littéralement sur ses pieds, s'écria :

– Il n'est pas trop tard ! Vite ! Vite ! De l'alcool !

Je me précipitai en bas, trouvai un flacon de brandy et m'assurai, en le humant, qu'il n'était pas drogué comme la carafe de sherry découverte sur la table. Les servantes dormaient toujours, mais d'un sommeil un peu plus agité. L'effet du laudanum se dissipait, lentement. Je ne perdis pas de temps à m'en assurer et retournai en hâte près de Van Helsing. Comme déjà fait, il frotta d'alcool les lèvres, les gencives, les poignets et les paumes de Lucy. Ce faisant, il me dit :

– C'est tout ce que je peux faire pour le moment. Vous, vous allez éveiller les servantes. Giflez-les à coup de serviettes humides – et ne regardez pas à la dépense musculaire ! Qu'elles allument un feu et préparent un bain chaud. Cette pauvre âme est presque aussi glacée que celle qui gît à côté d'elle. Elle a, avant tout, besoin de chaleur !

Je redescendis et parvins, sans trop de difficulté, à éveiller trois des jeunes filles. La quatrième était encore une enfant et la drogue l'avait assommée bien plus fort que les autres. Je la couchai donc sur le sofa et la laissai dormir. Les autres restèrent d'abord interdites puis, se souvenant des événements récents, commencèrent à crier et à sangloter – une véritable crise d'hystérie ! Je me montrai ferme, voire impitoyable, et les empêchai de parler. Je leur fis comprendre qu'une perte humaine suffisait et que si elles continuaient à se lamenter sans rien faire, Mlle Lucy mourrait également. Alors, sans pour autant interrompre leurs sanglots et leurs cris, elles exécutèrent ce que je leur avais ordonné. À moitié habillées, elles allumèrent un grand feu et firent chauffer l'eau. Heureusement que les âtres de la cuisine et la chaudière brûlaient toujours, de sorte qu'il fut possible d'obtenir assez rapidement notre eau chaude. Nous préparâmes un bain où nous plongeâmes Lucy, sans même la dévêtir. Pendant que nous lui frictionnions les membres, on frappa à la porte principale. Une des servantes se précipita, s'habilla un peu plus décemment, et alla ouvrir. Elle revint pour nous murmurer qu'un monsieur apportait un message de Mr. Holmwood. Je répondis qu'il devrait attendre quelques moments, car nous ne pouvions, pour le moment, voir personne. Elle repartit prévenir le visiteur et, préoccupé par notre travail, j'oubliai la présence de ce personnage dans la maison.

Jamais, pour autant que je me souvienne, je n'avais vu le professeur pris d'une telle frénésie. Je savais que nous luttions contre la mort – je le dis au professeur pendant que nous prenions quelques moments de repos. Je ne compris pas tout à fait sa réponse, mais la gravité de son visage me bouleversa :

– Si ce n'était que cela, je crois que j'interromprais notre tentative pour laisser cette pauvre créature gagner un monde meilleur – car je ne vois plus la moindre lueur à l'horizon de sa vie.

Et il reprit sa besogne avec, pour incroyable que cela pût paraître, une ardeur plus terrible encore.

Au bout de quelques minutes, nous sentîmes que la chaleur faisait son effet. Le cœur de Lucy battit un peu plus fort, au point d'être audible au stéthoscope. Sa poitrine se souleva avec régularité. Le visage de Van Helsing rayonna, littéralement. Nous la sortîmes du bain, l'enveloppâmes dans une couverture chaude pour la sécher. Ce faisant, il lança :

– La première manche est gagnée ! Échec au roi !

Nous emmenâmes Lucy dans une autre pièce que les servantes avaient préparée selon nos directives, la glissâmes dans le lit et la forçâmes à avaler quelques gorgées de brandy. Je remarquai que Van Helsing liait un petit mouchoir de soie autour de la gorge meurtrie. Lucy, toujours inconsciente, paraissait dans un état pire que les pires situations antérieures.

Van Helsing appela une des servantes, lui ordonna de rester avec sa maîtresse et de ne pas la quitter des yeux jusqu'à notre retour. Puis il me tira de la chambre.

– Nous devons nous consulter, mon ami ! me confia-t-il pendant que nous descendions l'escalier.

Dans le hall, il ouvrit la porte de la salle à manger. Nous entrâmes et il referma soigneusement la porte derrière nous. Les volets étaient ouverts, mais les stores demeuraient baissés, avec cette soumission au savoir-vivre des deuils que l'Anglais des classes inférieures continue à observer avec scrupule. La pièce était donc sombre, bien que ce peu de lumière suffît à notre besoin. La fermeté de Van Helsing me paraissait à présent tempérée par un regard de perplexité. De toute évidence, il se torturait. J'attendis donc, jusqu'à ce qu'il éprouvât le besoin de parler :

– Qu'allons-nous faire ? Où chercher de l'aide ? Il faut une nouvelle transfusion, et le plus vite possible, sans quoi la pauvre fille n'en a plus que pour une heure à vivre ! Vous, vous êtes épuisé. Je le suis aussi. Je n'ai pas confiance en ces demoiselles, quand même l'une d'entre elles aurait le courage de s'y soumettre.

Alors? Où trouver l'altruiste[1] qui ouvrira ses veines pour elle?

– Est-ce que par hasard je ne conviendrais pas?

La voix venait du sofa, de l'autre côté de la pièce. Son timbre m'apporta joie et soulagement – car je reconnus celui de Quincey Morris. Dès les premiers mots, Van Helsing avait sursauté, furieux, mais bien vite son visage s'adoucit et je discernai même une lueur joyeuse quand je m'écriai : « Quincey! » tout en me précipitant vers lui, bras ouverts.

– Qu'est-ce qui vous amène ici? m'écriai-je alors que nos mains se serraient.

– C'est à cause d'Art.

Il me tendit un télégramme. « Rien entendu de Seward depuis trois jours, disait le texte. Suis terriblement anxieux. Ne puis partir. Père en mauvaise condition. Me dire comment va Lucy. Sans retard. Holmwood. »

– On dirait que je suis sacrédieu arrivé à temps! Vous n'avez qu'à me dire ce que je dois faire.

Van Helsing s'avança alors, saisit la main du jeune homme et le regarda droit dans les yeux pour lui dire :

– Le sang d'un brave homme, voilà le meilleur remède au monde quand une demoiselle est souffrante. Vous êtes un homme – pas le moindre doute à ce propos. Eh bien, le diable peut nous fourrer des bâtons dans les roues autant qu'il le désire, puisque Dieu nous envoie tous les hommes dont nous avons besoin.

Une fois encore, l'odieuse opération. Je n'ai pas le cœur de m'occuper des détails. Lucy avait subi un terrible choc, qui l'avait marquée plus que précédemment car, quelque grande quantité de sang qui passât

1. *L'altruiste* : la personne charitable, philanthrope.

dans ses veines, elle ne répondait pas aussi favorablement que lors des précédentes transfusions, sa lutte pour revenir à la vie avait quelque chose d'affreux à voir et à entendre. Pourtant, tant le cœur que les poumons reprenaient leurs activités normales et Van Helsing recourut à une injection de morphine, comme auparavant, et avec d'excellents résultats. L'évanouissement devint sommeil profond. Le professeur continua à observer sa patiente pendant que je descendais en compagnie de Quincey Morris. Je demandai à une des servantes d'aller payer l'un des cochers qui attendaient au-dehors. Je fis étendre Quincey, lui servis un verre de vin puis le quittai, après avoir ordonné au cuisinier de lui préparer un repas substantiel. Puis je remontai. Une pensée me frappa soudain et je retournai dans la chambre où dormait Lucy. Lorsque j'y entrai, j'y trouvai Van Helsing qui tenait en main quelques feuilles de papier. De toute évidence, il venait de les lire et réfléchissait, une main à hauteur des sourcils. Son visage reflétait une satisfaction un peu triste, comme quelqu'un qui vient de trouver la solution à un problème – sans que la solution lui plût pour autant. Il me tendit les feuillets en me disant pour toute explication :

– Ceci est tombé lorsque nous avons porté Lucy dans son bain.

Lorsque j'eus terminé ma lecture, je demeurai tout un temps muet, me contentant de regarder le professeur, un rien stupidement. Enfin, je lui demandai :

– Au nom du ciel, que signifie tout ceci ! Était-elle folle – ou est-elle folle ? Ou bien de quel terrible danger s'agit-il ?

J'étais si stupéfait que je ne savais qu'ajouter. Van Helsing tendit la main et s'empara du papier. Il me dit :

– Ne vous faites pas de souci pour le moment. Oubliez tout cela. Vous saurez et comprendrez en temps voulu. Plus tard. Et maintenant, dites-moi ce que vous êtes venu me dire.

Voilà qui me ramena à la réalité.

– Je voulais vous parler du certificat de décès. Si nous ne nous en occupons pas avec prudence, il pourrait y avoir une enquête – au cours de laquelle nous aurions à produire ce papier. J'espère qu'il n'y aura pas d'enquête, d'ailleurs, car elle tuerait sans doute cette pauvre Lucy – si elle vit encore à ce moment-là ! Je sais, vous savez, et l'autre médecin sait aussi que Mrs. Westenra souffrait d'une maladie de cœur. Nous pouvons donc diagnostiquer un décès consécutif à une faiblesse cardiaque. Préparons le certificat sur l'heure. J'irai moi-même le porter à la maison communale, après quoi j'irai chercher l'entrepreneur des pompes funèbres.

– Mon bon ami John, voilà qui est pensé – et même bien pensé ! Sans doute Mlle Westenra est-elle à plaindre quand on considère les ennemis qui l'assaillent, mais quelle chance elle a de posséder des amis de cette trempe ! Un, deux, trois acceptent d'ouvrir leurs veines pour elle – sans parler d'un vieillard ! J'ai bien compris, mon ami John : vieux sans doute, mais pas aveugle ! Je vous en apprécie davantage ! À présent, filez !

Dans le hall, je rencontrai Quincey Morris qui se préparait à expédier un télégramme à Arthur afin de lui annoncer la mort de Mrs. Westenra et la maladie de Lucy – il précisait pourtant que celle-ci allait mieux, sous la double surveillance de Van Helsing et de son élève. Je lui fis part de mes intentions immédiates et il me laissa partir. Pourtant, avant que je ne sorte, il me lança :

– Lorsque vous reviendrez, Jack[1], sera-t-il possible de vous parler quelques moments?

Je hochai la tête pour toute réponse, et sortis.

L'officier de l'état civil n'opposa aucune difficulté et je m'arrangeai avec les pompes funèbres locales pour que les premières mesures soient prises dès la soirée.

Lorsque je rentrai, Quincey m'attendait. Je lui dis que je lui parlerais dès que j'aurais eu des nouvelles de Lucy, puis je montai. Elle dormait toujours. De toute évidence, le professeur n'avait pas bougé de son siège, à côté d'elle. Me voyant, il posa un doigt sur ses lèvres et j'en conclus qu'il s'attendait à voir sa patiente s'éveiller d'un moment à l'autre, mais qu'il ne voulait à aucun prix d'un réveil occasionné par le moindre bruit. Je redescendis auprès de Quincey et l'emmenai dans le petit salon du déjeuner où, les stores n'étant pas tirés, on pouvait espérer un peu plus de joie, ou, plutôt, un peu moins de détresse, que dans les autres pièces. Lorsque nous fûmes seuls, il me dit :

– Jack Seward, je ne désire pas m'immiscer dans des affaires qui ne me regarderaient pas, mais celle-ci n'est pas naturelle! Vous savez que cette demoiselle, je l'aimais et que je voulais l'épouser. Tout ça, c'est du passé, bien entendu, mais je ne puis pas m'empêcher d'être anxieux à son sujet. Que se passe-t-il? Le Flamand (un brave gars, je le vois tout de suite) a dit, quand vous êtes entrés dans la pièce, qu'il fallait *une autre* transfusion et que vous étiez trop épuisés tous les deux pour… Je sais que vous autres, médecins, vous parlez *in camera*[2] et que le commun des mortels ne doit pas espérer vous tirer les vers du nez… Mais le cas est exceptionnel et puis, j'y ai pris part moi aussi, non?

1. Voir note 2, p. 79.

2. *In camera* : de façon obscure.

J'approuvai. Il poursuivit :

– Si j'ai bien compris, alors, Van Helsing et vous avez déjà accompli ce que je viens d'accomplir aujourd'hui. Je me trompe ?

– Non.

– Et, bien entendu, ce vieil Arthur est aussi intervenu. Je l'ai vu, voici quatre jours, chez lui, et il paraissait épuisé. Je n'ai jamais vu une créature aussi affaiblie, et en si peu de temps, que le jour où, dans la pampa[1], une de mes juments favorites est devenue, de nuit, la proie d'une de ces énormes chauves-souris vampires qui lui a sucé le sang en lui mordant une des veines principales. Le lendemain, la pauvre bête n'avait plus assez de force pour se redresser. J'ai dû l'achever d'un coup de pistolet. Dites-moi, Jack, si le secret professionnel vous y autorise… Arthur était le premier, n'est-ce pas, à donner son sang ?

122 Le pauvre homme paraissait vraiment anxieux à propos de cette jeune fille qu'il adorait encore, et sa profonde ignorance du mal qui la déchirait intensifiait sa douleur. Son cœur était à vif et sa peine paraissait lui arracher des larmes que seule sa volonté (et Dieu sait s'il devait en posséder !) l'empêchait de verser. J'hésitai avant de répondre : je ne devais pas divulguer quelque chose que le professeur aurait voulu tenir secret. Mais, en fin de compte, il avait déjà découvert tant de choses, il allait en deviner tant d'autres que je ne vis plus aucune raison de me taire. Je lui répondis donc par l'affirmative.

– Quand cela s'est-il passé ?

– Voici dix jours.

– Dix jours ! Alors, Jack Seward, cette pauvre créature que nous aimons tous a accueilli dans ses veines le

1. *Pampa* : plaine d'Amérique du Sud.

sang de quatre hommes énergiques? Mais son organisme ne peut le supporter!

Il s'approcha de moi pour me demander, tout bas mais avec une certaine violence :

– Qu'est-ce qui a fait ressortir ce sang?

Je secouai la tête.

– Voilà où le bât blesse! Van Helsing en devient frénétique et moi, je suis à bout de nerfs! Je ne puis même pas avancer une hypothèse. Une série de petites circonstances ont contrarié tout ce que nous avions prévu pour le traitement de Lucy. Mais cela ne se reproduira plus. Nous resterons ici jusqu'à ce que tout aille mieux – ou pis.

Solennel, Quincey étendit la main.

– Comptez sur moi! Le Flamand et vous me direz ce que je dois faire et j'obéirai.

Quand Lucy s'éveilla, tard dans l'après-midi, son premier mouvement fut de se tâter la poitrine. À ma grande surprise, elle sortit le papier que Van Helsing m'avait fait lire. Le professeur, prudent comme pas deux, avait replacé le document où il l'avait trouvé, afin de ne pas effrayer la patiente lorsqu'elle s'éveillerait. Elle regarda Van Helsing, me regarda, et parut se rassurer. Puis elle parcourut la pièce des yeux, vit où elle se trouvait, trembla. Elle poussa un terrible cri et masqua son visage de ses pauvres mains amaigries. Nous comprîmes, tous deux – elle venait de se rappeler la mort de sa mère, dans toute son horreur. Nous fîmes l'impossible pour la consoler. Notre sympathie indéniable la réconforta quelque peu, mais elle demeura tout de même dans un état d'abattement bien compréhensible. Pendant longtemps, elle pleura, silencieuse. Nous lui apprîmes que nous ne la quitterions pas – soit que nous la veillions ensemble, soit qu'au moins l'un d'entre nous resterait à son chevet. Vers le soir, elle s'assoupit. À ce moment eut lieu un phénomène étrange. Pendant qu'elle dormait, elle reprit les feuilles de sous sa chemise et les déchira en deux. Van Helsing se précipita et récupéra les deux morceaux. Elle, pourtant, poursuivit son geste comme si elle déchirait une feuille entre ses doigts. Finalement, elle leva les mains et les ouvrit, comme si elle jetait les parcelles. Van Helsing parut surpris. Ses sourcils se rejoignirent, comme toujours quand il réfléchissait. Il ne prononça pourtant pas une parole. [...]

[Arthur, dont le père est mort, rejoint Lucy. De son côté, Mina est rentrée avec Jonathan presque totalement guéri à Exeter. Hawkins est venu les y accueillir et les a conduits chez lui, puis leur a annoncé que, n'ayant ni femme ni enfant, il leur léguait ses biens par testament.
Un collègue de Seward, auquel ce dernier a demandé de veiller sur son patient Renfield pendant son absence, lui adresse un rapport. Celui-ci indique que Renfield a eu un comportement très agressif à l'égard de deux hommes venus chercher des caisses à Carfax. Pour faire oublier l'incident aux deux hommes assoiffés par l'effort physique, il leur a offert plusieurs punchs. Il a ensuite pris soin de noter leurs noms et adresses ainsi que l'enseigne de leur employeur.]

Lettre de Mina Harker à Lucy Westenra (non ouverte par la destinataire)

Le 18 septembre,

Bien chère Lucy,

Un terrible choc vient de nous frapper : Mr. Hawkins est mort ! On pourrait croire que la nouvelle ne doit guère nous affecter, mais nous l'aimions tant, Jonathan et moi, qu'il nous semble avoir perdu un père. Je n'ai connu ni mon père ni ma mère et la mort de ce pauvre Mr. Hawkins me cause un véritable choc. Jonathan aussi est déprimé. D'une part, bien entendu, il ressent toute la tristesse d'avoir perdu un homme qui, sa vie entière, l'a aimé, protégé, instruit, qui l'a traité, somme toute, comme son propre fils, qui lui a légué une fortune inimaginable pour des gens de condition modeste, comme nous; mais il y a autre chose. Jonathan se trouve soudain devant une somme de responsabilités qui le rendent nerveux. Il doute de lui. Je tente de le réconforter et ma confiance, dirait-on, l'aide à croire en ses propres moyens. C'est dans ce domaine que le choc subi par mon Jonathan l'a surtout marqué. C'est dur, injuste de penser qu'une nature aussi douce, aussi simple, aussi noble, aussi énergique que la sienne (cette nature exceptionnelle qui lui a permis, avec l'aide de notre bon ami, de se hisser, en quelques années, de son poste de clerc à celui d'associé à part entière) ait pu subir une blessure telle que l'essence même de sa force semble avoir disparu. Pardonne-moi, ma chérie, si je t'assomme de mes ennuis, au milieu de tout ton bonheur. Je te souhaite le meilleur possible. [...]

À toi,
Mina Harker.

Journal du docteur Seward

20 septembre. Seule la volonté et l'habitude me poussent encore à reprendre mon journal, ce soir. Je me sens démoralisé, abattu, malade du monde et de ce qu'il apporte, y compris la vie elle-même, à tel point que si j'entendais, en ce moment, le claquement des ailes annonçant l'Ange de la Mort, je crois que je ne m'en soucierais pas. Et ces ailes – ont-elles claqué ces derniers temps! La mère de Lucy, le père d'Arthur et, à présent… Mais que je reprenne tout dès le début…

J'ai relayé, fidèle à ma promesse, Van Helsing pour la surveillance. Nous voulions qu'Arthur prît, lui aussi, quelque repos, mais il refusa tout de suite. Je dus lui exposer qu'il nous serait utile pendant la journée et que nous ne devions pas tous nous écrouler d'épuisement sans quoi Miss Lucy en pâtirait, d'une manière ou d'une autre – à ce moment seulement il accepta de nous obéir. À son égard, Van Helsing se montra d'une grande gentillesse.

– Venez, mon enfant, venez avec moi, lui dit-il. Vous êtes faible et malade. Vous avez eu bien du chagrin, bien des ennuis, sans compter cette ponction d'énergie que nous vous avons imposée. Vous ne devez d'ailleurs pas rester seul – la solitude regorge de craintes et de terreurs. Venez dans le salon où brûle un grand feu de bois. Étendez-vous sur un des deux sofas qui semblent vous attendre. Moi, je prendrai place sur le second, de telle sorte que le courant de sympathie qui part de chacun d'entre nous nous réconfortera, même si nous n'échangeons pas une seule parole, même si le sommeil se refuse à nous.

Arthur sortit en sa compagnie, non sans avoir jeté un dernier regard inquiet sur le visage de Lucy qui gisait toujours, immobile, le visage presque plus blanc que les draps. Elle ne bougeait plus et je jetai un coup d'œil sur la pièce pour m'assurer que tout était en ordre. Je compris surtout qu'en dépit du changement de chambre, le professeur n'avait pas renoncé à son traitement à l'ail. Toute la pièce empestait. On en trouvait le long des fenêtres, autour du cou de Lucy, sur le mouchoir de soie que Van Helsing lui avait fourré entre les doigts. Lucy n'allait pas mieux pour autant ! Elle respirait de manière stertoreuse[1] et sa bouche entrouverte montrait des gencives terriblement pâles. Dans la faible lumière, incertaine, ses dents paraissaient plus longues et plus aiguës que le matin. En particulier, par quelque aberration de la lumière, les canines semblaient protubérantes. Je m'assis à côté d'elle ; elle se mit à s'agiter, comme si elle ne se sentait plus à l'aise. À la même seconde, j'entendis une sorte de claquement, de gifle, dirais-je presque, à la fenêtre. Je m'y dirigeai sans bruit et soulevai un coin de tenture. La lune luisait, entière, et je vis dans l'instant la responsable de tout ce bruit étrange – une grande chauve-souris qui tournait en rond, sans doute attirée par la faible lueur de la pièce. De temps à autre, elle frappait la vitre de ses ailes déployées. Lorsque je revins à mon siège, je vis que Lucy avait, imperceptiblement, bougé et arraché l'ail de sa gorge. Je replaçai la couronne du mieux que je le pus et ne la quittai plus des yeux.

Peu de temps après, elle s'éveilla et je lui donnai la nourriture que Van Helsing lui avait prescrite. Elle en avala très peu et comme à contrecœur. On eût dit que cette force de vivre, tout inconsciente, qui l'avait caractérisée, jusqu'à présent, pendant sa maladie, venait de la quitter. Étrange phénomène, au moment où elle reprenait conscience, elle serra les fleurs d'ail contre elle. Je trouvais bizarre de constater que, quand elle tombait dans un état léthargique, elle arrachait les fleurs de sa gorge alors que, chaque fois qu'elle s'éveillait, elle les reprenait, comme pour y chercher protection. Il était impossible de se tromper à ce sujet car, dans les longues heures qui suivirent,

1. *Stertoreuse* : bruyante et pénible.

elle eut de nombreuses périodes de conscience et d'inconscience ; lors de chacune d'entre elles, le phénomène mentionné se reproduisit.

À six heures, Van Helsing vint me relayer. Arthur s'était enfin assoupi et nous avions estimé trop cruel de le réveiller. Quand il vit le visage de Lucy, j'entendis le petit sifflement dont j'ai déjà parlé. Il me murmura alors, d'un ton vif :

– Relevez le store ! Il me faut de la lumière !

Il se pencha et, le visage contre le visage de Lucy, ou presque, il examina la patiente avec une attention soutenue. Il ôta les fleurs de sa gorge, puis le mouchoir de soie qui lui protégeait le cou. Je le vis soudain tressaillir, reculer d'un pas et s'exclamer :

– *Mein Gott*[1] !

Le cri étouffé me poussa à m'approcher, moi aussi. Je me penchai, regardai et, découvrant ce qui avait troublé mon maître, je tressaillis, moi aussi.

Les deux petites blessures, sur la gorge, avaient disparu.

Pendant cinq longues minutes, Van Helsing continua à regarder, le visage plus grave que je ne l'avais jamais vu. Puis il se tourna vers moi et me déclara, d'une voix étrangement calme :

– Elle se meurt. Ce ne sera plus long. Mais, croyez-moi, il y aura une terrible différence de mort si elle agonise en état de veille ou dans son sommeil ! Allez réveiller ce pauvre garçon, en bas, afin qu'il lui dise un éternel adieu. Il a confiance en nous – et nous le lui avons promis.

Je descendis et éveillai Arthur. Un moment, il resta ensommeillé mais, distinguant la lumière du soleil qui passait par les persiennes, il pensa qu'il était encore

1. *Mein Gott !* : mon Dieu !

plus tard et exprima son inquiétude. Je lui assurai que Lucy dormait toujours mais lui avouai, avec le plus de délicatesse que je pus, combien Van Helsing et moi craignions la fin proche. Il enfouit son visage dans ses mains et se laissa tomber à genoux au pied du sofa où il demeura quelques moments, les épaules secouées de sanglots. Je lui pris la main et le relevai.

– Venez, mon vieil ami. Surmontez votre désespoir : ce sera tellement plus simple pour *elle*.

Lorsque nous entrâmes dans la chambre de Lucy, je remarquai que Van Helsing, toujours plein d'attentions, avait fait l'impossible pour ôter à la scène toute allure par trop tragique. Il avait été jusqu'à peigner les cheveux de Lucy qui formaient, sur l'oreiller, comme un petit lac de soie. Elle ouvrit les yeux à notre entrée et, voyant Arthur, murmura :

– Arthur, mon amour… Je suis si heureuse de vous voir !

Il s'avançait pour l'embrasser mais Van Helsing le retint.

– Non, murmura-t-il. Pas de baiser ! Tenez-lui la main : vous la réconforterez davantage.

Ainsi fit Arthur – il lui prit la main et s'agenouilla à ses côtés. Elle parut mieux, en effet. Ses yeux angéliques brillaient de joie et embellissaient encore ses traits harmonieux. Puis, lents, les yeux se fermèrent. Lucy replongea dans le sommeil. Pendant quelques moments, sa poitrine se souleva doucement – on eût dit un enfant fatigué qui reprenait des forces.

Mais voilà qu'insensiblement se manifesta la métamorphose déjà remarquée la nuit précédente. La respiration se fit stertoreuse, la bouche s'ouvrit davantage et les gencives, pâles, retirées, mettaient en évidence des dents plus longues et plus aiguës que d'ordinaire. Bien que manifestement endormie, elle ouvrit des yeux qui, maintenant, paraissaient durs et tristes. Pourtant, ce fut d'une voix tendre, d'une voix que je n'avais jamais entendue chez elle, qu'elle demanda :

– Arthur, mon amour ! Je suis si heureuse que vous soyez venu. Embrassez-moi !

Arthur se pencha pour obtempérer[1] mais Van Helsing, tout aussi stupéfait que moi au son de cette voix, se précipita sur lui et le tira en arrière, des deux mains, avec une colère, une force que je n'aurais jamais soupçonnées en lui. C'est tout juste s'il ne l'envoya pas à l'autre bout de la pièce !

– N'en faites rien, sur votre vie ! Pour votre âme immortelle – et pour la sienne !

Et il s'interposa entre eux, comme un lion acculé devant la porte.

Arthur fut si décontenancé qu'il ne sut d'abord pas comment réagir. Avant même qu'il ne se laissât entraîner par une réaction violente, il eut le temps de se rappeler et l'endroit où il se trouvait et ce qui s'y passait. Il resta immobile et silencieux.

Comme Van Helsing, je gardai les yeux sur Lucy. Nous surprîmes aussi son spasme[2] de rage qui, comme une ombre, passa sur son visage. Les dents aiguës claquèrent. Puis les yeux se refermèrent et elle respira plus lourdement.

Très peu de temps après, elle ouvrit les yeux – ils avaient retrouvé toute leur douceur. Elle tendit une main blanche et décharnée et saisit celle, basanée, de Van Helsing qu'elle baisa.

– Mon ami, mon véritable ami, murmura-t-elle avec une émotion presque insoutenable. Mon véritable ami, veillez sur lui et donnez-lui le repos, la paix !

1. *Obtempérer* : obéir.
2. *Spasme* : convulsion.

– Je le jure, répondit-il avec solennité.

Il s'agenouilla auprès d'elle et, gardant cette petite main dans la sienne, énorme, il tendit le bras, comme pour prononcer un serment solennel. Puis il se tourna vers Arthur et lui dit :

– Venez, mon enfant ! Prenez sa main dans la vôtre et embrassez-la sur le front – une seule fois !

Ce furent leurs yeux qui se rencontrèrent, non leurs lèvres. Tel fut leur adieu.

Lucy ferma les yeux et Van Helsing, qui n'avait cessé d'observer la patiente, prit le bras d'Arthur pour le tirer en arrière. La respiration de Lucy redevint stertoreuse et, soudain, s'arrêta.

– C'est fini, murmura Van Helsing.

Je pris Arthur par le bras et le ramenai dans le salon, à l'étage inférieur. Il se laissa tomber sur le sofa et, se couvrant le visage des deux mains, commença à sangloter au point de m'en fendre le cœur.

Je remontai et découvris Van Helsing en train d'observer Lucy. Son visage était plus sérieux que jamais. Lucy, en effet, avait bien changé. La mort lui avait rendu toute sa beauté – son front et ses lèvres avaient retrouvé leur poli de marbre et même les lèvres avaient perdu leur pâleur cadavérique. On eût dit que le sang, dont le cœur n'avait plus besoin, était remonté à la tête pour atténuer la monstruosité de la mort.

Nous la croyions mourante quand elle dormait.
Elle est morte – et nous la croyons endormie[1].

Je m'approchai de Van Helsing pour lui dire :

– Pauvre Lucy ! Au moins, elle est en paix, à présent. Tout est fini, pour elle.

1. Extrait d'un poème de Thomas Hood (1799-1845).

Il se tourna vers moi et me dit, grave :

– Malheureusement non : tout commence, au contraire !

Je lui demandai ce qu'il voulait dire mais il se contenta de secouer la tête et de me répondre :

– Il n'y a rien à faire, pour le moment. Rien que d'attendre.

Chapitre XIII

Journal du docteur Seward (suite)

Les funérailles eurent lieu dès le surlendemain, de sorte que Lucy et sa mère furent réunies, pour la dernière fois, dans une même cérémonie. […]

[La veille de l'enterrement, avant d'aller dormir, Seward et Van Helsing retournent voir le cadavre de Lucy.]

[…] La femme[1] avait fait son travail à la perfection : toute la chambre était devenue une chapelle ardente. Une surabondance de fleurs blanches rendait la mort moins répugnante qu'elle n'aurait dû le paraître. Le linceul[2] recouvrait le visage de Lucy. Le professeur se pencha et le souleva, avec des gestes d'une infinie délicatesse. Tous deux, alors, nous contemplâmes une beauté parfaite que soulignait la lueur des énormes cierges. Tout le charme de Lucy, la mort le lui avait rendu, et les douloureuses heures que nous venions

1. Il s'agit de l'employée des pompes funèbres.
2. *Linceul* : pièce de toile dans laquelle on ensevelit le mort.

de connaître, au lieu de la laisser ravagée, lui avaient rapporté toute la beauté de la vie à un point tel que je ne pouvais croire que je contemplais un cadavre.

Le professeur semblait grave. Il n'avait pas adoré Lucy comme je l'avais adorée, et l'absence de larmes dans ses yeux était parfaitement normale. Il me dit :

– Demeurez ici jusqu'à mon retour !

Puis il sortit. Il revint avec, plein les mains, des fleurs d'ail qu'il avait extraites d'une caisse nouvellement arrivée et que personne n'avait encore ouverte. Il disposa habilement les fleurs parmi les autres et autour du lit. Puis, de son cou, de sous son col, il tira un petit crucifix d'or qu'il plaça sur la bouche de Lucy. Il recouvrit à nouveau le visage du linceul, après quoi nous sortîmes.

Je me déshabillais dans ma chambre quand on frappa. Le professeur entra et commença tout de suite :

– Demain, avant qu'il ne fasse nuit, je désire que vous m'apportiez des instruments d'autopsie.

– Devons-nous en faire une ?

– Oui et non. Je veux faire une opération, mais non celle à laquelle vous pensez. Je vais vous en parler, mais pas un mot à personne ! Je désire lui couper la tête et lui retirer le cœur. Comment, vous, un chirurgien, cela vous trouble à ce point ? Vous que j'ai admiré quand, sans la moindre hésitation, sans le moindre tremblement, vous accomplissiez des opérations vitales, des opérations qui faisaient trembler tous les autres ? C'est vrai…je ne dois pas oublier que vous étiez amoureux d'elle, mon bon John. Je ne l'ai pas oublié, rassurez-vous, et c'est moi qui opérerai, avec votre aide. Je voudrais tout terminer cette nuit, mais c'est impossible, en raison d'Arthur. Après les funérailles de son père, demain, il reviendra ici et voudra la voir une dernière fois – il voudra voir cette horreur !

Alors, quand on aura refermé le cercueil, pour la cérémonie du lendemain, vous et moi reviendrons, profitant du sommeil général. Nous dévisserons le couvercle du cercueil et nous opérerons. Ensuite, nous remettrons tout en état de telle sorte que personne, hormis nous deux, ne saura ce qui s'est passé.

– Mais pourquoi, grand Dieu ? Cette jeune fille est morte ! Pourquoi mutiler sans nécessité ce pauvre cadavre ? Et justement, l'autopsie n'est pas indispensable – nul n'y gagnera quelque chose, ni elle ni nous, ni la science, ni l'expérience. Alors pourquoi ? Pourquoi cette monstruosité ?

Pour toute réponse, il posa la main sur mon épaule et finit par dire, avec une infinie tendresse :

– Mon ami John, si vous saviez combien je pleure sur votre amour toujours aussi vivace ! Je vous aime d'autant plus que ce que vous accomplirez vous fera souffrir. Si je le pouvais, je prendrais pour moi tout ce qui vous accable. Mais il y a encore des détails que vous ne connaissez pas – que vous connaîtrez sous peu mais qui me tourmentent, bien que je remercie le ciel de me les avoir fait connaître. John, mon enfant, vous avez été mon ami depuis des années : m'avez-vous déjà vu accomplir quelque chose au hasard, sans raison ? Je puis me tromper, bien entendu, je ne suis qu'un homme – mais j'ai au moins foi en ce que je fais ! N'est-ce pas à cause de cette confiance que vous m'avez appelé quand l'horreur a commencé ? Mais oui ! N'étiez-vous pas stupéfait, horrifié, même, quand j'ai interdit à Arthur d'embrasser sa fiancée mourante, quand je l'ai au contraire repoussé de toute ma force ? Mais oui ! Et pourtant, vous l'avez vue, après, Lucy, comment elle me remerciait, de ses yeux de mourante, de sa voix déjà trop faible, comment elle a baisé ma vieille main, comment elle m'a béni. Et ne m'avez-vous pas entendu lui faire un serment – après quoi c'est reconnaissante qu'elle a fermé les yeux ? Oui, n'est-ce pas ? Eh bien, j'ai d'excellentes raisons de vouloir ce que je veux. Pendant des années, vous m'avez honoré de votre confiance. Ces dernières semaines, vous m'avez encore cru, alors que d'aussi étranges événements auraient pu susciter en vous je ne sais quelle méfiance. Accordez-moi encore cette confiance, ami John ! Sinon, je serai obligé de vous révéler toute ma pensée – et ce serait vraiment prématuré. Et puis, si j'opère (et j'opérerai, confiance ou non) sans que mon ami me soutienne, j'opérerai le cœur lourd – et le ciel sait combien on se sent solitaire quand on perd la confiance de ceux que l'on aime ! J'opérerai le cœur lourd alors que j'aurais besoin de courage, d'aide – de foi, même !

Il s'arrêta un moment, puis reprit d'une voix solennelle :

– Mon ami John, des jours terribles nous attendent ! Il ne faut pas que deux personnes les affrontent, ces jours, mais une seule, forte, unie. C'est notre seule chance de réussite ! Aurez-vous confiance en moi, ami John ?

Je lui pris la main et lui promis ce que jamais je ne lui avais retiré. [...]

[Le lendemain matin, Van Helsing indique à Seward qu'il renonce à l'autopsie. Après l'enterrement de son père, Arthur les rejoint pour les funérailles de Lucy.]

– Je sais qu'il était bien dur, pour vous [1], de me faire confiance en ce moment précis. Je comprends tout

1. Van Helsing s'adresse à Arthur et revient sur le baiser qu'il l'a empêché d'échanger avec Lucy mourante.

aussi bien que vous ne me fassiez toujours pas pleine confiance – vous ne pouvez le faire étant donné que vous ne comprenez pas tout. Et il y aura encore des périodes où je vous demanderai de me faire confiance alors qu'en toute logique vous ne devriez pas – alors que vous ne pouvez ni ne devez comprendre ! Mais le temps viendra où votre confiance deviendra aveugle – et, alors, vous comprendrez comme si le soleil lui-même vous avait éclairé. À ce moment, vous me bénirez d'avoir agi pour vous sauver, pour en sauver d'autres et, même, pour sauver la pauvre chérie que j'ai juré de protéger…

– Oui, monsieur, répondit Arthur avec chaleur. J'aurai toujours confiance en vous. Je sais combien votre cœur est noble et puis, vous étiez l'ami de Jack et… et son ami à elle. Vous ferez ce que vous jugez bon.

Le professeur s'éclaircit la voix à plusieurs reprises, comme s'il hésitait avant de prendre la parole, puis, finalement, déclara :

– Puis-je, à présent, vous demander quelque chose ?

– Bien entendu !

– Savez-vous que Mrs. Westenra vous a laissé tous ses biens ?

– Non ! Pauvre femme ! Je n'y avais même pas pensé.

– Et depuis le moment où tout vous appartient, vous avez le droit de disposer de tout comme vous l'entendez. Je désire, de vous, la permission de lire toutes les lettres, le plus petit papier appartenant à Miss Lucy. Croyez-moi, ce n'est pas la simple curiosité qui me fait agir de la sorte. J'ai mes raisons – des raisons que, croyez-moi, elle aurait approuvées. Elles sont ici, ses lettres, ses secrets. Je les ai pris avant de savoir que tout vous appartenait, je les ai pris pour qu'aucune main étrangère ne les touche, pour qu'aucun regard ne puisse lire dans son cœur à travers ses paroles. Si je le puis, je les garderai. Même si vous ne les lisez pas à présent, j'en prendrai soin. Je n'en dirai rien, pas un mot. Quand je jugerai le temps venu, je vous les rendrai. C'est beaucoup demander, je le sais, mais vous m'accorderez ce que je veux, n'est-ce pas… pour le bien de Lucy !

Arthur répondit avec une sincérité, une franchise qui me rappelaient le personnage qu'il était.

– Docteur Van Helsing, vous ferez ce que vous voudrez. Je sens qu'en prononçant ces paroles je ne fais rien que ma pauvre fiancée n'eût approuvé. Je ne vous harcèlerai pas davantage de questions – sauf quand vous voudrez les entendre.

Le vieux professeur se leva alors, et déclara solennellement :

– Vous avez bien raison, Arthur, d'agir de la sorte ! Tous, nous aurons notre part de souffrances ! Et des souffrances telles que nous en connaîtrons d'autres quand nous croirons les avoir toutes subies ! Nous tous, et vous – vous surtout, mon pauvre garçon, devrons franchir des ondes démontées avant d'atteindre de calmes rivages. Mais nous devons nous montrer courageux et accomplir notre devoir – alors seulement, tout se terminera bien.

Cette nuit, je dormis sur un sofa, dans la chambre d'Arthur. Van Helsing, lui, ne dormait pas du tout. Il marcha à travers tout l'appartement comme s'il accomplissait des rondes partout. Il ne perdait quasiment pas de vue la pièce où Lucy reposait dans son cercueil, ornée de fleurs d'ail qui répandaient, au milieu des senteurs de roses et de lis, une odeur lourde et accablante comme la nuit qui les accueillait.

Journal de Mina Harker

22 septembre. Dans le train pour Exeter. Jonathan dort.

Il me semble que les dernières lignes de ce journal datent d'hier seulement – et pourtant combien d'événements se sont déroulés depuis qu'à Whitby j'attendais, avec impatience et inquiétude, des nouvelles de Jonathan ! Nous voici mariés, à présent, mon mari *solicitor,* riche, puissant, indépendant, Mr. Hawkins mort et enterré. Et Jonathan atteint d'une nouvelle crise qui pourrait avoir des conséquences fâcheuses. Un jour peut-être me posera-t-il des questions à ce propos. Tout est sombre ! Ma sténographie elle-même, j'ai la main un peu rouillée ! Voyez les conséquences d'une prospérité inattendue ! Je ferais bien de reprendre des exercices pour me réhabituer à l'écriture en sténo !

[…] Nous sommes revenus en ville, sans nous presser, et avons pris un bus jusqu'à Hyde Park Corner. Jonathan avait estimé bon de me faire connaître le plus joli parc de Londres. Nous allâmes nous asseoir sur un des bancs publics, mais la nature paraissait si désolée, dans ses couleurs d'automne, les passants étaient si rares que nous avons fini par penser à la chaise vide que nous trouverions en rentrant chez nous. Nous nous sommes bien vite relevés et sommes descendus vers Piccadilly. Jonathan me tenait par le bras, comme il le faisait, naguère, pour me conduire au cours. À l'époque, je trouvais ce geste bien déplacé : vous ne pouvez pas enseigner, pendant des années, les bonnes manières aux demoiselles sans y être particulièrement sensible vous-même. Mais maintenant, Jonathan était mon mari et nous ne risquions pas de rencontrer quelqu'un qui nous connût – quand bien même, qu'importait? Nous marchâmes tout à notre aise. Je regardais une très jolie demoiselle coiffée d'un énorme chapeau en forme de roue et assise dans une victoria[1], devant la maison de Giuliano, lorsque je sentis Jonathan me serrer le bras au point de me faire mal. « Mon Dieu ! » dit-il en même temps, dans un souffle.

Je me fais toujours des soucis concernant Jonathan : je crains une rechute de sa maladie nerveuse. Je me tournai donc tout de suite vers lui et lui demandai ce qui se passait.

Il était très pâle, et ses yeux semblaient lui sortir des orbites. Terrorisé autant que stupéfait, il regardait un grand homme, mince, avec un nez en bec de vautour, une moustache noire et une barbe en pointe ; lui aussi observait la jolie demoiselle. Il la fixait avec tant d'insistance qu'il ne nous a même pas remarqués, de sorte que j'ai pu l'observer tout à loisir. Le visage me déplaisait – dur, cruel, sensuel. Ses dents, surtout, mettaient mal à l'aise : elles étaient pointues, comme celles d'un carnassier, et d'une blancheur que soulignait encore l'incarnat[2] de ses lèvres. Jonathan ne le quittait pas des yeux, à tel point que j'eus peur d'être en fin de compte découverte. Je demandai à mon mari la raison de ce trouble, et il me répondit, certain que j'en savais autant que lui sur ce personnage :

– Tu l'as reconnu ?

– Mais non, mon chéri, lui ai-je répondu. Je ne le connais pas. De qui s'agit-il ?

Sa réponse me choqua, m'effraya, même, car il parla comme s'il ignorait encore parler à sa femme, Mina :

1. *Victoria* : ancienne voiture découverte à quatre roues.

2. *Incarnat* : rouge clair et vif.

– C'est l'homme !

Mon pauvre chéri était vraiment épouvanté, plus même ! Je crois que si je n'avais pas été là pour le retenir et le supporter, il se serait effondré ! Il regardait, toujours, comme fasciné. Un homme sortit du magasin, porteur d'un petit paquet qu'il donna à la demoiselle. Après quoi, la voiture partit. La sombre silhouette suivit le véhicule des yeux et, quand celui-ci disparut en direction de Piccadilly, il partit dans la même direction et arrêta un cab[1]. Jonathan ne le perdit pas des yeux jusqu'à ce qu'il eût complètement disparu, puis dit, comme s'il se parlait à lui-même :

– Je crois… je crois que c'est le comte, mais il aurait rajeuni ! Mon Dieu, s'il en était ainsi ! S'il en était ainsi ! Que… si je savais… si je savais…

Il se désespérait tant que je craignais, par mes questions, de concentrer son esprit davantage sur ce qui le préoccupait. Je conservai donc le silence. Je l'emmenai doucement et il me suivit, docile, sans lâcher mon bras. Nous fîmes quelques pas, retournâmes dans Green Park où nous trouvâmes un banc. La journée était chaude, pour l'automne, et notre banc, bien à l'ombre, nous offrait une fraîcheur réconfortante. Jonathan ferma les yeux et s'endormit, la tête contre mon épaule, après avoir, pendant de longs instants, fixé le vide. C'était sans doute ce qu'il avait de mieux à faire et je ne le dérangeai pas. Au bout de vingt minutes, il se réveilla et me dit, presque joyeux :

– Mina ? Pourquoi me suis-je endormi ? Oh ! Pardonne ma vulgarité ! Viens ! Allons boire une tasse de thé quelque part !

De toute évidence, il avait tout oublié concernant le sombre étranger, tout comme, pendant sa convales-

1. *Cab* : voiture à cheval, qui faisait office de taxi.

cence, il avait oublié ce que cet homme aujourd'hui venait de lui rappeler. Je n'aime pas cette faculté d'oubli ! Elle peut finir par lui être néfaste ! Je n'ose pourtant rien lui demander, de peur de lui infliger plus de mal que de bien. Mais je sens que je dois savoir ce qui s'est passé pendant son voyage en Transylvanie ! Je crois, hélas, le temps venu d'ouvrir son journal de voyage et d'apprendre ce qui s'est passé ! Ô, Jonathan, j'espère que tu me pardonneras si je commets quelque faute – mais je la commets pour ton bien !

Plus tard. Triste retour à tout point de vue – la maison vide, désespérément vide de cette excellente âme qui nous avait tant apporté d'affection. Jonathan est toujours pâle et en proie à un léger vertige, depuis son aventure. Et puis, un télégramme d'un Van Helsing – ou je ne sais qui :

« Vous serez sans doute peinée d'apprendre que Mrs. Westenra est morte voici cinq jours et que Lucy l'a suivie dans la tombe avant-hier. Toutes deux furent enterrées aujourd'hui. »

Quelle détresse en si peu de mots ! Pauvre Mrs. Westenra ! Pauvre Lucy ! Disparues, toutes deux, à jamais ! Et puis, pauvre, pauvre Arthur qui semble avoir tout perdu, dans sa vie ! Dieu nous aide à supporter tous nos maux ! [...]

Chapitre XIV

[Van Helsing, qui a récupéré les papiers de Lucy, a lu les lettres de Mina à celle-ci. Il décide donc de rencontrer la jeune femme afin d'éclaircir tous les événements relatifs de près ou de loin à la mort de Lucy. De son côté, Mina, avertie par missive de la venue du professeur, attend de lui des précisions sur la maladie de son mari. Lors de leur entrevue, la jeune femme confie à Van Helsing son propre journal, qu'elle a pris soin de dactylographier, et où sont notamment consignées ses journées à Whitby avec Lucy, ainsi que le journal de Jonathan, qu'elle a également retranscrit à la machine à écrire. Le professeur certifie alors à Mina et à son mari que les terribles événements vécus par ce dernier en Transylvanie ne sont pas pure imagination, conséquence d'une crise de démence, mais qu'ils appartiennent à la réalité. Ces propos rassurent Jonathan, qui s'était mis à douter de tout. Il est désormais persuadé que l'homme qu'il a vu à Londres est bien le comte Dracula, rajeuni.]

Journal du docteur Seward

142

26 septembre. Je me demande si la notion de finalité n'est pas complètement erronée. Voilà moins d'une semaine, j'écrivais le mot *fin* dans ce journal et voilà que je reprends la plume pour, comble des combles, parler des mêmes choses. Jusqu'à cet après-midi, je n'avais aucune raison de penser à ce qui s'est accompli. […] [je] m'étais replongé dans mon travail avec un enthousiasme juvénile, de telle sorte que je pouvais bientôt croire que la blessure laissée par la mort de Lucy commençait à se cicatriser lentement. Hélas, elle s'est rouverte, à présent ! Dieu seul sait comment tout cela se terminera ! Je me dis parfois que Van Helsing le sait aussi, lui, comment tout cela se terminera, mais il ne laisse échapper que des bribes – de quoi exciter la curiosité, non de quoi la satisfaire ! Il est parti pour Exeter, aujourd'hui, où il est demeuré toute la nuit. Il est rentré ce matin et s'est littéralement précipité dans la pièce où je me trouvais – il était à peu près cinq heures trente. Il me fourra un exemplaire de la *Westminster Gazette* dans les mains.

– Que pensez-vous de ceci? me demanda-t-il en s'éloignant de quelques pas, bras croisés sur la poitrine.

Je jetai un coup d'œil sur l'article car je ne savais vraiment pas à quoi il faisait allusion. Avant que j'aie pu lire un seul mot, il s'était reprécipité sur moi, m'avait arraché le journal des mains et désigné un entrefilet[1] où il était question d'enfants disparus et retrouvés à Hampstead. L'anecdote ne m'intéressa guère jusqu'au moment où je tombai sur un passage qui parlait de deux petites blessures à la gorge des victimes. Une idée me frappa. Je levai les yeux.

– Eh bien? me demanda Van Helsing.

– Voilà qui rappelle cette pauvre Lucy.

– Et qu'en concluez-vous?

– Qu'il faudrait découvrir la cause commune à pareilles manifestations. Ce qui l'a blessée, elle, semble avoir aussi blessé les gosses.

La réponse, je ne la compris pas tout à fait :

– C'est indirectement vrai, mais pas directement.

– Que voulez-vous dire, professeur?

J'étais d'humeur à prendre légèrement ses craintes : après tout, quatre nuits de repos et l'absence de terribles émotions avaient rétabli mon esprit critique. Pourtant, lorsque je vis son visage, je n'eus plus la moindre envie de me gausser[2]. Jamais, même au plus profond de notre désespoir devant la maladie de Lucy, il ne m'avait paru plus bouleversé.

1. *Entrefilet* : court article inséré dans un journal.
2. *Gausser* : moquer.

– Expliquez-moi, dis-je. Je ne puis me faire aucune opinion. Je ne sais que penser et je ne connais pas assez de renseignements pour tenter une hypothèse.

– Vous voulez me dire, ami John, que vous n'avez pas le moindre soupçon du mal qui emporta Lucy? Pourtant, les événements, les symptômes, mes commentaires même auraient dû vous mettre sur la voie.

– Elle est morte de prostration nerveuse qui a suivi une grande perte de sang.

– Et cette perte de sang, ami John?

Je secouai la tête. Il alla s'asseoir en face de moi et poursuivit :

– Vous êtes un homme intelligent, mon ami John. Vous raisonnez fort bien et ne manquez pas d'esprit – esprit audacieux, d'ailleurs, je dois le reconnaître. Mais hélas, vous vous embarrassez de préjugés. Parfois, vous ne permettez pas à vos yeux de voir ni à vos oreilles d'entendre et vous ne vous encombrez pas de tout ce qui transcende votre vie quotidienne. Ne croyez-vous pas qu'il existe des forces que vous ne pouvez comprendre – ce qui n'exclut pas leur existence? Ne croyez-vous pas que certaines gens puissent voir des choses que d'autres ne voient pas? Des choses, d'ailleurs, il en existe, anciennes ou modernes, qui ne risquent pas d'être surprises par des yeux humains étant donné que ces mêmes humains croient, ou croient croire d'autres choses qu'on leur a enseignées. À qui la faute, sinon à notre science qui désire tout expliquer? Et si elle est incapable d'expliquer, elle prétend qu'il n'est rien à expliquer. Pourtant, ne voyons-nous pas naître, autour de nous, chaque jour, de nouvelles croyances – plus exactement, des croyances qui se prétendent nouvelles? De fait, elles sont bien anciennes, même si elles se prétendent neuves – comme ces belles dames qui hantent les soirées d'opéra. Je crois que vous ne voulez rien entendre de la transmutation des corps, n'est-ce pas ? Ni des corps astraux ? Ni de la lecture des pensées ! Et l'hypnotisme ? Toujours pas ?

– Ah si ! Charcot[1] a fort bien prouvé le phénomène ! Il sourit et poursuivit de plus belle :

– La démonstration vous a donc satisfait ? Et à présent vous comprenez le mécanisme et vous pouvez suivre l'esprit du grand Charcot (quelle perte pour la science, sa disparition !) jusque dans celui du patient qu'il influence ? Non ? Alors, mon ami John, dois-je conclure que vous acceptez des faits que vous ne maîtrisez pas parfaitement ? Non ? Alors, expliquez-moi (vous savez que j'étudie le cerveau) comment vous pouvez accepter l'hypnotisme et rejeter la télépathie[2]. Laissez-moi vous dire, mon ami, que l'étude de l'électricité a rendu aujourd'hui possibles des phénomènes que les chercheurs eux-mêmes auraient jugés sacrilèges et qui, dans les temps anciens, auraient d'ailleurs mené les responsables au bûcher sous l'inculpation de sorcellerie. La vie a toujours compté des mystères. Pourquoi Mathusalem[3] a-t-il vécu neuf cents ans, le vieux Parr[4] cent soixante-cinq alors que le sang de quatre hommes vigoureux n'a pu prolonger l'existence de Lucy d'un seul jour ? Or, si elle avait vécu un jour de plus, nous l'aurions sauvée. Connaissez-vous toute l'anatomie comparée – et pouvez-vous m'expli-

1. *Charcot* : célèbre médecin français (1825-1893) qui s'intéressa notamment à l'hystérie et à l'hypnose.
2. *Télépathie* : communication à distance par la pensée.
3. *Mathusalem* : personnage biblique (Genèse, 5, 25), symbole de la longévité.
4. *Parr* : homme auquel on attribua une longévité exceptionnelle au XVIIe siècle.

quer pourquoi certains hommes détiennent les caractéristiques des brutes et d'autres non ? M'expliquerez-vous pourquoi les araignées meurent jeunes et petites – et surtout, alors, pourquoi l'une d'entre elles a vécu pendant des siècles, énorme, dans la tour d'une vieille église espagnole et s'est tellement développée qu'elle a pu un jour, en descendant de sa toile, boire toute l'huile de toutes les lampes ? M'expliquerez-vous pourquoi, dans la pampa ou ailleurs, des chauves-souris volent la nuit pour ouvrir les veines des chevaux et du bétail afin de les vider de leur sang ? Pourquoi, en certaines îles des mers occidentales, vivent les chauves-souris qui pendent aux arbres tout le jour au point que ceux qui les ont vues en parlent comme de noix ou de cosses[1] géantes mais qui, quand les marins dorment sur le pont, assommés par la chaleur, fondent sur eux et les réduisent à l'état de cadavres – aussi blancs que l'était Miss Lucy ?

– Par le ciel, professeur, l'interrompis-je en me levant. Voulez-vous me faire avaler que Lucy aurait été mordue par une de ces chauves-souris, et ce en plein Londres, en plein milieu du XIXe siècle ?

Il leva la main pour me faire taire et poursuivit :

– M'expliquerez-vous pourquoi les tortues vivent plus longtemps que des générations d'hommes, pourquoi l'éléphant voit se succéder les dynasties humaines, les unes après les autres, pourquoi le perroquet ne meurt jamais, sauf d'une blessure ou d'une morsure de chat ou de chien ? M'expliquerez-vous pourquoi les hommes, en tout temps et en tout lieu, ont cru à l'existence d'autres hommes qui pouvaient reculer le terme de leur vie ? Nous savons tous, la science l'a prouvé, que des crapauds sont restés, des milliers d'années,

1. *Cosses* : enveloppes qui renferment les graines de certains légumes.

enfermés dans le même trou qui les a retenus depuis la première jeunesse de notre monde. M'expliquerez-vous l'aventure de ce fakir[1] indien qui mourut de sa propre main, fut enterré, son tombeau scellé ; on sema du blé dans la terre qui le recouvrait ; on coupa le blé, on en ressema, on le récolta à nouveau ; puis on rouvrit la terre, on brisa les scellés intacts et, dans le cercueil, dormait le fakir, non pas mort, mais bien vivant au point de se relever et de reprendre sa place parmi les humains ?

Je l'interrompis une fois de plus. J'en avais le vertige. Son énumération des excentricités de la nature et des impossibilités pas tellement impossibles enflammait mon imagination. J'en venais à croire qu'il me dispensait une leçon comme il m'en dispensait, naguère, à Amsterdam. Mais, à l'époque, il nous prévenait du thème de son cours, de sorte que je pouvais le suivre à travers tous ses raisonnements. Aujourd'hui, sans ce lien conducteur, je ne parvenais pas à le comprendre, en dépit de ma volonté. Je lui dis donc :

– Professeur, laissez-moi redevenir votre meilleur élève. Dictez-moi votre thèse de sorte que je puisse apprécier vos exemples à mesure que vous les énumérez. Pour l'instant, c'est un fou, non un être sain d'esprit qui tente de suivre votre idée. Je me sens un débutant pataugeant dans une zone de brouillard, bondissant d'une touffe sèche à l'autre pour avancer toujours, mais sans savoir où.

– Une excellente image, complimenta-t-il. Eh bien, je vais m'expliquer. Ma thèse, demandez-vous ? Mon intention, plutôt. Je veux que vous croyiez.

– En quoi ?

1. *Fakir* : en Inde, ascète qui vit d'aumônes et se livre à des mortifications en public.

– En l'incroyable. Je m'explique. J'ai un jour entendu un Américain définir la foi comme « ce qui nous rend capables de croire en des choses que nous savons impossibles ». Je me permets de suivre cet homme. Il voulait dire qu'il nous faut garder un esprit ouvert afin d'empêcher qu'une petite parcelle de vérité n'interrompe le cours d'une vérité plus grande, comme un morceau de roche coupe une voie de chemin de fer. Nous détenons d'abord une petite parcelle de vérité, certes. Nous la conservons et veillons sur elle – mais gardons-nous en même temps de voir en elle la seule vérité de l'univers !

– Vous désirez donc que mon esprit ne s'encombre pas de préjugés afin de n'en pas diminuer la réceptivité aux choses étranges ? Ai-je bien suivi votre exposé ?

– Ah vraiment, vous êtes toujours mon meilleur élève ! Vous enseigner quelque chose porte en soi sa propre récompense ! À présent que vous voulez comprendre, vous venez de faire le premier pas vers la compréhension. Vous pensiez donc que les petites plaies découvertes sur la gorge de ces gamins ont été infligées par la même créature qui infligea les blessures au cou de Miss Lucy ?

– Je le suppose, oui.

Il se leva. Sa voix se fit encore plus solennelle.

– Eh bien, vous vous trompez ! Je voudrais qu'il en fût ainsi, mais non. C'est bien, bien plus grave !

– Au nom du ciel, professeur Van Helsing, que voulez-vous dire ?

Avec un dernier geste désespéré, il se laissa retomber sur sa chaise, posa les coudes sur le bureau, se cacha le visage entre les mains et murmura :

– Elles ont été infligées par Miss Lucy elle-même !

CHAPITRE XV

Journal du docteur Seward (suite)

Pendant quelques terribles secondes, l'angoisse m'envahit tout entier. On eût dit que le professeur venait de gifler Lucy encore vivante! Je frappai mon poing sur la table et bondis sur mes pieds :

– Avez-vous perdu la raison, docteur?

Il releva la tête et me regarda avec une tendresse qui me calma dans l'instant.

– Je le voudrais bien, répondit-il. La folie ne serait rien comparée à une vérité comme celle-ci. Oh mon ami, pourquoi croyez-vous que j'aie tant tergiversé[1] avant de vous révéler quelque chose d'aussi simple? Est-ce parce que je vous déteste et que je vous ai détesté toute ma vie? Est-ce parce que je me réjouissais par avance du mal que j'allais vous infliger? Était-ce parce que je désirais, enfin, me venger sadiquement du jour où vous m'avez sauvé la vie – et de quelle mort horrible, par le ciel!

– Je vous demande pardon, professeur!

Il poursuivit :

– Mon ami, je ne voulais que vous ménager un peu avant de vous briser le cœur. Je sais que vous adoriez cette douce demoiselle Lucy. D'ailleurs, maintenant encore, je ne m'attends pas à ce que vous me croyiez. Toute abstraction est si dure à accepter que notre premier réflexe est de la refuser, d'autant plus si elle s'inscrit à contre-courant de ce que nous avons toujours pensé. Alors, quelle difficulté aurons-nous à croire

1. *Tergiversé* : hésité.

une vérité si triste, si concrète, si liée à une délicieuse jeune fille? Mais cette nuit, hélas, je vous prouverai ce que je vous ai dit – pour autant que vous osiez m'accompagner.

Voilà qui me donna le vertige. Van Helsing remarqua mon hésitation et me dit :

– Le raisonnement est simple et n'a rien de la logique d'un dément sautant, dans le marais, de motte sèche en motte sèche, au milieu d'un brouillard épais. Si ce que je crois n'est pas vrai, notre expédition nous apportera un réel soulagement – en tout cas, elle ne fera de tort à personne. Mais si j'ai raison, ah! voilà ce qu'il faut craindre! Mais la crainte est salutaire, car elle sert d'avant-poste à la croyance! Voilà donc ce que je vous propose. D'abord, nous allons voir ce gosse, à l'hôpital. Le docteur Vincent, du North Hospital, où, selon les journaux, le gamin aurait été amené, est un

de mes amis – un des vôtres aussi, sans doute, puisque vous étiez, je crois, camarades de classe à Amsterdam. S'il ne reconnaît plus les amis, il devra en tout cas laisser deux hommes de science intervenir. Nous ne lui dirons que ce que nous voulons savoir. Et puis...

– Et puis...

Il sortit une clé de sa poche et il l'exhiba.

– Et puis, nous passerons la nuit, vous et moi, dans le cimetière où dort Lucy. Cette clé ferme sa tombe. L'entrepreneur des pompes funèbres me l'a donnée pour que je la confie à Arthur.

Je sentis mon cœur se liquéfier. Je savais qu'une nouvelle épreuve – terrible, celle-là – nous attendait. Pourtant, je ne vois pas ce que j'aurais pu faire d'autre, sinon acquiescer. Je ramassai donc tout mon courage et marmonnai qu'il valait mieux nous hâter car l'après-midi touchait à sa fin. [...]

[Van Helsing et John Seward se rendent à l'hôpital puis au cimetière où Lucy est enterrée.]

[...] Finalement, nous atteignîmes le mur du cimetière que nous escaladâmes. Nous découvrîmes alors la tombe des Westenra – non sans difficulté car il faisait terriblement sombre et l'endroit nous restait totalement inconnu. Le professeur sortit sa clé, ouvrit la porte grinçante et, sans s'en rendre compte, s'effaça pour me laisser passer le premier. Pareille manifestation de savoir-vivre, dans des circonstances aussi lugubres, dégénérait presque en ironie ! Mon compagnon me suivit sans perdre une seconde, referma la porte, après s'être assuré que la serrure n'était pas une serrure automatique – auquel cas l'ironie qui avait accompagné notre entrée au tombeau se serait développée dans des proportions inespérées. Ensuite, il fouilla dans son sac de cuir d'où il tira une boîte d'allumettes et une bougie qu'il alluma. À la lueur du jour, avec ses fleurs fraîches, le tombeau avait paru sinistre et impressionnant ; à présent, plusieurs jours plus tard, alors que les fleurs tombaient, mortes elles-mêmes, jaunies, brunies, alors que les araignées s'étaient emparées de l'espace, que les pierres décolorées depuis des lustres, le mortier[1] recouvert de poussière, les ferrures rouillées et humides, les cuivres ternis et les plaques d'argent devenues mates reflétaient faiblement la lumière de notre chandelle, l'impression subie était encore plus misérable, plus sordide que tout ce que j'aurais pu imaginer. À subir cette désolante vision, j'en arrivais à la conclusion naturelle que la vie, la vie humaine, n'était pas seule à se ternir, à passer.

1. *Mortier* : mélange de ciment et de sable, utilisé comme enduit.

Insensible, aurait-on dit, à cette désolation, Van Helsing commença à travailler systématiquement. Il passa sa chandelle devant les noms des cercueils et, laissant derrière lui de petites gouttes de stéarine[1] blanche qui se solidifiaient dès qu'elles touchaient le métal froid, finit par s'arrêter devant celui qu'il cherchait. Un autre recours au contenu de son sac et il revint avec un tournevis.

– Qu'allez-vous faire ?

– Ouvrir le cercueil, afin de vous convaincre.

Sans attendre, il commença à dévisser le couvercle qu'il souleva bientôt, découvrant la protection de plomb. C'était presque plus que je n'en pouvais supporter. J'avais l'impression d'infliger à la morte un affront aussi odieux que si, de son vivant, nous avions profité de son sommeil pour la déshabiller entièrement. Je posai ma main sur la sienne, pour l'arrêter dans son geste. Il se contenta de me répondre : « Vous allez voir ! » puis repartit fouiller dans son sac d'où il rapporta une petite scie. Il enfonça le tournevis dans le plomb avec une telle vivacité que j'en tressaillis et laissa un trou suffisant pour permettre le passage de la scie. J'avais attendu un échappement de gaz nauséabonds, puisque le corps était enterré depuis une semaine ; aussi, habitué à pareils phénomènes qui peuvent se révéler dangereux, je m'étais lentement reculé vers la porte. Le professeur ne s'arrêta pas une seconde dans son travail. Il scia un des côtés du cercueil sur une longueur de soixante centimètres, puis fit de même sur les deux autres côtés. Ensuite, il souleva la paroi et, enfonçant la bougie dans l'ouverture, me fit signe de regarder.

1. *Stéarine* : matière dont est faite la bougie.

Je m'approchai et jetai un coup d'œil. Le cercueil était vide.

La surprise provoqua en moi une terrible stupéfaction, mais Van Helsing ne paraissait pas affecté le moins du monde. Il était plus que jamais convaincu de ses théories – plus que jamais convaincu qu'il fallait continuer dans cette voie.

– Êtes-vous satisfait, à présent, ami John ?

Je sentis ma nature discutailleuse s'éveiller et répliquai :

– Je suis satisfait de ne pas découvrir le corps de Lucy dans ce cercueil, mais cela ne prouve qu'une seule chose !

– Laquelle, ami John ?

– Qu'elle n'est pas dans le cercueil.

– Merveilleusement logique ! Mais alors, comment… comment expliquez-vous qu'il ne s'y trouve pas ?

– Un violeur de sépulture, peut-être ? Peut-être que l'entreprise de pompes funèbres elle-même l'a volé…

Je savais que mes arguments ne tenaient pas debout et pourtant je ne pouvais rien suggérer d'autre. Le professeur soupira.

– Fort bien ! Il vous faut donc d'autres preuves ! Venez avec moi !

Il replaça le couvercle du cercueil, rassembla tous ses outils qu'il refourra dans son sac, souffla la bougie qu'il jeta également dans son sac. Nous ouvrîmes la porte et sortîmes. Il referma à clé puis, celle-ci, il me la tendit en me disant :

– Voulez-vous la garder ? Peut-être alors serez-vous convaincu ?

J'éclatai de rire – un rire qui n'avait rien de bien joyeux, je dois le reconnaître. Je lui dis de garder l'objet.

– Une clé ne prouve rien ! On peut les reproduire. Et puis, il n'est pas difficile d'en dérober une de ce modèle !

Il ne répliqua rien mais enfouit la clé dans sa poche. Il m'ordonna alors d'attendre d'un côté du cimetière pendant que lui ferait le guet de l'autre côté. Je me choisis un poste d'observation, derrière un if[1], et distinguai la sombre silhouette de Van Helsing qui s'éloignait. Quelques secondes plus tard, il paraissait disparaître entre les tombes et les arbres.

Une veillée solitaire. À peine arrêté derrière mon arbre, j'entendis sonner minuit, puis une heure, puis deux. J'étais gelé, énervé. J'en voulais au professeur de m'avoir entraîné dans une expédition aussi folle et je m'en voulais de m'être laissé convaincre. J'avais trop froid, trop sommeil pour observer avec attention mais, par contre, je n'étais pas assez endormi pour relâcher ma surveillance. Somme toute, une période bien misérable !

Soudain, alors que je me retournais, je crus discerner comme une traînée blanche entre deux ifs sombres, dans la zone du cimetière la plus éloignée de la tombe. En même temps, une masse sombre bougea, où le professeur avait disparu, et se précipita vers la traînée blanche. Je bougeai, moi aussi, mais je devais contourner des tombes et des stèles funéraires[2]. Je trébuchai à plus d'une reprise. Le ciel était menaçant et, quelque part au-dehors, un coq insomniaque chanta. À quelques mètres à peine, au-delà de la ligne de genévriers[3] qui bordaient le sentier conduisant à

1. *If* : conifère.

2. *Stèles funéraires* : pierres tombales.

3. *Genévriers* : arbres aux feuilles acérées et aux fruits globuleux bleu-noir.

l'église, une silhouette blanche, presque diaphane[1], glissait en direction de la tombe. Celle-ci étant cachée par une rangée d'arbres, je ne pus distinguer où disparaissait au juste la silhouette. J'entendis par contre, à l'endroit même où j'avais distingué l'étrange forme, un bruit de pas précipité et, en arrivant, trouvai le professeur qui tenait dans ses bras un tout jeune enfant. Quand il me vit, il me le tendit en disant :

– Satisfait, à présent ?

– Non pas ! répondis-je, non sans agressivité.

– Vous ne voyez pas cet enfant ?

– C'est un enfant, en effet. Mais qui l'a amené ici ? Est-il blessé ?

– Nous allons bien voir.

Sans ajouter un seul mot, nous nous dirigeâmes tous deux vers la sortie du cimetière. Van Helsing portait l'enfant endormi.

Quand nous nous fûmes éloignés de quelques dizaines de mètres, nous nous arrêtâmes sous un bouquet d'arbres. Il craqua une allumette et examina la gorge de l'enfant. On n'y voyait pas la plus petite plaie, pas même une griffe.

– N'avais-je pas raison, m'écriai-je triomphalement.

– Nous sommes arrivés à temps ! répondit Van Helsing visiblement soulagé.

Il fallait à présent décider ce qu'il fallait faire de l'enfant. Si nous le conduisions à un bureau de police, nous devrions rendre compte de nos agissements nocturnes – à tout le moins expliquer où et comment nous avions découvert l'enfant. Nous décidâmes finalement de le conduire dans la lande et de l'abandonner dès que nous entendrions arriver un policier qui

1. *Diaphane* : transparente.

ne manquerait pas de le découvrir, après quoi nous rentrerions chez nous le plus rapidement possible. Tout se passa fort bien. À peine dans la lande, nous reconnûmes le pas lourdaud d'un policier. Nous laissâmes l'enfant au beau milieu du sentier et allâmes nous cacher, attentifs. La lanterne, que l'agent balançait d'avant en arrière, éclaira soudain le petit corps étendu. Un cri de surprise. Nous savions que nous pouvions nous en aller. […]

Je ne puis trouver le sommeil. J'ai donc repris cc journal. Je devrais pourtant essayer de dormir quelques heures, car Van Helsing vient me chercher à midi. Il insiste pour que je l'accompagne dans une autre expédition. […]

[De jour, Van Helsing et John Seward s'introduisent à nouveau dans le cimetière et ouvrent le cercueil de Lucy.]

Lucy gisait là, tout à fait semblable à la Lucy que nous avions tellement admirée la veille de ses funérailles. Elle était, si c'était possible, plus belle encore qu'auparavant. Pas plus que la semaine dernière je ne pouvais croire qu'elle fût morte. Ses lèvres avaient un éclat rouge plus rouge que dans la vie, et les joues étaient délicatement colorées.

– C'est un mauvais tour ?

– Êtes-vous convaincu, à présent ?

Tout en parlant, il tendit la main et, d'un geste qui me fit frémir, releva les lèvres cramoisies pour me montrer les dents.

– Regardez : encore plus blanches et plus aiguës que de son vivant ! Et c'est avec celle-ci et celle-là que les petits enfants ont été mordus !

Ce disant, il désignait les deux canines gauches.

– Alors, ami John, vous êtes convaincu, à présent ?

Un dernier sursaut de scepticisme s'empara de moi. Je ne *pouvais* pas accepter une idée aussi terrible. Aussi, mû par une volonté de contradiction qui me rendait, je l'avoue, honteux, je déclarai :

– Peut-être l'a-t-on replacée dans son tombeau depuis hier ?

– Merveilleux ! Et qui donc ?

– Je ne sais pas. Quelqu'un !

– D'ailleurs, elle est morte depuis une semaine. La plupart des gens dans cet état ne ressembleraient pas à ceci !

À ce dernier argument, je n'avais pas de réponse. Je me tus. Van Helsing ne parut pas remarquer mon silence. Il ne montrait d'ailleurs ni chagrin ni triomphe. Il regardait avec une terrible attention le visage de la défunte dont il soulevait les paupières et les lèvres pour mieux examiner les yeux et les dents. Puis il se tourna vers moi pour me dire :

– Voici un détail différent de tout ce que je sais : elle manifeste une dualité de vie absolument hors du commun. Un vampire l'a mordue quand elle était en état d'hypnose – crise de somnambulisme (vous sursautez, ami John ? Il est vrai que vous ne connaissez pas cet événement, mais bientôt vous saurez tout). Et quand elle était en transe, il pouvait bien entendu lui sucer du sang avec plus de facilité ! Elle est morte en état d'hypnose et elle est toujours en état d'hypnose dans son état de non-morte. C'est en cela qu'elle diffère des autres. En règle générale, lorsque le non-mort se repose dans sa résidence...

Ce disant, il fit, du bras, un large geste pour me rappeler que les cimetières étaient les résidences des non-morts...

– ... Son visage révèle ce qu'il est, mais il n'en va pas de même pour cette douce créature qui connaît une mort presque comme les autres. Elle n'a rien de malin, voyez, et je souffre d'autant plus de devoir la tuer dans son sommeil.

Je sentis mon sang se geler dans mes veines d'autant plus que, je m'en rendais seulement compte, je commençais à me laisser convaincre par les théories de Van Helsing. Mais, si elle était vraiment morte, pourquoi cette horreur à l'idée de la tuer? Il leva les yeux et découvrit la métamorphose qui avait affecté mon visage. Il me dit, presque joyeux :

– Vous y croyez, à présent?

– Pas si vite, de grâce! J'ai tendance à y croire. Comment allez-vous accomplir ce projet macabre?

– Je vais lui couper la tête, remplir sa bouche d'ail et lui percer le corps d'un pieu de bois. [...]

[Van Helsing décide de retourner seul le lendemain au
 cimetière. John Seward le retrouvera à vingt-deux heures; il demandera à Arthur de venir, ainsi qu'à Quincey Morris.]

Note laissée par Van Helsing, dans sa valise, Berkeley Hotel, à John Seward, M. D. (non remise)

Le 27 septembre

Mon bon ami John,

Je vous écris ceci au cas ou l'imprévisible se produirait. Je vais seul au cimetière. J'aimerais que la non-morte, Miss Lucy, ne le quitte pas cette nuit, de sorte que son désir de sortir sera plus intense la nuit prochaine. Je disposerai donc, dans son tombeau, certains éléments qu'elle n'apprécie guère – ail et crucifix avec lesquels, littéralement, je scellerai la porte. En tant que non-morte, elle est jeune et méfiante. En outre, mes précautions servent à l'empêcher de sortir, non à supprimer son désir de sortir. Dans ce cas, le non-mort devient frénétique[1] et cherche à percer tout obstacle, quel qu'il soit. Je veillerai depuis le coucher du soleil jusqu'à l'aube et j'apprendrai de la sorte tout ce je pourrai apprendre. Pour Miss Lucy et de Miss Lucy, je ne nourris aucune crainte. Mais bien de l'autre[2], qui l'a rendue non-morte et qui a, à présent, le pouvoir de trouver sa tombe et d'y chercher refuge. Il est rusé, comme je le sais de M. Jonathan et de la manière dont il s'est joué de nous lorsqu'il nous affrontait alors que nous tentions de sauver Miss Lucy. Nous avons perdu une manche, déjà, contre lui ! À plus d'un égard, les non-morts disposent d'une terrible énergie. Lui dispose, dans sa main, de l'énergie de vingt hommes. C'est d'ailleurs en vain que nous avons donné, quatre d'entre nous, notre force à Miss Lucy. De plus, il peut appeler les loups à son secours – ou que sais-je encore. Quoi qu'il en soit, s'il désire, cette nuit, errer dans ce cimetière, il me trouvera prêt à l'affronter. Mais peut-être ne cherchera-t-il pas à venir ici – je ne vois d'ailleurs pas pourquoi il viendrait : son terrain de chasse est bien plus giboyeux[3] que le cimetière où dort une non-morte et où veille un vieil homme.

C'est pourquoi je vous écris ces lignes, au cas où… Prenez les papiers qui accompagnent ma lettre, les journaux des Harker et le reste, lisez le tout, puis découvrez le plus grand des non-morts, coupez-lui la tête et brûlez-lui le cœur ou bien percez-le-lui d'un pieu de bois pour que le monde puisse dormir en paix, loin de ses griffes.

Et, s'il en est ainsi, adieu, mon ami.

Van Helsing.

1. *Frénétique* : très agité.
2. Il s'agit de Dracula.
3. *Giboyeux* : riche en gibier.

[De retour du cimetière, Van Helsing convainc Arthur et Quincey Morris, en compagnie de John Seward, de mettre son plan à exécution le lendemain.]

CHAPITRE XVI

[Il est minuit moins le quart lorsqu'ils franchissent ensemble le mur du cimetière. Puis ils pénètrent dans le tombeau et découvrent le cercueil de Lucy vide. Van Helsing explique qu'il est venu la veille, avant le coucher du soleil, pour être sûr d'y trouver Lucy. En effet, « après le crépuscule, les non-morts ont la faculté de se mouvoir ». Il a enduit la porte du caveau d'ail, que les non-morts ne supportent pas. De ce fait, Lucy n'est pas sortie. Il indique qu'il est revenu le jour même, avant la tombée de la nuit, et qu'il a repris l'ail déposé. Ils ressortent du tombeau.]

Journal du docteur Seward

[...] Chacun d'entre nous semblait grave, dépassé par l'horreur de la situation. Arthur se taisait et cherchait, de toute évidence, à percer tout le mystère de la situation ; moi-même, je réfléchissais, une fois encore prêt à rejeter mes doutes et à accepter les explications de Van Helsing. Quincey Morris restait ce qu'il était : un flegmatique[1] qui accepte tout, dans un esprit de froide détermination, bien que prêt au pire. Incapable de fumer, il coupa quelques centimètres de tabac et se mit à chiquer[2]. Quant à Van Helsing, il ne

1. *Flegmatique* : qui contrôle facilement ses émotions.
2. *Chiquer* : mâcher du tabac.

restait pas oisif : il prit d'abord, de son éternel sac, une espèce de biscuit extra-mince soigneusement enveloppé dans une serviette blanche ; puis deux poignées d'une substance blanche qui ressemblait à de la pâte à pain ou à du mastic. Il émietta le biscuit et jeta les morceaux dans la pâte qu'il pétrit longuement et grâce à laquelle il entreprit de boucher les fentes autour de la porte du tombeau. Voilà qui m'étonnait. Je m'approchai et lui demandai ce qu'il mijotait. Arthur et Quincey s'approchèrent aussi, curieux. Il répondit :

– Je scelle la tombe de telle façon que le non-mort ne pourra plus y rentrer.

– Et de quoi vous servez-vous pour cela ? demanda Quincey. Par je ne sais quoi… c'est un jeu ?

– On le dirait.

– Qu'est-ce que vous employez ?

C'était Arthur, cette fois, qui interrogeait. Avant de répondre, Van Helsing tira son chapeau, comme pour montrer un intense respect :

– L'hostie[1]. Je l'ai fait venir d'Amsterdam. J'ai obtenu une Indulgence[2]. […]

Une fois encore, une longue période de silence s'épaissit, un vide énorme, douloureux. Puis, soudain, le professeur qui nous lance un sifflement discret et qui désigne quelque chose du doigt. Assez loin, dans l'avenue bordée d'ifs, nous distinguâmes une silhouette blanche qui s'avançait – une frêle silhouette blanche qui tenait quelque chose de sombre sur sa poitrine. La silhouette s'arrêta un moment et, comme un rayon de lune tombait entre les masses des nuages,

1. *Hostie* : petite rondelle de pain qui, selon la doctrine chrétienne, contient substantiellement le corps du Christ.
2. *Indulgence* : rémission obtenue auprès du pape, ici pour l'utilisation de l'hostie dans le cadre d'un exorcisme.

nous pûmes distinguer une femme aux cheveux sombres et vêtue de son suaire[1]. Son visage, nous ne pouvions le reconnaître, car il était penché vers ce que la femme portait – en l'occurrence, comme nous le découvrîmes bientôt, un jeune enfant blond. Il y eut un silence, puis un petit cri, comme en poussent les jeunes enfants dans leur sommeil ou les chiens qui rêvent devant le feu. Nous allions nous élancer mais un geste du professeur, que nous ne quittions pas des yeux, nous retint. Nous continuâmes à regarder la silhouette blanche qui s'avançait. Elle était à présent assez proche pour que nous la distinguions dans la lueur de la lune qui ne diminuait pas. Je crois que mon cœur se gela en une seconde. En même temps, j'entendis le cri étouffé d'Arthur qui, lui aussi, découvrait Lucy Westenra. Lucy Westenra, sans doute, mais combien différente de la Lucy vivante ! La douceur de ses traits était devenue une expression de cruauté sadique, et sa pureté une expression de désir voluptueux. Van Helsing s'avança alors, et nous, obéissant à son geste, nous avançâmes nous aussi. Nous fîmes haie devant la porte du tombeau. Van Helsing leva sa lanterne dont il remonta le fermoir, éclairant Lucy de face. Les lèvres étaient cramoisies de sang frais qui, d'ailleurs, avait coulé le long de son menton et souillé son suaire immaculé.

Nous frémîmes, tous. À la lueur tremblotante de la lanterne, je compris que Van Helsing en personne perdait presque le contrôle de lui-même et de ses nerfs d'acier. Si je n'avais pas retenu Arthur par le bras, il se serait sans doute effrondré.

Lorsque Lucy (faute de mieux, et puisqu'elle possédait sa silhouette, j'appelle ainsi la forme qui se tenait

1. *Suaire* : linceul (voir note 2, p. 132).

devant nous) nous vit, elle recula, avec un grognement furieux, comme une chatte surprise dans ses activités. Puis elle nous regarda. C'étaient bien les yeux de Lucy, la forme, la couleur. Mais derrières eux brûlaient les feux de l'enfer, et non la pure flamme que nous avions connue. En une seconde, ce qui restait d'amour se transforma en haine et en mépris – s'il avait fallu l'abattre en ce moment précis, j'aurais accompli le geste avec un délice sadique. Elle continua à nous regarder. Les yeux brillaient de plus en plus d'une lueur perverse, et le visage brilla d'un sourire voluptueux. Oh Dieu ! Que cette vision avait le pouvoir de faire trembler ! D'un mouvement violent, aussi impitoyable qu'une diablesse, elle jeta sur le sol l'enfant qu'elle avait tenu serré contre sa poitrine. Le grognement qui accompagna son geste me rappela le chien obligé de lâcher un os qu'il voudrait encore ronger ! L'enfant poussa un cri et resta par terre à gémir doucement. Le sang-froid avec lequel Lucy avait accompli son geste arracha un gémissement à Arthur et, lorsqu'elle s'avança vers lui, bras ouverts, souriant toujours du même sourire pervers, il se recula et enfouit son visage dans ses mains. Avec une grâce voluptueuse, elle lui dit :

– Venez, Arthur, mon chéri ! Laissez les autres et venez avec moi ! Mes bras ont envie de vous. Venez, que nous reposions l'un près de l'autre. Venez, mon époux, venez !

La voix, les mots avaient quelque chose de diabolique, dans leur douceur – quelque chose qui ressemblait aux verres que l'on tinte et qui résonnait dans nos cerveaux à tous, même si les mots ne nous étaient pas adressés. Arthur, lui, paraissait envoûté. Il laissa tomber les bras qui lui protégeaient le visage et les ouvrit. Elle allait s'y réfugier quand Van Helsing s'interposa, tendant son petit crucifix à bout de bras. Elle recula, comme brûlée, et le visage passa de la sensualité bestiale à la rage la plus effroyable. D'un bond, elle passa entre nous et courut vers la tombe.

À moins d'un mètre de la porte, toutefois, elle s'arrêta, comme freinée par une puissance irrésistible. Elle se retourna et, à la clarté de la lune, son visage nous apparut dans tous ses détails. La lampe de Van Helsing, qui avait à présent retrouvé tout son sang-froid et ne tremblait plus le moins du monde, achevait de nous souligner une terrible expression de malice telle que nul n'en vit ni n'en verra jamais. Les merveilleuses couleurs s'étaient retirées du visage, les yeux paraissaient jeter des étincelles infernales, les sourcils se rejoignaient, laissant sur le front des rides semblables aux serpents de Méduse[1] et la bouche vermillon[2], naguère si adorable, s'ouvrit presque jusqu'à former un carré, comme ces masques représentant la colère chez les Grecs ou chez les Japonais. Si jamais un visage avait donné une idée de mort, si jamais des regards pouvaient assassiner, il nous fut donné de les voir, en ce moment.

Pendant une demi-minute, qui nous parut une éternité, elle demeura entre le crucifix levé et l'entrée que de puissants moyens lui interdisaient. Van Helsing brisa le silence en demandant à Arthur :

– Répondez-moi, mon ami. Puis-je continuer, à présent?

Arthur se laissa tomber à genoux et, cachant une fois encore son visage entre ses mains, répondit :

– Faites comme vous l'entendez! Faites comme vous l'entendez! Aucune horreur n'approchera jamais celle-ci.

---

1. *Méduse* : dans la mythologie grecque, l'une des Gorgones aux cheveux de serpents; son regard pétrifiait quiconque osait la fixer.
2. *Vermillon* : rouge vif.

La dernière partie de sa phrase se perdit dans un gémissement, et Quincey et moi nous nous approchâmes de lui pour le soutenir. En même temps, nous entendîmes le claquement de la lanterne que Van Helsing déposait à terre. Il s'approcha de la tombe et enleva, des interstices, les fragments de l'emblème sacré qu'il avait employés pour les boucher. Ce fut avec une stupéfaction mêlée d'horreur que nous vîmes alors Lucy, qui paraissait aussi concrète que nous, un moment auparavant, passer par une fente où il eût été difficile d'enfoncer une lame de couteau. Chacun de nous ressentit un intense soulagement quand le professeur, toujours aussi calme, rescella les ouvertures du tombeau. [...]

[Les quatre personnages quittent les lieux : ils conviennent de revenir le lendemain, en plein jour.]

29 septembre, le soir. [...] Une fois encore, il[1] ouvrit le cercueil de Lucy et tout le monde s'empressa de regarder – Arthur tremblait comme une feuille. Le corps gisait dans son cercueil, surprenante beauté que la mort n'avait fait qu'embellir. Pourtant, mon cœur ne contenait plus la moindre trace d'amour – plus rien, hormis la haine que m'inspirait cette créature qui avait saisi la forme de Lucy sans rien conserver de son âme. Je vis que le visage d'Arthur se durcissait aussi, à ce spectacle. Il dit à Van Helsing :

– Est-ce vraiment le corps de Lucy ou un démon a-t-il pris sa forme ?

– C'est bien son corps, sans l'être, en même temps ! Mais ayez un peu de patience et vous la verrez telle qu'elle était – et telle qu'elle est toujours restée.

1. Il s'agit de Van Helsing.

Elle semblait en effet un cauchemar de Lucy, non Lucy au tombeau. Les dents aiguës, la bouche voluptueuse, d'un rouge de sang, terrible à regarder, l'apparence si sensuelle et pourtant inanimée paraissait une parodie diabolique de la pureté et de la douceur que manifestait Lucy dans la vie. Toujours méthodique, Van Helsing commença à extraire les objets de son sac et à les disposer autour de lui. [...]

Une fois tout disposé, Van Helsing déclara :

– Avant de commencer quoi que ce soit, laissez-moi vous préciser certaines choses. Ce que je vais entreprendre m'a été enseigné par les Anciens et, en général, par tous ceux qui ont étudié les puissances des non-morts. Les personnes qui deviennent non-mortes subissent la malédiction de l'immortalité : elles ne peuvent mourir mais, bien au contraire, doivent franchir les siècles, les époques, pervertir de nouvelles victimes, multiplier le mal sur terre. Car tout ce qui meurt victime d'un non-mort devient non-mort à son tour et fait des autres sa proie. Ainsi s'élargit le cercle maudit comme s'élargissent les cercles concentriques à la surface de l'eau troublée par un jet de pierre. Mon ami Arthur, si vous aviez reçu le baiser de Lucy, un peu avant sa mort, ou si vous aviez subi son baiser la nuit passée, quand elle vous ouvrait les bras et quand vous lui ouvriez les vôtres, vous seriez devenu, après la mort, un *nosferatu*[1], comme on le dit en Europe orientale, et vous auriez accru sans cesse le nombre des non-morts qui nous emplissent tant d'horreur. La carrière de notre pauvre demoiselle vient juste de commencer. Ces enfants, dont elle a sucé le sang, ne sont pas encore perdus; mais si elle continue à mener

1. *Nosferatu* : nom savant du vampire. C'est aussi le titre de certains films adaptés de *Dracula* (voir dossier, p. 239).

sa vie de non-morte, ils perdront de plus en plus leur sang, d'autant plus qu'ils sont soumis à un terrible pouvoir d'attraction. Ainsi, de cette bouche maligne, elle leur sucera tout le sang du corps. Par contre, si elle meurt réellement, tout cessera. Les légères blessures disparaîtront de la gorge de ces enfants qui retourneront à leurs jeux et oublieront tout ce qui s'est passé. Et surtout, une fois notre non-morte dans le sommeil éternel, dans la vraie mort, son âme, cette âme que nous aimions tous, connaîtra enfin la liberté, et notre Lucy, au lieu d'accomplir, de nuit, son horrible destin et de s'en pervertir davantage de jour en jour, trouvera enfin la place qu'elle doit gagner parmi les anges. Vous comprenez donc, mon ami, combien bénie sera, pour cette pauvre enfant, la main qui la délivrera de son martyre ! Je désirerais être cette main. Mais quelqu'un d'autre, parmi nous, n'a-t-il pas, plus que moi, le droit d'accomplir le geste libérateur ? Quelqu'un, plus que moi, n'a-t-il pas le droit de penser, plus tard, dans le silence de ces nuits où le sommeil nous fuit : « C'est ma main qui l'a envoyée parmi les étoiles – la main de celui qui l'aimait plus que tout au monde, la main qu'elle aurait choisie elle-même s'il lui avait été donné de choisir » ? Dites-moi s'il n'est pas, parmi nous, quelqu'un qui semble prédestiné à pareille mission ?

Nous regardâmes tous Arthur. Il comprit d'ailleurs autant que nous combien tendre était cette suggestion de faire de lui celui qui nous rendrait un doux souvenir de la morte. Il s'avança et dit d'une voix ferme qui faisait oublier le tremblement de sa main et la blancheur de son visage :

– Mon ami, mon véritable ami, du fond de mon misérable cœur, je vous remercie. Dites-moi ce que je dois faire : je ne faiblirai pas.

Van Helsing lui posa une main sur l'épaule et répondit :

– Brave garçon ! Un moment de courage et tout sera terminé ! Ce pieu... vous devez le lui passer dans le corps. Terrible épreuve, ne vous y trompez pas, mais heureusement très courte et qui vous apportera ensuite une joie tellement grande que vous en oublierez votre grande douleur ! De cette tombe, vous sortirez soulagé, tellement léger que vous croirez voler ! Mais une fois engagé, vous ne devez pas vous détourner du but ! Pensez seulement que vos véritables amis vous entourent et qu'ils ne cesseront de prier pour vous !

– Poursuivez, dit Arthur d'une voix sourde. Dites-moi ce que je dois faire.

– Prenez ce pieu dans votre main gauche et placez-en la pointe sur le cœur de votre fiancée. Prenez le marteau dans votre main droite. Puis, quand nous commencerons la prière des morts (je la lirai : j'ai emporté mon livre et les autres m'imiteront), frappez, au nom de Dieu, pour que la morte que nous aimons échappe à la non-morte que nous haïssons.

Arthur prit le pieu et le marteau. Une fois son esprit décidé à agir, ses mains ne tremblèrent plus, n'hésitèrent même pas. Van Helsing ouvrit son missel[1] et commença à lire. Quincey et moi suivîmes du mieux que nous pouvions. Arthur posa le pieu acéré sur la poitrine et je pus voir qu'il s'enfonçait déjà légèrement dans la chair blanche. Puis, de toutes ses forces, il frappa.

La chose dans le cercueil trembla, et un cri terrible, hideux, propre à glacer le sang jaillit des lèvres

1. *Missel* : livre liturgique qui contient les prières et les lectures nécessaires à la célébration de la messe.

cramoisies. Le corps se contorsionna, se tordit. Les dents aiguës claquèrent au point de déchirer la bouche qui se couvrit d'une écume rouge. Arthur ne faillit à aucun moment pourtant. Alors qu'il frappait à coups redoublés, sans hésiter ni trembler, enfonçant davantage le pieu misécordieux, faisant jaillir le sang du cœur percé, il ressemblait à une puissante statue de Thor[1] qu'une énergie farouche eût animée. Son visage trahissait une détermination farouche, une volonté d'accomplir ce que l'on sait être le bien. Pareille vue ranima notre courage, et nos voix, plus puissantes, résonnaient à présent dans tout le caveau.

Enfin, les contorsions se calmèrent. Les dents cessèrent de déchirer les lèvres. Le visage ne frémissait plus. Le corps demeura immobile. La terrible tâche venait de se terminer. [...]

[Lucy retrouve le visage que les personnages lui connaissaient. Avant de se séparer, Van Helsing leur propose de se réunir une nouvelle fois dans deux jours, afin d'entreprendre la tâche la plus importante : « découvrir le responsable de toutes ces abominations et l'empêcher de nuire à jamais ». Pour les aider, il conviera les Harker, que John Seward, Quincey Morris et Arthur ne connaissent pas encore.]

CHAPITRE XVII

[Van Helsing étant reparti à Amsterdam pour régler des affaires, c'est John Seward qui accueille Mina. Très vite, elle découvre le phonographe du médecin et lui propose de

1. *Thor* : dieu de la Guerre dans la mythologie nordique.

dactylographier sur du papier carbone, comme elle l'a déjà fait pour ses notes et celles de son mari, tous les passages enregistrés relatifs à la mort de Lucy.

Pendant ce temps-là, son mari Jonathan est allé à Whitby, afin de retrouver les traces de l'horrible cargaison du comte, arrivée par le *Déméter*. Il rencontre Mr. Billington, chargé de récupérer les caisses à Whitby. Puis il prend contact avec le chef de gare où les caisses ont été acheminées, retrouve les hommes qui les ont réceptionnées. Il se met en rapport avec le chef de gare à Londres où les caisses sont arrivées et avec les hommes chargés de les transporter jusqu'au domaine de Carfax. Ceux-ci lui confirment que toutes les caisses ont été déposées dans la chapelle de la propriété : elles devraient donc être au nombre de cinquante. Jonathan rejoint Mina et John Seward et entreprend un travail de datation pour établir une version chronologique de tous les événements.

De son côté, John Seward prend connaissance des journaux respectifs de Mina et de Jonathan. Il réalise que la maison du comte est en fait voisine de son asile d'aliénés et que le comportement de son patient Renfield pourrait bien rendre compte des présences du comte à Carfax.

Enfin, ils sont rejoints par Quincey Morris et Arthur.]

Chapitre XVIII

Journal de Mina Harker

[Van Helsing est de retour. Alors que tout le groupe est réuni en un petit comité improvisé après le dîner, le professeur expose les connaissances dont ils disposent sur les vampires et sur Dracula en particulier :]

30 septembre. [...] – Je pense [...] qu'il serait bon de vous parler de cet ennemi que nous devrons affronter. Je vais donc vous exposer certains points, vérifiés, de l'histoire de cet homme. Ensuite, nous pourrons discuter de la manière dont nous prendrons nos mesures pour le détruire.

Nul ne trouva rien à répondre. Le professeur poursuivit :

– L'existence des vampires ne peut plus être mise en doute. Certains d'entre nous ont même eu la preuve de leur existence. Et même si ces témoins directs n'avaient pas subi, eux-mêmes, cette douloureuse expérience, les anecdotes et les comptes rendus du passé suffiraient de preuve à toute personne sensée. Je reconnais avoir été sceptique moi-même et si, pendant de nombreuses années, je ne m'étais pas forcé à conserver un esprit ouvert, je n'aurais certainement pas cru à la réalité de ces faits, sauf preuve incontestable qui m'aurait été révélée comme un coup de tonnerre. Hélas ! Si j'avais su, depuis plus longtemps, voire si j'avais deviné, soupçonné ce que je sais à présent, une vie précieuse aurait été épargnée – une de ces vies à laquelle tenaient bon nombre d'entre nous. Mais le passé est passé et nous devons agir, à présent, de telle sorte que d'autres âmes ne périssent pas de la même manière, si nous pouvons les sauver. Le *nosferatu* ne meurt pas, comme l'abeille, dès qu'il a frappé. Bien au contraire, son forfait accompli, il est plus fort encore, dispose d'une puissance accrue pour perpétrer le mal. Le vampire que nous devons affronter possède la force de vingt hommes. Il est plus rusé que chacun d'entre nous, puisque la ruse s'accroît avec l'âge. Il tire aussi de nombreuses ressources de la nécromancie, soit, comme l'indique l'étymologie, la divination par le biais des morts. D'ailleurs, tous les morts dont il peut approcher s'inclinent devant lui et se mettent à son service. Il est brutal, plus que brutal, même. Il est vicieux, au sens le plus terrible du mot, et d'autant plus qu'il n'a pas de cœur. Dans certaines limites, il peut apparaître selon sa propre volonté, où il le veut et sous la forme qu'il désire. Il peut aussi se rendre maître de certains éléments – la tempête, le brouillard, le tonnerre. Il peut commander à des créatures inférieures – le rat, le hibou, la chauve-souris, la phalène[1], le renard, le loup. Il peut grandir et se rapetisser jusqu'à pouvoir disparaître comme s'il n'existait plus. Comment alors pourrons-nous le détruire, à jamais ? Comment, d'abord, pouvoir le localiser ? C'est une tâche terrible qui nous attend, mes amis, une tâche impensable dont les conséquences possibles pourraient faire trembler le plus brave. Si nous échouons dans notre lutte, c'est à coup sûr qu'il aura vaincu. Et alors, qu'adviendra-t-il de nous ? La vie n'est rien. Je ne l'adore pas. Mais notre échec porte bien plus loin que la vie et la mort car, si nous échouons, nous deviendrons comme lui de terribles créatures de la nuit, sans cœur, sans conscience, faisant proie de ceux, de celles que nous aimons le plus. Pour nous, alors, et à jamais, les portes du ciel seraient fermées et, pis encore, qui interviendrait pour nous les ouvrir ? Nous poursuivrions notre existence, objets de haine universelle, ombre à la face de Dieu, lance au flanc de Celui qui mourut pour les hommes. Pourtant, malgré cette terrible perspective, nous affrontons une sorte de devoir à accomplir. Et devant le devoir, est-il permis de trembler ? Moi, je réponds par la négative. Mais moi, je suis

1. *Phalène* : grand papillon nocturne.

vieux et la vie, ses lueurs aveuglantes, ses havres de beautés, ses chants d'oiseaux, ses musiques, ses amours, s'étendent loin derrière moi. Vous autres, au contraire, vous êtes jeunes. Beaucoup d'entre vous ont affronté la douleur, déjà, mais ont l'assurance de jours heureux, tôt ou tard. J'attends donc votre réponse.

Pendant qu'il parlait, Jonathan m'avait pris la main. J'avais peur, tellement peur, quand il a tendu la main vers moi, que les terribles paroles du professeur ne l'aient effrayé – mais ce fut presque une renaissance quand je sentis son étreinte, si ferme, si résolue, si confiante. La main d'un homme courageux parle pour lui. Il ne faut même pas une femme amoureuse pour comprendre son langage.

Lorsque le professeur eut terminé son discours, mon mari me regarda dans les yeux et je soutins son regard. Il était inutile d'échanger le moindre mot.

– Je réponds pour Mina et pour moi, dit-il.

– Idem, professeur ! lança Mr. Quincey Morris, laconique comme toujours.

– Je suis avec vous, reprit Lord Godalming[1]. En souvenir de Lucy – même si je n'avais pas d'autre raison !

Le docteur Seward se contenta de hocher la tête. Le professeur se leva, alors, et, après avoir posé sur la table son crucifix doré, tendit la main de chaque côté. Je lui pris la main droite, Lord Godalming la gauche ; Jonathan me prit la main droite et serra celle de Mr. Morris. Nous formâmes ainsi une chaîne solennelle. Je sentis mon cœur se glacer, mais il ne me vint pas à l'esprit de faire marche arrière. Nous nous rassîmes, notre serment solennel échangé, et le docteur

1. À la mort de son père, Arthur a hérité de son titre.

Van Helsing poursuivit avec, dans toute l'expression, une sorte de joie particulière, d'enthousiasme, dirais-je presque, qui prouvait que nous entrions exactement dans notre mission.

– Eh bien, vous savez à présent contre qui nous avons entrepris une lutte sans merci. Nous, heureusement, nous ne sommes pas sans force. Nous possédons par exemple l'avantage du nombre, alors que le vampire reste seul. Nous possédons les ressources de notre connaissance, nous restons libres de frapper et de penser et, surtout, les heures du jour *et* de la nuit nous permettent d'agir. De fait, nos pouvoirs, dans toute leur étendue, nous pouvons les employer comme bon nous semble. Nous sommes tous dévoués, résolus, même, à mener à bien notre cause et nous agissons pour des raisons purement altruistes[1]. C'est beaucoup. Examinons à présent combien les puissances de notre ennemi sont restreintes. *In fine*[2], soulignons les points faibles des vampires – et de notre homme en particulier. Nos seules sources sont les traditions et les superstitions. Celles-ci, à dire vrai, sont avares concernant les thèmes de la vie et de la mort – mieux, concernant les valeurs plus importantes encore que la vie et la mort. Pourtant, nous devrons nous satisfaire du peu que nous possédons. D'abord, parce que nous ne disposons de rien d'autre, ensuite parce qu'en fin de compte traditions et superstitions sont des sources dignes de foi. N'est-ce pas grâce à elles que les hommes croient aux vampires – certains hommes, hélas, au nombre desquels nous ne figurions pas! Voici un an, un an seulement, qui d'entre nous aurait accepté pareille possibilité, au milieu de notre siècle

1. *Pour des raisons* […] *altruistes* : pour le bien de l'humanité.
2. *In fine* : en dernier lieu.

scientifique, sceptique, terre à terre ? Nous méprisions totalement une croyance que, pourtant, nous avons vue, et bien concrète, sous nos yeux ! En conclusion : le vampire et ses caractéristiques se retrouvent dans des sources que nous accepterons pour dignes de foi. Il est connu depuis que l'homme existe. Dans l'ancienne Grèce, dans la Rome antique ; il a ravagé toute l'Allemagne, la France, l'Inde, voire les presqu'îles de Chersonèse[1] et la Chine – eh oui, dans ce pays si éloigné de nous, il existe et les gens le craignent. Il a suivi les hordes des Islandais, les terribles Huns, les Saxons, les Magyars[2], les Slaves. Nous possédons en tout cas de quoi connaître notre ennemi et laissez-moi vous préciser que la plupart des croyances le concernant se sont vérifiées par ce que nous avons tous vu au cours de notre terrible expérience. Le vampire vit sans craindre le temps qui, coulant, ne peut pourtant suffire pour lui apporter la mort. Il continue son existence aussi longtemps qu'il peut se gorger du sang des vivants. Mieux (nous l'avons vu de nos propres yeux) : tant qu'il peut absorber du sang humain, il rajeunit, reprend des forces, les décuple, comme un homme qui aurait découvert la fontaine d'éternelle jeunesse. Mais du sang, il lui en faut. C'est pour lui nécessité vitale. Il ne consomme rien d'autre. Notre ami Jonathan, qui a vécu des semaines à ses côtés, ne l'a jamais vu absorber la moindre nourriture. Autres

1. Chersonèse est le nom que les Grecs donnaient à quatre péninsules : la Chersonèse de Thrace (aujourd'hui presqu'île de Gallipoli), la Chersonèse taurique (aujourd'hui la Crimée), la Chersonèse cimbrique (aujourd'hui le Jutland) et la Chersonèse d'Or (probablement l'actuelle presqu'île de Malacca).

2. *Magyars* : nom ethnique des Hongrois, peuple établi au IXe siècle dans la vallée du Danube.

détails : il ne projette pas d'ombre et, comme Jonathan l'a observé, ne se reflète pas dans le miroir[1]. Ses mains possèdent la puissance de vingt hommes – une fois encore, notre ami en a eu la preuve quand le comte a refermé la porte sur les loups ou, plus simplement, quand il l'a aidé à descendre de voiture. Il peut se transformer en loup [...]. Il peut prendre la forme d'une chauve-souris [...]. Il peut créer le brouillard – le capitaine du bateau l'a appris à ses dépens. Pourtant, d'après ce que nous savons, il ne peut créer le brouillard que sur une petite étendue – une étendue suffisante pour qu'il puisse se dissimuler. Dans les rayons de lune, il arrive sous forme de grains de poussière – une fois encore, c'est l'ami Jonathan qui nous en fournit la preuve, puisque telle fut la forme sous laquelle lui apparurent les jeunes femmes, dans le château de Dracula. Il peut varier de taille – nous avons nous-mêmes vu Miss Lucy, avant qu'elle n'eût trouvé la paix éternelle, passer par une minuscule fente de son tombeau. Quand il cherche son chemin, il peut sortir de n'importe quoi, entrer n'importe où, quelque hermétique que soit l'ouverture qui lui fait obstacle. Enfin, il peut voir dans le noir – une puissance d'importance dans le monde presque sans lumière qu'est le sien. Mais écoutez-moi jusqu'au bout. Tout ce que je vous ai décrit, il le peut mais pas à sa guise. Il est en fin de compte plus prisonnier que l'esclave enchaîné à sa rame, que le dément dans sa cellule. Il ne peut aller où il en a envie – lui, un être

1. Il s'agit d'un detail que Jonathan a observé peu après son arrivée au château de Dracula et qu'il a noté dans son journal. De même, il a pu observer la force du comte, qu'il prenait alors pour un cocher, lors du trajet qui le menait à la propriété de ce dernier : le vampire avait fait fuir les loups devant ses yeux.

hors de toute nature, doit pourtant obéir à certaines lois naturelles. Pourquoi, je ne le sais. Il ne peut entrer spontanément quelque part : quelqu'un doit en effet l'inviter à pénétrer dans la maison. Dans la suite, nul ne pourra plus l'empêcher d'entrer. Ses puissances cessent – comme cessent toutes les forces du mal – au commencement du jour. Il jouit donc d'une certaine liberté, mais à des époques limitées. S'il n'est pas à l'endroit auquel il doit demeurer, il ne peut le regagner qu'à midi, ou bien au moment précis de l'aurore ou du crépuscule. La tradition nous garantit cela et, d'ailleurs, les documents en notre possession le soulignent. Ainsi donc, alors qu'il peut agir comme bon lui semble dans ses limites d'action, par exemple quand il se trouve chez lui [...], il est tout aussi prisonnier de certaines périodes. Il ne peut par exemple se déplacer qu'à certains moments. On prétend aussi qu'il ne peut franchir une surface liquide qu'à marée basse ou par mer étale. De plus, certains éléments l'indisposent au point de lui arracher tout pouvoir – comme l'ail, nous le savons, ou les symboles sacrés, tel mon crucifix, que j'ai toujours emporté quand nous allions l'affronter. Voilà qui le rend inoffensif. Il existe d'autres objets encore, que je dois vous enseigner, au cas où vous en auriez besoin. Une branche de rosier sauvage posée sur son cercueil lui interdit de quitter sa tombe ; une balle bénite tirée dans son cercueil le tuerait véritablement. Quant au pieu passé au travers du cœur, nous connaissons ses vertus libératrices. Il en va de même pour la décapitation, comme nous l'avons constaté de nos propres yeux. Ainsi donc, dès que nous aurons découvert l'habitation de ce monstre, il nous sera possible de l'immobiliser dans son cercueil et de le détruire, à seule condition d'obéir à ce que nous connaissons. Mais l'adversaire est intelligent ! J'ai demandé à mon ami Arminius, de l'université de Budapest, de me faire un compte rendu concernant la personnalité de Dracula. Je l'ai reçu récemment. Notre ennemi doit être, sans doute, le voïvode[1] Dracula qui a gagné son surnom pendant la guerre contre les Turcs qu'il alla porter de l'autre côté du grand fleuve, sur le territoire turc lui-même. Si telle est la vérité, Dracula n'est vraiment pas un homme ordinaire car, à cette époque, et même des siècles plus tard, on l'a considéré comme un hommc supérieurement intelligent, rusé, comme le plus vaillant des fils habitant le pays « par-delà la forêt ». Cet esprit supérieur et cette résolution que rien ne peut ébranler, il les a emmenés dans la tombe – et peut maintenant les exercer contre nous. Selon Arminius, toujours, les Dracula appartenaient à une grande et noble race, encore que, de temps à autre, certains d'entre eux eussent entretenu des rapports avec le Malin – s'il faut en croire les contemporains. Ils auraient appris des secrets infernaux à Scholomance, parmi les montagnes qui dominent le lac d'Hermanstadt où le diable estime détenir des droits sur un dixième de ses disciples. Les documents regorgent de mots comme *stregoica*, sorcière, *ordog et pokol*, satan et enfer. Un manuscrit, même, parle du comte Dracula comme d'un *vampyr* ce que nous comprenons trop bien. De la chair d'un seul homme extraordinaire sont descendus des hommes et des femmes hors du commun et leurs tombeaux sanctifient la terre où seule peut demeurer cet infâme personnage. Ce n'est pas au demeurant une moindre terreur de savoir qu'une créature aussi pervertie soit enracinée dans un sol sacré : dans une terre vierge, il ne pourrait demeurer.

---

1. *Voïvode* : gouverneur militaire ; voir présentation, p. 13.

Depuis quelques moment, Mr. Morris regardait attentivement en direction de la fenêtre. Finalement, il se leva, discret, et quitta la pièce. Il y eut quelques moments de silence, puis le professeur reprit :

– À présent, notre plan de campagne. Nous devons l'établir à partir des nombreuses données que nous possédons. L'enquête de Jonathan nous a appris que cinquante boîtes de terre ont quitté le château pour se retrouver à Whitby, après livraison à Carfax. Nous savons aussi qu'on est venu en chercher un certain nombre. Je crois qu'il nous faut avant tout nous assurer que les autres caisses se trouvent toujours derrière ce mur que nous avons regardé aujourd'hui. Par contre, si nous nous apercevons que d'autres ont disparu, il nous faudra…

Le professeur fut interrompu d'une manière plus que surprenante. Hors de la maison, une détonation creva le silence. La fenêtre vola en éclats et la balle, ricochant sur le haut de l'embrasure, alla frapper le mur du fond. J'ai bien peur de n'être qu'une faible femme, car je me mis à hurler. Les hommes bondirent tous sur leurs pieds. Lord Godalming se précipita vers la fenêtre qu'il ouvrit sans hésiter. En même temps, nous entendîmes la voix de Mr. Morris :

– Excusez-moi ! Je crains de vous avoir alarmés. Je monte vous expliquer tout de suite !

Une minute plus tard, il rentra dans la pièce et dit :

– C'était bien idiot de ma part, et je vous prie de m'excuser, Mrs. Harker, bien sincèrement ! Je vous ai sans doute terriblement effrayée. C'est sans doute insensé mais, pendant que le professeur nous parlait, une grande chauve-souris est venue se poser sur le rebord de la fenêtre. Depuis ces derniers événements, ces animaux m'inspirent une telle horreur que je ne puis plus les supporter. Je suis donc sorti l'abattre, comme je l'ai fait depuis plusieurs soirées déjà. Vous êtes-vous assez moqué de moi, Art!

– L'avez-vous touchée? demanda le docteur.

– Je ne crois pas, car elle s'est envolée en direction des bois.

Sans ajouter une parole, il reprit sa place et le professeur poursuivit :

– Nous devons retrouver la moindre de ces caisses. Elles nous permettront sans doute de tuer ou de capturer ce monstre, dc le traquer dans son repaire. Et si nous ne le trouvons pas, nous devons «stériliser» sa terre de telle sorte qu'il ne pourra plus y trouver la moindre sécurité. Ainsi, finalement, nous le découvrirons sous sa forme humaine entre minuit et le lever du soleil – soit au moment où il est le plus faible. Alors, nous engagerons la lutte. En ce qui vous concerne, madame Mina, à partir de ce soir, vous ne vous occuperez plus de rien jusqu'à ce que tout soit rentré dans l'ordre. Vous êtes trop chère à nos cœurs pour prendre de trop grands risques. Lorsque nous partirons, cette nuit, ne nous posez pas de question. Nous vous raconterons tout en temps voulu. Nous autres, hommes, nous pouvons supporter les dures épreuves. Vous, vous devez être seulement notre étoile et notre espoir et comprendre que nous agirons avec d'autant plus d'enthousiasme que nous saurons que vous ne courez pas les dangers que nous affrontons. […]

CHAPITRE XIX

[Les héros se rendent à Carfax dans la propriété de Dracula.]

Journal de Jonathan Harker

1er octobre, cinq heures du matin. [...] Nous franchîmes le mur d'enceinte et nous dirigeâmes vers la maison, prenant soin de nous terrer dans l'ombre des arbres chaque fois que la lune apparaissait entre les nuages. Quand nous nous retrouvâmes devant le portail, le professeur ouvrit son sac et en sortit toutes sortes d'objets qu'il divisa sur le seuil en quatre petits tas – de toute évidence un petit tas pour chacun d'entre nous.

Enfin, il parla :

– Mes amis, nous allons affronter un terrible danger pour lequel il nous faut des armes de toutes sortes. Notre ennemi n'est pas un fantasme ! Souvenez-vous qu'il dispose de la force de vingt hommes et qu'un déploiement ordinaire d'énergie ne suffirait pas à venir à bout de lui. Certes, un homme d'une force au-delà de la moyenne, à plus forte raison quatre hommes forts comme nous, pourraient le retenir un certain temps, alors qu'ils ne pourraient le blesser comme il nous blesserait. Nous devons nous méfier, par conséquence, de son attaque, de son contact. Gardez ceci sur votre cœur...

Tout en parlant, il me tendait un petit crucifix d'argent.

– Portez ces fleurs autour de votre cou...

Il me donna alors une guirlande de fleurs d'ail séchées.

– Pour des ennemis plus « mondains », ce revolver et ce couteau et, pour l'inimitié des ténèbres, ces petites lampes électriques que vous pouvez fixer à hauteur de votre poitrine. Et puis, surtout, quoi qu'il advienne, voici qui ne doit pas être profané inutilement !

Ce disant, il plaça un morceau de l'hostie dans une enveloppe qu'il me tendit. Les autres reçurent les mêmes types d'armes.

– À présent, ami John, poursuivit-il, les crochets ! Si grâce à eux nous pouvons pénétrer dans cette maison, il ne faudra pas fracturer de fenêtre comme naguère quand il nous a fallu entrer chez Miss Lucy[1].

Le docteur Seward essaya quelques crochets – et il semblait que sa dextérité de chirurgien se retrouvât dans son adresse de crocheteur ! Après quelques claquements sinistres, le verrou céda. Nous poussâmes la

porte massive. Les gonds grincèrent et elle s'ouvrit, lente. Détail troublant, j'évoquai dans l'instant ce passage, dans le journal du docteur Seward, où le docteur ouvrit la tombe de Lucy Westenra. Je crois que les autres pensèrent la même chose car tous reculèrent. Le professeur fut le premier à se ressaisir et à s'avancer dans l'ouverture de la porte.

– *In manus tuas, Domine*[2] *!* dit-il en se signant. Après quoi il franchit le seuil.

Nous le suivîmes et refermâmes la porte derrière nous : il ne fallait pas que nos lampes visibles depuis la route attirent l'attention, le professeur eut pourtant la prudence de s'assurer qu'il était possible de rouvrir le verrou, au cas où une fuite précipitée nous forcerait à

1. Lorsqu'ils étaient arrivés le lendemain de la terrible nuit (p. 114), John Seward et Van Helsing avaient dû rentrer par effraction dans la demeure de Lucy, toutes les domestiques étant endormies.
2. *In manus tuas, Domine !* : notre sort est entre tes mains, Seigneur !

sortir en toute hâte. Ensuite, tous allumèrent leur lampe. L'exploration commença.

La lueur chiche[1] de nos lampes éclairait toutes sortes d'étranges formes ou, croisant nos corps, jetait de longues ombres sur les parois et sur le sol. Je ne pouvais, en dépit de mes efforts, m'empêcher de penser que quelqu'un d'autre se trouvait parmi nous. J'imagine à présent que seuls mes souvenirs de Transylvanie, ravivés par le décor menaçant, me poussaient à m'imaginer l'impossible. Je crois d'ailleurs que chacun d'entre nous avait la même impression, car je remarquai que les autres regardaient par-dessus leurs épaules, à intervalle régulier, surtout quand un son ou une ombre paraissait souligner une présence étrangère.

[…] Avant de nous faire examiner attentivement l'endroit, le professeur nous donna ses consignes :

– Notre premier but est de compter combien de caisses restent. Puis nous devrons examiner le moindre trou, le moindre recoin, la moindre fissure et tenter de découvrir un indice pour localiser les caisses disparues.

Pour savoir ce qui restait, un regard suffit : il s'agissait de caisses gigantesques qui ne pouvaient guère passer inaperçues.

Des cinquante, il en restait exactement vingt-neuf. Une seconde, je sursautai car, remarquant que Lord Godalming se retournait soudain et regardait de l'autre côté de la porte voûtée, dans le couloir peuplé d'ombres, je regardai moi aussi. Mon cœur cessa de battre ! Là-bas, au milieu des ténèbres, je crus distinguer les yeux luisants du comte, le nez aquilin, les yeux injectés de sang, les lèvres vermeilles, la pâleur de

1. *Chiche* : faible.

cadavre. Un instant seulement! Lord Godalming lui-même dissipa ce qui ne pouvait être qu'hallucination :

– J'ai cru distinguer un visage dans l'obscurité, mais ce n'était qu'un jeu d'ombres.

Il se remit à chercher dans la chapelle. Moi, je tournai ma lampe dans la direction du couloir et m'avançai. Personne. Et comme le passage ne comportait pas la moindre porte, le moindre coin, la moindre ouverture mais se limitait à d'épaisses murailles, même lui n'aurait pu se dissimuler. Je me dis donc que ma peur avait faussé mon imagination et me tus.

Quelques minutes plus tard, Morris, qui examinait un coin de la chapelle, s'éloigna brusquement de quelques pas. Tous, nous suivîmes ses mouvements. Sans le moindre doute, quelque nervosité s'imposait à notre groupe. Soudain, une masse phosphorescente se mit à briller, comme des étoiles. Instinctivement, nous reculâmes. La pièce entière s'emplit alors de rats, au point d'en vivre.

Un moment, nous demeurâmes pétrifiés, hormis Lord Godalming qui, de toute évidence, semblait paré à une éventualité de ce genre : se précipitant vers le lourd battant de chêne que le docteur Seward avait crocheté, il tourna la clé dans la serrure, fit glisser les énormes verrous et ouvrit la porte toute grande. Puis, extrayant son petit sifflet d'argent de la poche de sa veste, il siffla à nous en écorcher les oreilles. De derrière la maison du docteur Seward, des aboiements répondirent et, au bout d'une minute environ, trois terriers tournaient le coin de la maison. Inconsciemment nous nous étions tous reculés vers la porte. Ce faisant, je remarquai combien la poussière, sur le sol, avait été dérangée. C'était par ici qu'étaient sorties les caisses manquantes. Mais pendant cette minute, le nombre des rats s'était accru dans des proportions effrayantes. Ils semblaient envahir la pièce entière à tel point que les lueurs de nos lampes, éclairant des corps sombres et mouvants, des yeux scintillants de malice, paraissaient éclairer une étendue de terre pointillée de lucioles. Les chiens se précipitèrent mais, parvenus sur le seuil de la porte, s'arrêtèrent en bloc, grondèrent, puis, tous ensemble, levèrent le museau et commencèrent à hurler à la mort. Les rats se multipliaient et se précipitaient sur nous.

Lord Godalming souleva un des chiens et, le portant, lui fit franchir le seuil avant de le replacer sur le sol. À l'instant où les pattes reprenaient contact avec la terre ferme, l'animal parut retrouver son courage et se précipita sur ses ennemis naturels. Ces derniers s'enfuirent si vite que le chien n'eut que le temps d'en tuer quelques-uns et que les deux autres, entrés dans la chapelle de la même manière, n'eurent plus grand-chose à se mettre sous la dent.

Quand les rats eurent disparu, on eût dit qu'une présence maligne venait de s'évaporer car les chiens galopèrent cette fois-ci dans toute la pièce, aboyant joyeusement pendant qu'ils jouaient avec les cadavres de leurs ennemis, non sans cruauté. Nous aussi nous sentions couler en nous des énergies nouvelles. [...]

[Après avoir inspecté le reste de la demeure, les cinq personnages regagnent la maison du docteur Seward.]

Sur la pointe des pieds, je regagnai notre chambre où je trouvai Mina endormie. Elle respirait si doucement que je dus m'approcher d'elle pour l'entendre. Elle paraissait plus pâle que de coutume. J'espère que la réunion de ce soir ne l'a pas surmenée. Je suis sincèrement heureux qu'elle soit exclue de nos futures missions et, même, de nos délibérations. Je crois que, pour une femme, la tension serait trop dure. Je ne l'aurais pas cru, d'emblée, mais maintenant que j'en sais davantage... Certaines choses l'épouvanteraient – et pourtant, les lui cacher pourrait être pire, si un jour elle soupçonnait que nous lui mentions ! Notre tâche, pourtant, doit être pour elle un livre scellé, à tout le moins jusqu'au moment où nous pourrons lui annoncer que tout est terminé, que la terre a été purgée d'un de ses monstres. Je sais qu'il sera bien difficile de commencer à jouer la comédie, après les périodes de confiance que nous avons partagées. Mais je dois demeurer ferme et, demain, je ne soufflerai mot de ce qui s'est déroulé cette nuit et refuserai même d'en parler. Je vais dormir sur le sofa pour ne pas la déranger.

[...]

Journal de Mina Harker

1er octobre. Étrange de me sentir dans une obscurité morale comme je le suis aujourd'hui. Jonathan ne m'a rien caché pendant des années, de sorte que son silence obstiné concernant certains sujets, les plus importants de toute notre vie, peut-être, a de quoi troubler et attrister. J'ai dormi tard, ce matin, après les fatigues de la veille et, quoique Jonathan en eût subi de plus terribles, il s'est éveillé avant moi. Avant de partir, il m'a parlé avec une tendresse réconfortante mais sans faire la moindre allusion à sa visite dans le domaine du comte. Il connaissait pourtant toute l'étendue de mon anxiété ! Pauvre chéri ! Je suis certaine qu'il souffrait plus que moi de ce silence. Tous étaient d'accord pour reconnaître qu'il valait mieux ne plus me mêler à cette terrible histoire, et j'ai moi-même accepté. Mais savoir qu'il me cache tout! Et voilà que je pleure, comme une petite sotte, alors que je sais que ce silence est dû à l'amour de mon mari et à l'amitié, la véritable amitié d'hommes de valeur!

[...] Je ne puis me rappeler comment je me suis endormie la nuit dernière. Je me souviens avoir entendu des aboiements de chiens et des sons bizarres issus de la chambre de Mr. Renfield, juste en dessous de la mienne. Puis le silence s'est appesanti sur tout, un silence si profond que j'en ai été tout épouvantée au point de me lever pour regarder par la fenêtre. Tout était sombre et silencieux; les ombres noires projetées par la lune semblaient de mystérieuses entités indépendantes. Rien qui parût bouger mais, au contraire, tout semblait immobile, fixé à la terre, comme la mort ou le destin. C'est pourquoi une mince épaisseur de brouillard blanc qui se déplaça, avec une lenteur presque imperceptible, vers la maison, le long de la pelouse paraissait posséder une énergie vitale bien à elle. Cette digression des pensées doit m'avoir fait quelque bien car lorsque je regagnai mon lit, je sentis une sorte de léthargie s'emparer de moi. Je demeurai longtemps étendue sans pourtant pouvoir trouver le sommeil. Je me relevai et revins vers la fenêtre... Le brouillard s'était avancé et, à présent, rampait près de la maison; je pouvais le distinguer, épais, contre le mur, comme s'il voulait monter à l'assaut des fenêtres. Le pauvre homme[1] criait plus fort que jamais et, bien que je ne pusse distinguer un seul mot, je pouvais, d'une certaine manière, deviner une terrible supplication. Puis, ce fut le bruit d'une lutte et je compris que les surveillants le réduisaient au

1. Il s'agit de Renfield, qui a supplié John Seward, avant qu'il parte en expédition nocturne à Carfax, de le laisser quitter l'asile.

silence. J'en ai été si effrayée que je suis retournée au lit où, draps au-dessus de la tête, je me suis encore bouché les oreilles. Je n'avais plus du tout envie de dormir alors, du moins je le croyais. Je dois pourtant m'être endormie car, hormis mes rêves, je ne me souviens de rien jusqu'au matin, jusqu'au moment où Jonathan m'a éveillée. Il m'a fallu, je crois, un énorme effort, et pas mal de temps pour comprendre où je me trouvais et qui se penchait sur moi, avec tendresse. Mon rêve était bien particulier et prouve bien que les pensées conscientes peuvent s'engloutir et, mieux, se continuer dans les rêves.

Je me croyais endormie, attendant le retour de Jonathan. Je me souciais de lui et ne pouvais pourtant rien faire : mes pieds, mes mains, mon cerveau semblaient alourdis. Je dormais donc, mal à l'aise, et je réfléchissais. Puis, j'eus la sensation que l'air s'alourdissait, se chargeait d'humidité et de fraîcheur – une fraîcheur désagréable, pourtant ! J'ôtai les draps de dessus ma tête et découvris, à ma grande surprise, que la chambre était complètement sombre. La lumière du gaz, laissée en veilleuse, avait complètement baissé jusqu'à n'être plus qu'une petite lueur rouge bien incapable de percer le brouillard qui, de plus en plus épais, avait envahi la pièce. Pourtant, je m'en souvenais parfaitement, j'avais fermé la fenêtre avant d'aller dormir. Je voulais me lever pour m'en assurer mais une terrible léthargie paraissait paralyser mes membres et ma volonté. Je restai dans mon lit, attendant, sans plus. Je fermai les yeux, mais pouvais cependant tout voir à travers mes paupières – quelles folies nous imposent parfois nos rêves, et avec quelle facilité nous les acceptons ! Le brouillard s'épaississait toujours et je voyais qu'il pénétrait dans la pièce : comme une fumée, ou plutôt, comme une vapeur forte, il entrait, non par la fenêtre, mais par les fentes de la porte. Il se concentra encore, toujours, jusqu'à former une sorte de colonne de fumée au sommet de laquelle, voilée, brûlait la petite flamme du gaz, comme un œil rouge. Je ressentis un intense vertige au moment même où la colonne de fumée commençait à tourner et, à travers ce tourbillon, je crus lire ce passage de l'Écriture : « *Une colonne de fumée le jour, de feu la nuit*[1]. » Était-ce une sorte d'avertissement envoyé pendant mon sommeil? Mais la colonne, ici, paraissait unir les éléments du jour et les éléments de la nuit, car le feu brillait bel et bien, dans l'œil rouge. Était-ce cette fusion qui expliquait la fascination que la lueur exerçait sur moi? Et puis, alors que je regardais, la flamme parut se diviser, et je crus que me regardaient, à travers le brouillard, deux yeux sanglants pareils à ceux dont m'a parlé Lucy au moment où, alors qu'elle n'était plus elle-même, les derniers rayons du soleil frappaient les vitraux de l'église Sainte-Marie, au sommet de la montagne. Et soudain, l'horreur me glaça tout entière : c'était ainsi que Jonathan avait vu les trois femmes d'enfer prendre consistance à partir d'un brouillard tourbillonnant dans le clair de lune. Je dois m'être évanouie, dans mon rêve, car soudain ce ne fut plus que ténèbres autour de moi. Dans un dernier caprice de mon imagination, je crus distinguer un visage livide qui, sortant du brouillard, se penchait sur moi. Je dois me méfier de ces rêves qui pourraient bien me déséquilibrer l'esprit s'ils se multipliaient. Je vais demander au docteur Van Helsing ou au docteur Seward de me prescrire un somnifère – je crains pourtant de les effrayer pour rien. Un pareil rêve en un

1. Exode, 13, 21.

pareil moment justifierait les craintes qu'ils nourrissent à mon égard. Cette nuit, je vais faire tout mon possible pour dormir naturellement. Si je ne réussis pas, je leur demanderai de quoi dormir tranquille – un soporifique ne me fera pas de tort si j'en prends une seule fois et me procurera une bonne nuit de sommeil. La nuit dernière m'a plus épuisée que si je n'avais pas fermé l'œil du tout! [...]

CHAPITRE XX

[Jonathan Harker tente de savoir où sont passées les autres caisses : il retrouve l'un des hommes qui étaient venus en récupérer (voir p. 124). Il semble que le comte

ait entrepris de disséminer ses «horribles refuges» dans tout Londres. Ainsi, Jonathan apprend que les hommes ont livré douze caisses dans deux quartiers de Londres, six dans chaque. Il apprend aussi que d'autres caisses ont été déposées dans une maison de Picadilly Circus.
Le docteur Seward, lui, continue de consigner dans son journal le comportement étrange de Renfield. Le soir du 2 octobre, il est interrompu dans cette tâche par un surveillant : Renfield a eu un accident.]

Chapitre XXI

Journal du docteur Seward

3 octobre. Je dois décrire avec précision tout ce qui s'est passé, pour autant que je puisse rassembler mes souvenirs depuis les derniers mots que j'ai écrits dans ce journal. N'omettre aucun détail dont je puisse me souvenir. Quoi qu'il arrive, je dois faire cet effort!

Lorsque j'arrivai à la chambre de Renfield, je le trouvai étendu sur le sol, sur le flanc gauche. Il baignait dans une mare de sang brillante. Lorsque je m'approchai, je compris qu'il venait de subir de terribles blessures. Le visage était horriblement atteint; on aurait juré qu'on le lui avait fracassé à plusieurs reprises contre le sol – c'était en tout cas des plaies du visage que le sang coulait en abondance. Le surveillant, agenouillé auprès de Renfield, me raconta ce qu'il savait, alors que nous nous efforcions de retourner le corps :

– Je crois que la colonne vertébrale est brisée, monsieur! Regardez : tout son côté droit, bras, jambe, visage, sont paralysés.

Comment pareille tragédie avait-elle pu se produire embarrassait cet homme au-delà de toute description. Il poursuivit cependant :

– Je n'y comprends rien : les deux accidents s'excluent! Les blessures de son visage, il aurait pu se les infliger en se frappant lui-même la tête par terre. J'ai vu une jeune femme agir de la sorte, à l'asile d'Eversfield, bien avant qu'on ait pu la maîtriser. Je suppose aussi qu'il a pu se briser la colonne vertébrale en tombant du lit, s'il s'est agité pendant son sommeil.

Mais je ne puis m'imaginer les deux accidents ensemble! La colonne vertébrale brisée, il n'a pu se frapper la tête par terre; et si son visage était dans cet état avant qu'il ne tombe par terre, on trouverait des marques de sang sur les draps!

Je lui dis tout de suite d'aller chercher le docteur Van Helsing et d'insister pour qu'il vienne sans délai.

L'autre se précipita et, une minute plus tard, le professeur apparut, un peignoir hâtivement jeté par-dessus son pyjama. Il observa Renfield quelques secondes, sans mot dire, puis se tourna vers moi. Je crois qu'il lut dans mes yeux ce que je pensais car il me dit, d'une voix calme, manifestement à seule fin de rassurer le surveillant :

– Un triste accident! Il faudra le surveiller avec plus de soins. Je resterai près de lui, en votre compagnie. Mais auparavant, je vais m'habiller. Restez ici : je vous rejoins dans quelques minutes.

Le patient respirait à présent de façon stertoreuse et il n'était pas nécessaire d'être médecin pour comprendre qu'il avait subi de terribles blessures. Avec une incroyable rapidité, Van Helsing revint, porteur d'une trousse chirurgicale. Il avait de toute évidence réfléchi au problème et arrêté une décision. Avant même d'examiner vraiment Renfield, il me souffla :

– Renvoyez le surveillant. Nous devrons être seuls, quand il s'éveillera après l'opération.

Je m'adressai donc au gardien :

– Je crois que vous pouvez vous retirer, Simons. Nous avons fait tout ce que nous avons pu. Reprenez votre service habituel pendant que le docteur Van Helsing opérera. Faites-moi savoir si quelque chose d'inhabituel se produit – encore!

L'homme sortit, et nous pûmes examiner attentivement le patient. Les blessures du visage étaient superficielles – mais bien plus inquiétante était la fracture du crâne qui s'étendait à peu près sur toute la zone motrice. Le professeur réfléchit un moment puis déclara :

– Nous devons, autant que possible, faire tomber la pression artérielle pour la ramener à des conditions normales. La rapidité de l'afflux sanguin souligne la gravité de la blessure. Nous devons trépaner [1] immédiatement, sans quoi le cerveau risque d'être affecté.

Pendant qu'il parlait, on frappa doucement à la porte. J'allai ouvrir et découvris, dans le couloir, en pyjama et pantoufles, les amis Arthur et Quincey. Ce fut le premier qui parla :

– J'ai entendu votre homme appeler le docteur Van Helsing et lui parler d'un accident. J'ai réveillé Quincey – ou plutôt, je l'ai appelé, car il ne dormait pas encore. Tout change trop vite et trop fort pour que nous puissions encore dormir profondément – mystère et sommeil s'accommodent mal. Pouvons-nous entrer ?

J'approuvai d'un signe de tête et ouvris tout à fait la porte pour leur permettre d'entrer ; puis je refermai soigneusement. Quand Quincey vit Renfield et tout le sang répandu par terre, il demanda d'une voix sourde :

– Mon Dieu, que lui est-il arrivé ? Pauvre bougre !

[…] Soudain, les yeux [de Renfield] s'ouvrirent, fixes, un regard sauvage et désespéré à la fois. Il regarda ainsi le monde pendant quelques moments, égaré, puis le regard refléta la surprise. Un soupir de soulagement s'échappa de ses lèvres. Il eut quelques mouvements convulsifs et dit :

1. *Trépaner* : ouvrir la boîte crânienne.

– Je serai sage, docteur ! Dites-leur de me retirer la camisole de force. J'ai eu un terrible rêve qui m'a laissé si affaibli que je ne puis bouger. Et qu'y a-t-il avec mon visage ? Je le sens boursouflé. Il me brûle !

Il voulut tourner la tête, en vain. Son regard reprit une terrible fixité. Très doucement, je le relevai. Puis Van Helsing s'adressa à lui d'une voix à la fois grave et sourde :

– Décrivez-nous votre rêve, monsieur Renfield.

Quand le malade eut reconnu la voix, son visage parut s'illuminer, en dépit de ses terribles plaies. Il répondit :

– Ce bon Mr. Van Helsing ! C'est doux de vous savoir ici. Donnez-moi à boire : mes lèvres sont sèches. Après quoi, j'essaierai de vous expliquer...

Il s'interrompit et parut s'évanouir. Je criai à Quincey :

– Le brandy... dans mon bureau... vite !

Il se précipita et revint avec un verre, la bouteille de brandy et une carafe d'eau. J'humectai d'alcool les lèvres craquelées, et Renfield parut revenir à lui. Il semblait pourtant que son pauvre cerveau avait fonctionné, pendant ces quelques minutes, car, redevenu conscient, il me fixa avec une force et une tristesse que je n'oublierai jamais de ma vie. Il dit :

– Je ne dois pas me tromper moi-même... ce n'était pas un rêve ! C'était la monstrueuse réalité !

Puis les yeux parcourent la pièce, s'arrêtèrent un moment sur les deux silhouettes assises sur le bord du lit. Il reprit :

– Et si je doutais encore, la présence de ces deux-là devrait dissiper mes hésitations.

Un instant, il referma les yeux, non de douleur, non de fatigue, mais volontairement, comme s'il cherchait à se concentrer. Quand il les eut rouverts, il se hâta de dire avec une énergie que je ne lui aurais pas soupçonnée :

– Vite, docteur, vite : je meurs. Je sens que mes minutes sont comptées. Après, je retournerai dans la mort – ou pis ! Humectez à nouveau mes lèvres avec votre brandy. Je dois avouer quelque chose avant de mourir – ou avant que mon pauvre cerveau ne soit perdu, une fois encore à jamais. Merci ! C'était la nuit, après que vous étiez partis, insensibles à mes supplications[1]. Je voulais sortir, vous vous en souviendrez ? Je ne pouvais parler alors, car je sentais que ma langue était liée. Mais j'étais bien lucide, ce soir-là, aussi lucide qu'à présent. Seule une obligation de silence me paralysait. Très longtemps après votre départ, j'ai connu un accès de désespoir plus terrible que tous les autres. Cela dura des heures. Puis, une paix inattendue s'empara de moi. Mon esprit parut redevenir calme et je compris où je me trouvais. J'ai entendu les chiens aboyer derrière notre maison – mais non où il se trouvait.

Pendant qu'il parlait, les yeux de Van Helsing demeuraient fixes. Un moment donné, pourtant, sa main chercha la mienne et la serra.

– Poursuivez, dit-il à voix basse.

Renfield obéit :

– Il est alors apparu à la fenêtre, dans le brouillard, comme je l'ai souvent vu auparavant. Mais il était bien en chair, alors, pas un fantôme ! Et ses yeux brûlaient comme ceux d'un homme en colère. Il riait, de sa bouche rouge – et ses dents brillèrent dans la lueur de la lune lorsqu'il se détourna pour regarder la ceinture d'arbres où aboyaient les chiens. Je ne voulais pas lui demander d'entrer, bien que, je le savais, c'eût été ce

1. Voir note 1, p. 187.

qu'il voulait – il l'a toujours voulu, avant. Alors, il a commencé à me promettre des merveilles, non de simples promesses, mais des promesses qu'il accomplirait sur l'heure !

– Expliquez-vous.

– Il les réalisait ! Comme quand il envoyait les mouches lorsque le soleil brillait – d'énormes mouches grasses aux ailes d'acier et de saphir. Et puis, la nuit, d'immenses phalènes[1] avec un crâne et des tibias sur le dos…

Van Helsing hocha la tête et me murmura, presque de manière inconsciente :

– *Acherontia atropos du Sphinges* – que l'on appelle communément phalène à tête de mort.

Sans s'interrompre, Renfield avait poursuivi :

– Alors, il s'est mis à murmurer : *Des rats, des rats, des rats, des centaines, des milliers, des millions de rats et chacun d'eux est une vie ! Et les chiens pour les dévorer ! Et des chats aussi ! Toutes ces vies ! Du sang, vermeil, avec des années de vie en lui ! Et plus seulement des stupides mouches bourdonnantes !* J'ai ri, car je voulais voir ce qu'il pouvait faire. Alors, les chiens ont encore aboyé, loin derrière les arbres, dans sa maison. Il me fit signe de m'approcher de la fenêtre. Je lui obéis et allai voir. Lui, il leva la main et sembla appeler quelque chose, sans se servir de mots. Une masse sombre s'est alors répandue sur l'herbe, comme une flamme. Et puis, il a fait disparaître le brouillard à droite et à gauche et j'ai pu voir… des milliers de rats, les yeux rouges comme du sang, comme ses yeux, mais plus petits. Il leva la main et tous s'arrêtèrent. J'ai cru qu'il me disait : *Toutes ces vies, je vous les donne et bien d'autres encore, de plus*

1. *Phalènes* : voir note 1, p. 172.

grandes, de plus intenses, si vous consentez à tomber à genoux devant moi et à m'adorer. Et puis un nuage rouge, couleur de sang, sembla descendre devant mes yeux et, avant d'avoir compris exactement ce que je faisais, j'avais ouvert la fenêtre et dit : *Entrez, Seigneur et Maître!* Il se glissa dans la pièce sans même que la fenêtre fût entièrement ouverte, par une ouverture qui ne devait pas excéder trois centimètres, tout comme la lune qui parvient à passer par les plus minces interstices. Une seconde plus tard, il se tenait devant moi, dans toute sa gloire.

La voix s'affaiblissait. J'humectai à nouveau ses lèvres avec le brandy, et il continua son histoire. Il semblait pourtant que sa mémoire suivît des lois que nous ne comprenions pas, car, quand il reprit la parole, la chronologie de son histoire n'était plus la même. J'allais lui demander de revenir en arrière quand Van Helsing me murmura :

– Laissez-le poursuivre. Ne l'interrompez pas. Sans doute ne pourrait-il se souvenir lui-même du passé et ne pourrait-il plus rien dire si nous interrompions la suite logique de sa pensée.

Renfield poursuivit donc de la sorte :

– Toute la journée, j'ai attendu qu'il me fasse signe, mais il ne m'a rien envoyé, pas même une grosse mouche. Et quand la lune s'est levée, je lui en voulais à mort. Quand il se glissa par une fente de la fenêtre, sans frapper, sans que je lui eusse proposé d'entrer, je me suis fâché. Lui, il ricanait seulement et me méprisait, avec ses yeux rouges qui riaient dans le brouillard. Il marchait dans la pièce comme s'il était le propriétaire ici. Quand il passa près de moi, son odeur me paraissait même changée. Je ne pouvais plus le supporter. Je crois pourtant qu'alors Mrs. Harker est entrée dans la pièce.

Les deux hommes sur le lit se relevèrent, soudain, et s'approchèrent. Ils se placèrent derrière Renfield – celui-ci ne les voyait pas, mais ils pouvaient bien mieux entendre. Le professeur se leva, lui aussi, comme frappé. Pourtant, son visage demeura calme. Sans rien remarquer, Renfield poursuivit :

– Quand Mrs. Harker est entrée me rendre visite cet après-midi, elle n'était plus la même. Elle ressemblait à un thé trop dilué !

Bien qu'une nervosité certaine s'emparât de nous, personne ne disait mot. Il continua :

– Je n'avais pas remarqué sa présence avant qu'elle n'ouvrît la bouche. Elle avait l'air changé ! Je n'aime pas les gens pâles : j'aime les personnes en qui coulent des flots de sang. Mais son sang à elle semblait bien avoir déserté toutes ses veines. Sur le moment, je n'y ai pas réfléchi, mais, une fois qu'elle fut sortie, je me mis à réfléchir et j'ai failli hurler quand j'ai compris que c'était lui qui avait pris la vie de ce corps si aimable !

Je sentais les autres trembler autant que moi. Pourtant, nous réussîmes encore à nous dominer.

– Alors, quand il est venu ce soir, j'étais prêt à le recevoir. J'ai vu le brouillard s'approcher, pénétrer dans la chambre. J'avais souvent entendu dire que les déments possèdent une force surnaturelle – et comme je savais être dément, à mes heures, je résolus d'employer mes pouvoirs. Mais il l'avait sentie, ma décision, car il jaillit du brouillard pour lutter avec moi. J'ai tenu bon. J'ai même cru un moment que j'allais l'emporter car je ne voulais pas qu'il prenne quoi que ce soit de sa vie, à elle ! Et puis, j'ai vu ses yeux ! Ils brûlaient en moi, me perçaient, et en une seconde, toutes mes forces me quittèrent comme de l'eau courante. Il me glissa entre les doigts, puis s'empara de moi et me jeta sur le sol. Il y eut un brouillard rouge devant mes yeux, un fracas comme le tonnerre, puis le brouillard parut se dissiper et filer sous la porte.

La voix s'affaiblissait, la respiration redevenait stertoreuse. Instinctivement, Van Helsing se leva.

– Nous savons le principal – le pire, à présent ! Il est ici et nous connaissons ses intentions. Peut-être n'est-il pas trop tard ! Prenons nos armes – les mêmes qui nous ont servi l'autre nuit, mais ne perdons pas de temps ! Il n'y en a pas à perdre.

Il était inutile de souligner nos craintes, ni même nos convictions : nous les partagions tous. Tout le monde se précipita et ramena, de sa chambre, les objets dont nous nous étions munis pour pénétrer dans le domaine du comte. Le professeur avait déjà emporté les siens et, dans le corridor où nous nous retrouvâmes, il les désigna en nous expliquant :

– Ils ne me quittent jamais. Ils ne me quitteront pas que cette maudite histoire soit terminée ! Soyez prudents, vous aussi, mes amis ! Ce n'est pas un ennemi normal que nous affrontons ! Hélas ! Hélas ! Ce que cette pauvre Mme Mina doit souffrir !

Il s'interrompit. Sa voix se brisait. Je ne sais quoi, de la rage ou de la terreur l'emportait, chez lui.

Devant la porte des Harker, nous nous arrêtâmes. Art et Quincey reculèrent. Ce dernier dit :

– Peut-être allons-nous la déranger ?

– Il le faut ! répondit Van Helsing en fronçant les sourcils. Si la porte est fermée, nous l'enfoncerons.

– Voilà qui, peut-être, l'effrayera ! Il est inhabituel d'entrer ainsi dans la chambre d'une dame…

Van Helsing l'interrompit :

– Vous avez toujours raison, mais ceci est une question de vie ou de mort. D'ailleurs, toutes les chambres doivent s'ouvrir pour le médecin. Quand même ce ne serait pas le cas, j'ouvrirais celle-ci, quoi qu'il arrive !

Mon ami John, si la porte ne s'ouvre pas lorsque j'appuierai sur la clenche, vous l'enfoncerez – et vous aussi, mes amis ! En avant !

Sur ces derniers mots, il appuya sur la clenche mais la porte resta close. Nous nous jetâmes tous dessus. Dans un terrible craquement, elle céda, et nous nous retrouvâmes presque par terre. Presque, pour nous, car le professeur, lui, tomba bel et bien et, une seconde, j'eus la vision loufoque de Van Helsing à quatre pattes – une seconde, car une autre vision, plus impérieuse, s'emparait de nous et me fit dresser les cheveux sur la tête. Mon cœur parut s'arrêter.

Le clair de lune était si éclatant que sa lumière, passant par les jalousies[1] jaunes, suffisait à éclairer la pièce. Sur le lit près de la fenêtre gisait Jonathan Harker, le visage congestionné, la respiration pénible, comme s'il était dans un état d'hypnose. Agenouillée à l'autre bout de l'autre lit, le plus près de nous, la silhouette blanche de sa femme. À côté d'elle se tenait un homme, grand, mince, tout habillé de noir. Bien que nul ne vît son visage, nous reconnûmes immédiatement le comte. De la main gauche il tenait les deux mains de Mrs. Harker et les écartait le plus possible du corps ; de sa main droite, il lui avait saisi le cou, obligeant son visage à se pencher sur sa poitrine. La chemise de nuit blanche était éclaboussée de sang et un mince filet rouge coulait sur la poitrine dénudée de l'homme. La scène présentait une terrible ressemblance avec une scène plus familière – par exemple un enfant que l'on oblige à avaler un brouet[2] qu'il n'aime pas. Comme nous faisions irruption dans la pièce, le comte tourna la tête, et son visage prit cette expres-

1. *Jalousies* : stores.
2. *Brouet* : potage.

sion diabolique dont les autres m'avaient déjà parlé. Les yeux brûlaient d'une terrible passion; les énormes narines du nez aquilin s'ouvrirent davantage encore et palpitèrent; les dents blanches et aiguës comme des dagues[1], derrière les lèvres dégouttantes de sang, claquèrent comme celles d'un fauve. D'un seul mouvement, il rejeta, avec une terrible violence, sa victime à l'autre bout du lit et fondit sur nous. Les quelques secondes d'hésitation avaient suffi au professeur pour se relever et tendre, vers le monstre, l'enveloppe contenant l'hostie. Le comte s'arrêta net, comme cette pauvre Lucy alors qu'elle cherchait à rentrer dans son tombeau. Il recula. Il recula davantage encore lorsque nous nous avançâmes vers lui, tous, crucifix à la main. Soudain, la lumière de la lune disparut derrière un épais nuage noir. Lorsque Quincey eut allumé le gaz, nous ne vîmes plus rien, sauf une légère vapeur qui disparut sous la porte – refermée après avoir été enfoncée. Van Helsing, Art et moi-même nous nous précipitâmes vers Mrs. Harker qui venait de retrouver son souffle et de pousser un cri si désespéré, si épouvanté qu'il résonnera sans doute à mes oreilles jusqu'au moment de ma mort. Pendant quelques secondes, elle demeura prostrée, incapable du moindre mouvement. Son visage était livide, effrayant, rendu plus livide encore par le sang qui lui souillait les lèvres, les joues et le menton. De sa gorge coulait un mince flot de sang. Ses yeux reflétaient sa terreur au point de paraître des yeux de dément. Puis elle se couvrit le visage de ses pauvres mains meurtries, rouges encore de la terrible poigne du comte. De derrière ses épaules monta un gémissement désolé – le terrible cri de tout à l'heure n'était que l'expression

1. *Dagues* : poignards.

momentanée d'un désespoir qui ne connaîtra jamais de fin ! Van Helsing s'avança, ramena doucement la couverture sur Mina alors qu'Arthur, après avoir regardé la jeune femme pendant quelques moments, sortait avec, sur le visage, un intense désespoir. Van Helsing me murmura :

– Jonathan est dans un état d'hypnose que seul un vampire peut imposer. Nous ne pouvons rien faire pour la pauvre Mme Mina, sauf attendre qu'elle revienne à elle. Mais lui, nous devons l'éveiller.

Il plongea l'extrémité d'une serviette dans de l'eau et gifla légèrement le jeune homme. Pendant ce temps, Mina, toujours le visage entre les mains, sanglotait à fendre le cœur. J'allai à la fenêtre dont je soulevai les stores. Je regardai au-dehors. La lune était revenue, aveuglante. Je distinguai Quincey Morris qui courait de l'autre côté de la pelouse et se dissimulait dans l'ombre d'un grand if. Pourquoi agissait-il de la sorte ? En cette même seconde, j'entendis une exclamation étouffée : Harker revenait à lui. Je revins vers les lits. Son visage, comme il fallait s'y attendre, révélait une profonde stupéfaction. Quelques moments, il regarda autour de lui, comme s'il se demandait où il était, puis, soudain, il reprit conscience et bondit sur ses pieds. Le mouvement fit sursauter sa femme qui se tourna vers lui, bras tendus, comme pour l'embrasser. Pourtant, soudain, elle replia les bras et, coudes serrés, dissimula à nouveau son visage dans ses paumes et se remit à trembler comme une feuille.

– Au nom du ciel, que signifie ceci ? Docteur Seward, docteur Van Helsing, que se passe-t-il ? Mina, ma chérie, qu'y a-t-il ? Pourquoi ce sang ? Mon Dieu ! Mon Dieu ! Cela… cela est-il arrivé ?

Se redressant sur ses genoux, il continua à manifester son désespoir puis, brusquement, sauta du lit et commença à s'habiller – tout, en lui, était devenu homme d'action prêt à se lancer dans le danger.

– Dites-moi ce qui s'est passé ! ordonna-t-il. Et vous, docteur Van Helsing, vous aimez Mina, je le sais. Alors, faites quelque chose pour la sauver. Elle ne peut être incurable ! Veillez sur elle pendant que je le cherche, *lui* !

Quoique plongée dans l'horreur et le désespoir les plus intenses, sa femme comprit qu'il allait au-devant de terribles dangers. Oubliant en une seconde son propre état, elle se jeta sur lui pour le retenir et s'écria :

– Jonathan, non ! Tu ne peux pas me quitter ! J'ai assez souffert cette nuit ! Je ne veux pas craindre pour toi en plus ! Reste avec nos amis qui veilleront sur toi !

Plus elle parlait, plus elle paraissait proche de la crise de nerfs. Il céda. Elle le força à se rasseoir sur le lit et l'enlaça avec force, bien décidée à ne plus le laisser se lever.

Van Helsing et moi cherchâmes à les calmer, tous les deux. Le professeur leva son petit crucifix doré et murmura, avec un calme remarquable :

– Ne craignez plus rien, ma chère. Nous sommes ici. Et tant que ceci sera près de vous, nul démon ne pourra vous approcher. Vous êtes hors de tout danger pour cette nuit. Nous, nous devons rester calmes et délibérer froidement.

Elle trembla, se tut, la tête toujours posée contre la poitrine de son mari. Quand elle se redressa, elle avait laissé des traces de sang sur la chemise de Harker, là où elle avait posé sa bouche et son cou. Quand elle s'en rendit compte, elle recula soudain, et dit, à travers ses sanglots :

– Impure ! Impure ! Je ne puis plus le toucher, ni l'embrasser ! Quelle horreur : être à présent sa pire ennemie ! Celle qu'il doit à présent craindre le plus au monde !

Ce fut Harker lui-même qui répondit, avec une fermeté admirable :

– Sottises, Mina ! J'ai honte d'entendre ces divagations ! Je ne veux plus qu'il en soit encore question. Que Dieu me juge et m'accable de maux supérieurs à ceux que je viens de vivre si, par ma faute, quelque chose nous sépare un jour ! [...]

Pendant quelques moments, le silence s'épaissit et j'avais l'impression d'entendre battre nos cœurs. Puis Van Helsing prit la parole, posant la main, très tendre, sur la tête de Mrs. Harker.

– À présent, madame Mina, pauvre, chère madame Mina, racontez-nous au juste ce qui s'est passé. Dieu sait que je ne désire pas vous peiner, mais il est indispensable que tout le monde connaisse les détails. Plus que jamais, je comprends la nécessité d'un travail rapide, urgent, indispensable. Le jour terrible où tout se terminera s'approche – et c'est vous, peut-être, qui nous donnerez assez de renseignements pour en finir rapidement.

La pauvre femme frissonna, et je pus mesurer la tension nerveuse qu'elle subissait – elle étreignit son mari avec plus de force encore et accentua davantage la pression de sa tête contre sa poitrine, comme si elle avait voulu y pénétrer. Puis, soudain, au contraire, elle releva fièrement la tête, tendit une main à Van Helsing, qui la prit, la baisa, et la retint dans les siennes. L'autre main, elle la fourra dans celle de son mari qui la serra comme pour la protéger de tout danger. Après quelques secondes pendant lesquelles elle mettait de l'ordre dans ses pensées, elle commença :

– Pour dormir, je pris ce que vous m'aviez si gentiment préparé. Pourtant, cela mit du temps avant d'agir. Je croyais être de plus en plus consciente et de terribles pensées commencèrent à assaillir mon esprit, de terribles pensées liées aux vampires, à la mort, au sang, à la douleur…

Comme son mari laissait échapper un gémissement, elle se tourna vers lui et lui murmura :

– N'aie pas peur, mon chéri ! Tu dois être courageux, toi aussi, et m'aider dans cette horrible tâche. Si tu savais l'effort que j'accomplis en te racontant mon aventure, tu comprendrais à quel point j'ai besoin de ton aide. Je compris donc que je devais aider, par un effort de volonté, le médicament à remplir son office et je concentrai toutes mes pensées sur le sommeil. Et le sommeil s'est bien emparé de moi, je crois, car je ne me souviens plus de rien. Quand Jonathan est entré, il ne m'a pas éveillée car, en reprenant conscience, j'ai constaté qu'il dormait dans l'autre lit. Dans ma chambre, je distinguai aussi le mince brouillard blanc que j'avais déjà remarqué auparavant. Mais je ne sais pas si vous êtes au courant – vous trouverez tout dans mon journal, que je vous montrerai dans la suite. Je subis alors la même terreur qui, naguère, s'était emparée de moi, la même impression d'une présence. Je me tournai pour éveiller Jonathan, mais il dormait si profondément qu'on aurait juré qu'il avait avalé le somnifère, lui, et non moi. Je fis tout pour l'éveiller, mais sans y parvenir. J'en conçus une terrible peur et regardai autour de moi. Puis, je crus que mon cœur s'arrêtait : près du lit, comme jailli du brouillard, ou, mieux, comme si le brouillard s'était concrétisé en lui, se tenait un grand homme, mince, tout de noir vêtu. D'après les nombreuses descriptions que j'ai lues, j'ai reconnu tout de suite le comte – le visage de cire, le nez aquilin, qui, dans le clair de lune, paraissait une ligne blanche et mince, les lèvres vermeilles avec les dents aiguës qui brillaient, entre. Les yeux, surtout, les yeux étaient tellement rouges que j'avais l'impression de regarder, pendant un coucher de soleil, les vitraux de l'église Sainte-Marie à Whitby. Je reconnus aussi, tout de suite, la cicatrice rouge sur son front – à l'endroit où Jonathan l'avait frappé[1]. Un moment, mon cœur s'arrêta. J'aurais voulu hurler, mais j'étais paralysée. Il profita de mon silence pour parler, d'une voix sourde mais tranchante. En parlant, il désignait Jonathan du doigt. « *Silence! Un son, un seul, et je lui broie la tête sous vos yeux!* » Plus que jamais, j'étais trop épouvantée pour oser un seul geste, un seul son. Avec un sourire moqueur, il posa une main sur mon épaule et, de l'autre, me dénuda l'épaule tout en murmurant : « *D'abord, un peu de vie, pour récompenser tous mes efforts! Restez calme : ce n'est ni la première ni la seconde fois que vos veines auront apaisé ma soif!* » Quoique épouvantée, je n'avais pas la force de le repousser. Je suppose que c'est là le charme qu'il impose à toutes ses victimes! Et puis, ô Dieu, ô Dieu, pitié, il a posé ses lèvres cramoisies[2] sur ma gorge!

Une fois encore, son mari gémit. Elle lui serra davantage la main, et le regarda avec tendresse, comme s'il était, lui, la victime. Puis elle poursuivit :

– Je sentais mes forces me quitter. J'étais à demi inconsciente. Combien de temps a duré cette horrible tragédie, je ne puis le préciser, mais je crus vivre une éternité avant qu'il n'ôte sa bouche de mon cou – cette horrible bouche, cette horrible bouche d'où dégoulinait encore du sang frais.

Le souvenir parut un moment la dominer avec une telle violence que, si son mari ne l'avait retenue, elle

1. Jonathan a frappé Dracula à l'aide d'une pelle (p. 62), pensant ainsi le tuer et s'échapper du château du comte.

2. *Cramoisies* : rouge vif.

serait sans doute retombée sur le lit. Avec un effort terrible, elle se reprit et termina son compte rendu :

– Il parla à nouveau, d'une voix terriblement moqueuse : « *Ainsi vous, comme les autres, vous exercez votre intelligence contre moi ! Vous voulez aider ces hommes à me donner la chasse, à contrecarrer mes projets ! Vous savez à présent, les autres savent presque (et ne tarderont pas à savoir tout à fait) ce qu'il en coûte de se placer en travers de mon chemin ! Ils auraient mieux fait de consacrer leurs énergies à tenter d'atteindre des buts plus proches de leurs moyens ! Car tandis qu'ils s'unissaient contre moi, contre moi qui ai commandé des nations, combattu à leur tête, lutté pour les défendre, des siècles déjà avant qu'ils ne fussent nés, je leur glissais entre les doigts ! Et vous, vous qu'ils adorent tous, vous êtes à présent chair de ma chair, sang de mon sang, race de ma race, ma source de vie, pour un temps, ma compagne dans un proche avenir. Vous connaîtrez votre revanche ! Personne ne pourra jamais refuser ce dont vous aurez besoin. Mais pour le présent, je dois vous punir de ce que vous m'avez causé, vous les avez aidés à me donner la chasse – à présent, vous devrez répondre à mon appel. Quand mon esprit vous ordonnera de venir, vous devrez traverser terres et mers pour m'obéir. Et voilà pour vous forcer à devenir mienne…* » Sur ces mots, il déboutonna sa chemise et, d'un coup d'ongle, s'ouvrit une veine de la poitrine. Quand le sang commença à jaillir, il prit mes deux mains dans une des siennes et, de l'autre, m'empoigna le cou, me forçant à approcher ma bouche de la blessure – je devais suffoquer ou avaler de ce… de ce… oh, mon Dieu ! Qu'ai-je fait ? Qu'ai-je fait pour mériter un sort si odieux, moi qui ai toujours cherché le droit chemin ? Pitié, mon Dieu ! Pitié pour une âme infortunée qui se débat dans un danger pire que la mort ! Et pitié pour tous ceux à qui elle est chère !

Elle se mit à frotter ses lèvres avec frénésie, comme si elle voulait les laver de toute souillure.

Pendant qu'elle avait raconté sa monstrueuse aventure, le ciel avait commencé à rosir, vers l'orient et tout, dans la pièce, s'éclaircissait. Harker restait calme et silencieux mais, sur son visage, se lisait une sombre expression qui s'accroissait à mesure que tombaient les mots et, lorsque les premières rougeurs de l'aube pénétrèrent dans la pièce, nous nous aperçûmes qu'au-dessus du front basané, les cheveux avaient blanchi.

Nous nous sommes arrangés pour que l'un d'entre nous soit toujours à portée de voix du malheureux couple et ce jusqu'à ce que nous puissions nous réunir pour décider de l'action à entreprendre.

D'un seul fait je puis encore être certain : le soleil, aujourd'hui, quelque énorme que soit sa course quotidienne, n'éclairera nulle maison plus malheureuse que celle-ci.

Chapitre XXII

[Les hommes décident de traquer Dracula. Avant de partir, Van Helsing prépare la chambre de Mina de façon à empêcher toute irruption du comte. Il effleure son front avec un fragment de la sainte hostie, mais elle brûle la peau de Mina, signe de l'impureté de la jeune femme.

Il faut agir dans la journée : avant la nuit, le monstre ne peut changer de forme et doit conserver celle qu'il avait à la lueur du jour; il est donc prisonnier de son enveloppe terrestre et ne peut passer à sa guise à travers les portes ni se transformer en brouillard. Il s'agit de profiter de ce moment pour détruire ses repaires. Van Helsing et les jeunes gens commencent par celui de Carfax. Ils ouvrent toutes les caisses de la chapelle et déposent dans la terre un morceau de la sainte hostie, puis revissent les couvercles. Ils renouvellent l'opération dans la maison de Picadilly, mais une caisse a disparu. Ils explorent toutes les pièces et découvrent les titres d'achat des maisons situées dans les deux autres quartiers de Londres où le comte a fait porter sa précieuse marchandise, ainsi qu'un trousseau de clés permettant sans doute d'y pénétrer. Arthur et Quincey Morris décident de se rendre dans chacune d'elles afin de mettre hors d'état les caisses qu'ils y découvriront. Jonathan, Van Helsing et John restent dans la demeure de Picadilly – il est probable que Dracula s'y montre : ils devront l'affronter.]

CHAPITRE XXIII

[Comme prévu, Dracula surgit dans la maison de Picadilly. Jonathan se rue sur lui avec un poignard mais ne réussit qu'à couper un pan de la veste du monstre, d'où s'échappent une liasse de billets de banque et des pièces d'or. Les hommes ne parviennent pas à maîtriser Dracula qui, ramassant une partie de son argent, se réfugie dans l'écurie au fond du jardin. Quand ils en enfoncent la porte, le comte a disparu. Renonçant à une poursuite nocturne, ils préfèrent retrouver Mina. La nuit, Quincey Morris, Van Helsing et Arthur se relaient devant la porte de la chambre des Harker.]

Journal de Jonathan Harker

[...] *4 octobre, le matin.* Une fois encore, cette nuit, Mina m'a éveillé. Mais nous avions tous deux bien dormi, car le gris de l'aube soulignait le chambranle des fenêtres et la flamme du gaz n'était plus qu'un minuscule point de lumière, non un disque. Elle m'a dit soudain :

– Va chercher le professeur. Je veux le voir tout de suite.

– Mais pourquoi ?

– J'ai une idée ! Je suppose qu'elle est née cette nuit et qu'elle a mûri pendant mon sommeil. Il doit m'hypnotiser avant l'aube, et je serai capable de lui dire certaines choses. Va vite, mon chéri ! Va tout de suite !

Je me précipitai vers la porte que j'ouvris. Le docteur Seward se reposait sur le matelas. Il bondit sur ses pieds.

– Que se passe-t-il... Un malheur ?

– Non, mais Mina veut voir le docteur Van Helsing immédiatement.

– J'y vais, lança-t-il avant de se précipiter vers la chambre du professeur.

Deux ou trois minutes plus tard, Van Helsing

entrait, en robe de chambre, pendant que Mr. Morris, Lord Godalming et le docteur Seward, à la porte, s'inondaient mutuellement de questions.

Quand le professeur vit Mina, un sourire, un véritable sourire chassa l'expression anxieuse de son visage. Il se frotta les mains et déclara :

– Quel merveilleux changement, chère madame Mina ! Regardez, ami Jonathan, ne voilà-t-il pas notre Mrs. Mina d'autrefois qui nous est rendue ?

Puis, se tournant vers elle, il lui demanda, joyeux :

– Et que puis-je faire pour vous ? Car vous ne m'avez certainement pas fait venir pour rien ?

– Je veux que vous m'hypnotisiez, répondit-elle. Faites-le avant l'aube car je sens qu'en ce moment je puis parler, et parler en toute liberté. Faites vite, car le temps nous est compté.

Sans un mot de réponse, il la fit asseoir sur le lit. Il la regarda fixement et commença à exécuter des passes devant elle, de haut en bas de son visage, d'une main puis de l'autre. Pendant quelques moments, Mina le regarda fixement – pendant ce temps, mon cœur battait la chamade, car je comprenais que quelque chose de grave allait se dérouler. Petit à petit, les yeux de Mina se refermèrent, bien qu'elle restât assise, raide, sur le lit. Seule sa poitrine, qui se soulevait doucement, prouvait encore qu'elle vivait. Le professeur poursuivit ses passes, puis s'arrêta. Je m'aperçus alors que son front dégoulinait de sueur. Mina ouvrit les yeux, mais ne semblait plus la même femme. Ses yeux semblaient regarder quelque chose de lointain, et sa voix avait une expression de tristesse tout à fait inhabituelle. Levant la main pour imposer le silence, Van Helsing fit en même temps signe aux autres d'entrer. Ils obtempérèrent, sur la pointe des pieds, fermèrent la porte derrière eux et s'arrêtèrent au pied du lit, regardant avec une attention soutenue. Mina semblait ne pas les voir. Le silence fut déchiré par la voix de Van Helsing qui parla d'une voix basse, uniforme, afin de ne pas troubler les pensées de Mina.

– Où êtes-vous ?

La réponse vint sur un ton tout aussi neutre :

– Je ne sais pas. Le sommeil n'a aucun endroit qu'il puisse appeler sien.

Pendant plusieurs minutes, le silence régna. Mina restait assise sur le lit, raide. Le professeur la regardait toujours fixement. Nous autres, nous osions à peine respirer. La lumière pénétrait dans la pièce. Sans quitter Mina des yeux, le professeur me fit signe de lever le store. J'obéis et une lumière rouge envahit la pièce. À cette seconde, le professeur demanda :

– Où êtes-vous à présent ?

La réponse vint, à la fois languissante et résolue. On aurait dit qu'elle interprétait quelque chose. Ce ton, d'ailleurs, je l'avais déjà entendu quand elle relisait ses notes.

– Je ne sais pas. Tout est si étrange pour moi.

– Que voyez-vous ?

– Je ne vois rien. Il fait sombre.

– Qu'entendez-vous ?

La voix patiente du professeur dissimulait à grand-peine son énervement.

– Le clapotis de l'eau. De petites vagues. Je peux les entendre claquer, au-dehors.

– Vous êtes donc sur un bateau ?

Nous nous regardâmes, tous, cherchant quelque précision dans nos regards. Nous n'osions pas penser. La réponse jaillit :

– Oui ! Oui !

– Qu'entendez-vous d'autre ?

– Des hommes piétinent le pont, au-dessus. Une chaîne grince et il y a un claquement sonore quand le linguet[1] bloque le cabestan[2].

– Que faites-vous ?

– Je suis tranquille… oh si tranquille ! C'est comme si j'étais morte !

La voix s'éloignait jusqu'à devenir un profond murmure, comme quand une personne s'endort en racontant quelque chose. Puis les yeux grands ouverts se refermèrent.

À ce moment, le soleil s'était levé, et ses rayons nous inondaient tous. Le docteur Van Helsing plaça ses mains sur les épaules de Mina et l'étendit à nouveau sur le lit, avec mille précautions. Pendant quelques minutes, elle ressembla à une enfant endor-

1. *Linguet* : pièce mobile servant à empêcher le cabestan de dévirer.
2. *Cabestan* : treuil autour duquel s'enroulent les cordes du navire.

mie puis, avec un profond soupir, elle s'éveilla et nous regarda avec stupéfaction.

– Ai-je parlé pendant mon sommeil ? demanda-t-elle simplement.

Elle connaissait de toute évidence la réponse, mais voulait savoir ce qu'elle avait dit. Le professeur répéta la conversation et commenta :

– Il n'y a pas un moment à perdre ! Il n'est peut-être pas trop tard.

Mr. Morris et Lord Godalming se dirigeaient déjà vers la porte mais le professeur les rappela, d'une voix calme :

– Restez, mes amis ! Quel qu'il soit, ce bateau levait l'ancre, d'après ce que nous décrivait Mrs. Mina. Il y a bien des bateaux qui lèvent l'ancre, chaque jour, dans votre grand port de Londres. Où chercher, alors ? Dieu soit loué de nous avoir envoyé une nouvelle piste, même si elle ne semble mener nulle part. Dans une certaine mesure, nous avons été bien aveugles ! Nous avons été aussi aveugles que peuvent l'être les hommes car, en revoyant les événements du passé, nous comprenons que nous aurions pu prédire l'avenir, si nous avions été capables de comprendre certains signes. Phrase en casse-tête, n'est-ce pas ? Nous comprenons à présent ce que le comte avait dans le crâne en ramassant cet argent, bien que l'arme de l'ami Jonathan le mît en grand danger ! Il avait l'intention de fuir ! DE FUIR, vous m'entendez ! Il a compris qu'avec une seule caisse de terre demeurée intacte et une meute d'hommes à ses trousses, comme des chiens derrière un renard, Londres n'était plus sûr pour lui. Il a embarqué sa dernière caisse et quitte le pays. Il veut nous échapper… mais non ! Nous allons le talonner ! Taïaut[1] ! comme le

1. *Taïaut* : cri du veneur dans la chasse à courre pour signaler la bête.

dirait l'ami Arthur quand il enfile sa veste rouge. Notre vieux renard est rusé, oh oui, rusé, à tel point que nous devons employer les mêmes armes que lui – la ruse. Mais moi aussi, je puis être rusé, et je crois même que je le suis un rien plus que lui. Dans une certaine mesure, je connais ses pensées. Dans l'entre-temps, nous pouvons nous reposer en paix – car les eaux qui nous séparent de lui, il ne désire pas les traverser et il ne pourrait d'ailleurs pas, sauf si le bateau touchait terre, ce qui n'est possible qu'à marée haute ou par mer étale. Voyez : le soleil vient de se lever et toute la journée nous appartient, jusqu'au crépuscule. Prenons un bain, habillons-nous, prenons le petit déjeuner dont nous avons tous besoin et que nous pouvons consommer en toute détente, puisque le comte n'est plus sur le même sol que nous.

Mina le regarda d'un air suppliant et demanda :

– Mais pourquoi continuer à le poursuivre ?

Il lui prit la main qu'il caressa affectueusement tout en lui répondant :

– Ne me demandez rien encore. Une fois le petit déjeuner avalé, je répondrai à toutes vos questions.

Il ne voulut plus ajouter une parole et nous nous séparâmes pour procéder à notre toilette.

Le petit déjeuner terminé, Mina répéta sa question. Van Helsing la regarda gravement pendant une minute puis lui répondit, non sans tristesse :

– Parce que, ma chère madame Mina, à présent plus que jamais nous devons le retrouver, quand même nous devrions l'arracher aux griffes de l'enfer.

Elle pâlit encore, mais réunit assez de force pour murmurer :

– Pourquoi ?

– Parce que lui peut vivre des siècles et que vous, vous n'êtes qu'une mortelle. Le temps est donc devenu notre ennemi depuis que le comte a imprimé cette marque sur votre gorge.

Nous n'eûmes que le temps de la rattraper car elle s'évanouit.

Chapitres XXIV à XXVI

[Grâce au témoignage de Mina pendant sa transe hypnotique, tout le groupe sait désormais que Dracula tente de fuir par la mer, avec son ultime caisse. Une enquête leur révèle que le comte retourne en Transylvanie. Ils décident donc de le poursuivre, mais par voie terrestre, ce qui est plus rapide. Ainsi arriveront-ils avant le comte à Varna, où il doit débarquer : le mieux serait de monter à bord du bateau où se trouve Dracula entre le lever et le coucher
du soleil, afin de prendre le monstre dans sa caisse.

Mina montre des signes de vampirisme; il ne faut donc pas lui révéler la totalité du projet : si elle a pu indiquer en état d'hypnose ce que voit et entend Dracula, il est probable que celui qui a pu l'hypnotiser auparavant, qui a bu de son sang et l'a obligée à boire du sien, peut aussi la contraindre à révéler ce qu'elle sait.

Arrivés à Varna, ils attendent le voilier du comte, en vain : ils apprennent bientôt qu'il a accosté à Galatz. Il leur faut prendre le train : leur plan semble avoir été déjoué par le comte qui, n'ayant plus besoin de Mina, paraît s'être détaché d'elle. Mais c'est oublier que le baptême du sang qu'il a imposé à la jeune femme donne à celle-ci le pouvoir de le rejoindre en esprit comme elle l'a déjà fait.

À Galatz, ils obtiennent de nouvelles informations : la caisse a été récupérée, sur ordre du comte, par un certain Skinski, personnage en relation avec les Slovaques qui se livrent à la contrebande le long du fleuve jusqu'au port de Varna. Persuadés que Dracula entend arriver à Varna par ce moyen, ils prennent de nouvelles dispositions : Jonathan et Arthur suivront le comte en vedette sur le fleuve; John et Quincey longeront la rive à cheval, au cas où le monstre déciderait de mettre pied à terre; quant à Mina et Van Helsing, ils tenteront de trouver le chemin menant au château de Dracula grâce au don hypnotique de la jeune femme.]

CHAPITRE XXVII

[Mina manifeste des signes de vampirisme de plus en plus évidents. À proximité du château, Van Helsing décide d'y pénétrer seul, laissant Mina, trop affaiblie, dans un cercle tracé dans la neige sur la circonférence duquel il a émietté de l'hostie, protection contre les vampires.]

Journal de Jonathan Harker

4 novembre, soir. L'accident survenu à la vedette a été un terrible contretemps pour nous. Sans lui, nous aurions rattrapé l'autre embarcation depuis bien longtemps! Et ma chère Mina serait libérée. J'ai peur de penser à elle, de l'imaginer près de cet horrible endroit. Nous nous sommes procuré des chevaux et nous allons suivre les traces. Je note ces quelques phrases pendant que Lord Godalming se prépare. Nous avons nos armes. Que les Tziganes prennent garde s'ils veulent se battre! Ah! Si Morris et Seward étaient avec nous! Mais nous devons garder l'espoir!

Si je n'écris plus jamais rien, adieu, Mina ! Dieu te protège, à jamais ! [...]

[Van Helsing pénètre dans le château, se rend dans la chapelle, ouvre les tombes des trois non-mortes que Jonathan avait vues lors de son séjour chez le comte, leur fait subir le même sort que celui infligé à la non-morte Lucy, puis ouvre le tombeau portant l'inscription « Dracula » et y dépose quelques fragments de l'hostie. Il prend également soin de « sécuriser » toutes les entrées de la demeure pour empêcher le comte d'y pénétrer. Puis il rejoint Mina et, ensemble, ils se dirigent vers l'est, par où doivent arriver Jonathan et Lord Godalming.]

Journal de Mina Harker

6 novembre. L'après-midi était déjà avancée quand le professeur et moi nous nous sommes dirigés vers l'est – je savais que Jonathan arrivait par là. Nous n'avancions pas vite, bien que le chemin fût en pente aimable : nous devions emporter de lourdes couvertures avec nous pour ne pas prendre le risque de mourir de froid dans la neige. Nous avions également dû emporter une partie de nos provisions car l'endroit que nous traversions était un véritable désert où, à travers les chutes de neige, nous n'entrevoyions pas la moindre trace d'habitation. Quand nous eûmes franchi un *mille*[1], j'étais tellement fatiguée que nous avons dû nous arrêter pour nous reposer un moment. Nous avons alors regardé en arrière, et vu le château de Dracula qui se dessinait, net, précis, dans le ciel. Nous étions déjà si bas par rapport à la colline qui le supporte qu'il paraissait dominer les Carpates. Nous

1. *Un mille* : mesure anglo-saxonne de longueur valant 1609 mètres.

l'observâmes, dans toute sa splendeur, perché à mille pieds au sommet d'un pic et totalement indépendant, paraissait-il, des montagnes voisines. L'endroit avait quelque chose de terrifiant, de sauvage. Et toujours, le hurlement des loups, dans le lointain. Ils ne présentaient aucun danger immédiat, certes, mais leurs hurlements, même amortis par la neige, apportaient l'épouvante. À la manière dont le docteur Van Helsing jetait des regards avides autour de lui, je compris qu'il cherchait à trouver un endroit stratégique où nous serions moins exposés en cas de danger. L'ignoble route descendait toujours – nous pouvions encore en relever le tracé en dépit de la neige.

Au bout d'un moment, le professeur me fit signe et je le rejoignis. Il avait découvert un endroit merveilleux, une sorte de creux naturel dans la roche, avec une entrée qui faisait vestibule entre deux avancées. Il me prit la main et m'y fit entrer :

– Voyez, me dit-il. Ici, vous serez en sécurité. Et si les loups apparaissent, je puis les affronter un à un.

Il alla chercher nos fourrures et me prépara un nid douillet. Puis il fit chauffer à manger et voulut m'obliger à avaler quelque chose. Mais la seule pensée de la nourriture me donnait la nausée et, quelque grand que fût mon désir de lui plaire, je ne pus m'y résoudre. Il parut fort triste mais ne me fit pas le moindre reproche. Sortant ses jumelles de leur étui, il alla se placer au sommet du rocher et commença à scruter le paysage. Soudain, il appela :

– Madame Mina, venez voir ! Venez voir !

Je bondis sur mes pieds et le rejoignis sur son rocher. Il me tendit ses jumelles et désigna quelque chose du doigt. La neige tombait encore, plus épaisse, et tourbillonnait selon les caprices du vent de plus en plus violent. Profitant d'une accalmie de quelques secondes entre deux bourrasques, j'observai le paysage autour de moi. De notre hauteur, nous pouvions embrasser une énorme zone de terrain. Au loin, au-delà des vastes étendues enneigées, le fleuve déroulait ses méandres comme un immense ruban noir. Droit devant nous, et pas tellement loin (de fait, tellement proche que je m'étonnai de n'avoir rien remarqué auparavant), un groupe d'hommes à cheval s'avançait sans traîner. Au milieu du groupe, un chariot, un long camion de roulage qui tanguait horriblement à chaque inégalité de terrain, comme un chien qui remue la queue. Comme ils se profilaient avec netteté sur la neige, je distinguai parfaitement leurs vêtements – des paysans ou des bohémiens.

Le chariot transportait une grande caisse carrée. En la voyant, mon cœur s'arrêta de battre, car je compris que la fin approchait. Le soir tombait, et je savais qu'au coucher du soleil la Chose emprisonnée dans la caisse recouvrerait une nouvelle liberté qui lui permettrait d'échapper à toute poursuite. Effrayée, je me tournai vers le professeur. À mon intense stupéfaction, il n'était pas là. Je le découvris un peu en dessous de moi. Il avait décrit, autour de notre rocher, un cercle semblable à celui qui nous avait protégés la nuit passée. Il me rejoignit très vite et me dit :

– Au moins, vous serez protégée de *lui*!

Il me reprit les jumelles et, profitant de l'accalmie suivante, scruta le paysage.

– Regardez, lança-t-il. Ils se dépêchent. Ils galopent le plus vite possible, forcent même leurs montures.

Il s'interrompit un moment, puis ajouta, à voix basse :

– Ils essaient de battre le soleil ! Peut-être interviendrons-nous trop tard. Que la volonté de Dieu s'accomplisse !

Une nouvelle bourrasque effaça le paysage. Elle ne dura pas très longtemps, après quoi le professeur explora une fois de plus l'immensité enneigée. Soudain un cri :

– Regardez ! Regardez ! Regardez ! Deux cavaliers arrivant, à toute allure, du sud. Ce sont Quincey et John ! Prenez les jumelles et regardez, avant que la neige ne vous en empêche !

J'obéis. Les deux hommes en effet pouvaient être le docteur Seward et Mr. Morris ; de toute façon, aucun d'entre eux n'était mon Jonathan. Mais en même temps, je *savais* que Jonathan n'était pas loin. Je regardai dans toute la plaine. Dans le nord, j'aperçus deux cavaliers qui galopaient à bride abattue. Dans l'un d'entre eux, je reconnus Jonathan – l'autre devant être, bien entendu, Lord Godalming. Eux aussi poursuivaient la charrette et son escorte. Lorsque j'eus expliqué cela au professeur, il hurla comme un étudiant et, après avoir regardé jusqu'à ce qu'une nouvelle attaque de la neige l'en empêchât, il posa sa Winchester[1], prête à l'emploi immédiat, devant l'ouverture de notre abri.

– Ils convergent tous vers un même point, dit-il. Le moment venu, nous aurons les Bohémiens de tous côtés.

Je préparai mon revolver, moi aussi car, pendant que nous parlions, les loups paraissaient s'être rapprochés. Lorsque la tempête de neige se calma, nous regardâmes à nouveau. Étrange opposition, d'ailleurs, que cette neige tombant à gros flocons, si près de nous, alors qu'au loin le soleil gagnait en éclat, en rougeur, à mesure qu'il descendait vers la crête des

1. *Winchester* : arme à feu.

Carpates. Balayant le paysage avec mes jumelles, je distinguai, un peu partout, des points noirs, isolés ou groupés, deux ou trois, davantage parfois – les loups se préparaient à attaquer leurs proies.

Pendant que nous attendions, chaque minute paraissait s'éterniser. Le vent multipliait ses hurlements et transportait, avec une fureur de plus en plus grande, la neige qui s'accumulait autour de nous, devant nos avancées. Par moments, nous ne pouvions plus distinguer nos mains ; parfois, par contre, quand le vent hurlant s'apaisait, il paraissait clarifier toute l'entendue et nous permettait de voir jusqu'à l'autre bout de la plaine. Nous avions tellement l'habitude, ces derniers temps, de dépendre du lever et du coucher du soleil que nous savions avec exactitude le moment où il allait apparaître ou disparaître. Il ne faudrait plus longtemps, à présent.

J'eus peine à croire la montre que je venais de regarder : il n'y avait pas une heure que nous venions de grimper sur ce rocher ! Le vent se faisait toujours plus vif, plus amer. Il soufflait à présent du nord et paraissait avoir chassé avec lui les nuages de neige car elle tombait, verticale, avec de rares bouffées plus violentes. Nous distinguions à présent avec une grande netteté ce qui se déroulait – poursuivis et poursuivants. Étrange constatation, les premiers ne semblaient pas comprendre qu'ils étaient suivis – ou bien ils ne s'en souciaient pas ; néanmoins, ils paraissaient encore forcer l'allure – mais le soleil mordant déjà le sommet des montagnes suffit sans doute comme explication.

Ils approchaient toujours. Le professeur et moi nous nous tenions accroupis derrière une roche, armes prêtes. Je voyais bien qu'il était déterminé à ne pas les laisser passer. Tout le monde continuait à avancer, inconscient de notre présence.

Soudain, deux voix crièrent : « Halte. » La première était celle de mon Jonathan surexcité, l'autre, calme, habituée à ce type de situation, celle de Mr. Morris. Sans doute les Tziganes ne comprenaient-ils pas cette langue, mais il est des tons universels. Instinctivement, ils s'arrêtèrent et, dans l'instant, Lord Godalming et Jonathan furent sur eux d'un côté, le docteur Seward et Mr. Morris de l'autre. Le chef des Tziganes, un homme splendide qui, sur son cheval, évoquait irrésistiblement le Centaure[1], leur fit, de la main, signe de reculer et ordonna à ses compagnons de continuer. Ils cravachèrent les chevaux qui bondirent en avant, mais les quatre hommes levèrent leurs Winchester et ordonnèrent une fois encore, d'un ton sans réplique, de s'arrêter. Au même moment, le docteur Van Helsing et moi sortions de notre abri et les mettions en joue. Se voyant encerclés, les hommes serrèrent les brides et s'arrêtèrent une fois encore. Le chef leur lança quelques mots et tous tirèrent leurs armes, couteau ou revolver, afin de se préparer à l'attaque. Tout se termina en quelques minutes à peine.

D'un rapide mouvement des reins, le chef fit avancer son cheval et, désignant d'abord le soleil, toujours plus bas, ensuite le château, lança à voix forte quelque chose que je ne compris pas. Pour toute réponse, nos quatre hommes tombèrent de cheval et se précipitèrent vers la caisse. J'aurais dû mourir de peur en voyant mon Jonathan courir ainsi vers le danger, mais sans doute étais-je, moi aussi, excitée par l'ardeur du combat – je ne ressentais qu'un intense besoin d'agir. Une seconde décontenancé par cette attaque si inattendue, le chef lança un ordre, et les hommes se grou-

---

1. *Centaure* : dans la mythologie grecque, créature mi-homme, mi-cheval.

pèrent autour de la charrette, tellement énervés à obéir qu'ils s'en bousculaient l'un l'autre.

Au milieu de ce désordre, je vis que Jonathan d'un côté, Quincey de l'autre se frayaient un passage. De toute évidence, ils voulaient en finir avant que le soleil n'eût disparu. Rien ne semblait pouvoir les arrêter, ni même les gêner. Pas plus les armes levées, les couteaux étincelants que les hurlements des loups ne les faisaient hésiter. L'impétuosité de Jonathan et la volonté évidente parurent intimider ceux qui cherchaient à lui gêner le passage car ils se retirèrent en une seconde. Un moment plus tard, il sautait sur la charrette et, avec une vigueur qui paraissait incroyable, levait la caisse qu'il projetait sur le sol de toute sa force. Pendant ces quelques secondes, Mr. Morris s'était lui aussi, de son côté, frayé un passage. Je n'avais pas quitté Jonathan du regard mais j'avais tout de même observé, du coin de l'œil, Mr. Morris se précipiter lui aussi, avec l'énergie du désespoir. J'avais distingué l'éclair des poignards, alors qu'il passait la haie des Tziganes. Quincey parait les coups avec son grand couteau de chasse, avec une adresse telle que je le crus indemne, lui aussi. Mais alors qu'il rejoignait Jonathan qui venait de sauter de la voiture, je vis que sa main gauche était crispée sur son flanc et que du sang lui coulait entre les doigts. Il ne s'interrompit pas pour autant : Jonathan, avec l'énergie du désespoir, attaqua un côté du coffre pour en arracher le couvercle à grands coups de son couteau kukri ; Quincey attaqua l'autre côté avec son énorme coutelas. Sous l'effort, le coffre céda. Les clous s'arrachèrent dans un son à faire grincer les dents et le sommet de la boîte fut jeté au loin.

Les Tziganes, se comprenant à la merci de nos fusils, avaient renoncé à toute résistance. Le soleil allait disparaître derrière les pics et les ombres s'allongeaient sur la neige. Et puis, je vis le comte, gisant dans son coffre, comme éclaboussé de morceaux de bois. Il était d'une pâleur mortelle, semblable à un visage de cire et les yeux rouges brillaient de cet horrible regard de haine que je connaissais trop bien.

Il vit que le soleil avait presque disparu et le regard de haine devint regard de triomphe.

Mais une seconde plus tard brilla l'éclair jeté par le couteau de Jonathan. Je hurlai quand je vis mon mari trancher la gorge offerte pendant que Mr. Morris plongeait son arme jusqu'à la garde dans la région du cœur.

Ce fut un véritable miracle. Devant nos yeux, le temps d'une inspiration, le corps entier était tombé en poussière – tout ce qui restait de Dracula.

Toute ma vie, avec quelle joie apaisante je me souviendrai qu'au moment même où il tombait en poussière, le comte eut une expression de paix que je n'aurais jamais cru lire un jour sur son visage.

Le château de Dracula se dessinait à présent, net, contre le ciel rouge et chaque pierre de ses créneaux brisés prenait un relief effrayant, inoubliable.

Les Tziganes, nous attribuant la disparition surnaturelle du corps, filèrent sans un mot, comme s'il y allait de leurs vies. Ceux qui n'avaient pas de monture bondirent sur la charrette et hurlèrent aux autres de ne pas les laisser seuls ici. Les loups, qui s'étaient retirés à quelque distance, suivirent les fuyards, nous laissant enfin seuls dans le silence du crépuscule.

Mr. Morris était tombé à terre. Il s'appuyait sur un coude et pressait toujours son flanc de sa main gauche. Entre ses doigts, le sang coulait plus fort que jamais. Je me précipitai vers lui, car le cercle n'était plus un obstacle pour moi. Les deux docteurs se précipitèrent aussi. Jonathan s'agenouilla derrière lui et le blessé put appuyer sa tête sur son épaule. Dans un soupir, il prit ma main dans la sienne. Il devait lire toute l'angoisse et toute la tristesse que je ressentais, car il me sourit :

– Je suis trop heureux d'avoir servi à quelque chose. Oh ! Dieu ! cria-t-il soudain, en faisant un dernier effort pour se redresser. Cela valait bien ma mort… Regardez ! Regardez !

Il me désignait de la main. Le soleil avait maintenant disparu derrière la montagne et ses derniers rayons, rouges, tombaient sur mon visage. D'un seul geste, les hommes tombèrent à genoux et murmurèrent tous *Amen* lorsque leurs yeux eurent suivi le geste du mourant.

– Dieu soit remercié, dit-il encore. Tout cela ne fut pas vain… Regardez… la neige n'est pas plus pure que son front… La malédiction est terminée !

Et, à notre immense peine, il mourut, souriant, silencieux, en homme noble et courageux.

ÉPILOGUE

Voilà sept ans que nous avons franchi les flammes et le bonheur que nous connaissons à présent vaut bien les souffrances endurées. Joie supplémentaire pour Mina et pour moi : notre enfant est né le jour anniversaire de la mort de Quincey Morris. Sa mère semble croire sérieusement que les vertus les plus viriles de notre ami ont été transmises à notre fils. Nous lui avons donné tous les prénoms des héros de notre petit groupe – avec, bien sûr, Quincey en premier.

Cet été, nous avons fait un voyage en Transylvanie. Nous avons parcouru, à nouveau, les régions qui étaient, pour nous, liées à tant d'infernaux souvenirs. Nous ne pouvions même presque plus croire que ce que nous avons vu de nos propres yeux, entendu de nos propres oreilles pût appartenir à la réalité. Toute trace en avait disparu. Le château se dresse toujours au sommet de son pic, dominant une vaste étendue désolée.

Une fois revenus, nous avons évoqué ensemble le passé – que nous pouvons tous regarder sans tristesse : Godalming et Seward sont tous deux mariés, à présent, et heureux. J'ai extrait les documents du coffre-fort où je les ai enfouis depuis notre retour. Un fait nous a frappés : de toute cette masse de témoignages et hormis les ultimes notes, il n'est plus aucun texte authentique – plus qu'une série de feuilles dactylographiées. Nous ne pouvons plus demander à qui que ce soit d'accepter pareille histoire sans preuve directe ! C'est Van Helsing, une fois encore, qui a trouvé la réponse définitive et qui me l'a exposée tout en jouant avec notre fils :

– Il ne nous faut pas de preuve, pas plus que de personnes pour nous croire. Ce gaillard saura un jour quelle mère courageuse il a ! Déjà, il connaît sa tendresse et son amour. Plus tard, il comprendra que plusieurs hommes l'ont aimée au point d'oser, pour son salut, ce qu'ils n'auraient jamais osé autrement.

Jonathan Harker.

Dossier

Le monstre dans la littérature fantastique

Carmilla, ou la peur du vampire

Avant Bram Stoker, des auteurs britanniques, tels Polidori (1795-1821) ou Le Fanu (1814-1873), introduisent des vampires dans la littérature – réaction au monde de la science et de l'industrie qui domine dans l'Angleterre victorienne.
Dans le roman *Carmilla* de Le Fanu, paru en 1871, Laure est une jeune fille qui s'ennuie en compagnie de son père, dans leur château de Styrie (Autriche). Mais elle fait des rêves étranges depuis l'arrivée d'une mystérieuse invitée, Carmilla, qui exerce sur elle un fort ascendant…

Il est difficile de parler de cauchemar. J'étais tout à fait consciente d'être endormie, mais je savais également que j'étais dans ma chambre, allongée dans mon lit. Je vis, ou du moins, j'eus l'impression de voir la pièce et ses meubles tels que je les avais vus avant de m'endormir, à ceci près qu'il faisait très sombre. J'aperçus quelque chose bouger près du lit que je n'arrivais pas à distinguer tout d'abord. Puis je me rendis compte qu'il s'agissait d'un animal d'un noir profond qui ressemblait à un chat monstrueux. Il m'apparut faire de quatre à cinq pieds de long, car il recouvrait la totalité de la descente de lit. Il se mit à tourner et à virer sans répit, avec l'agilité sinistre d'un animal en cage. Il m'était impossible de proférer un son ; j'étais terrifiée, comme vous pouvez l'imaginer. Ses mouvements étaient de plus en plus rapides et la pièce de plus en plus sombre jusqu'à ce que je ne pusse plus distinguer que ses yeux. Je le sentis sauter sans effort sur le lit. Deux grands yeux s'approchèrent de mon visage, et, soudain, je ressentis une douleur fulgurante, comme si deux grandes aiguilles espacées de quelques pouces seulement s'enfonçaient profondément dans ma poitrine. Je me réveillai en hurlant. La chambre était éclairée par la chandelle qui était restée allumée toute la nuit, et je vis une silhouette féminine au pied de mon lit, un peu sur la droite. Elle portait une robe sombre et ample, et ses cheveux défaits couvraient ses épaules. Une statue de pierre n'aurait pas été plus immobile. Je ne percevais pas le moindre souffle de respiration. Pendant que je la fixais, il me sembla que la silhouette changeait de place et qu'elle s'était rapprochée de la porte. Quand elle fut tout contre, la porte s'ouvrit et la silhouette disparut.

Sheridan Le Fanu, *Carmilla*,
trad. Gaïd Girard, © Actes Sud, coll. « Babel »,
1996, p. 66-67.

Quelles sont les différentes hypothèses que le lecteur peut émettre pour expliquer cet épisode étrange ?
Quelles caractéristiques de l'apparition peuvent faire penser à un vampire ?

Frankenstein, ou la puissance démiurgique

En 1818, l'Anglaise Mary Shelley publie *Frankenstein*, un roman fantastique passé modèle du genre. Cette œuvre raconte l'expérience d'un savant, le docteur Frankenstein, qui donne vie à un être artificiel à partir de morceaux de cadavres prélevés dans des cimetières. Selon la classification établie par Tzvetan Todorov dans son *Introduction à la littérature fantastique*[1], le récit relève du « merveilleux scientifique » : ce n'est plus le miracle ou la magie qui sont sources de merveilleux, mais la science…

Bien que possédant le pouvoir d'animer la matière, préparer un corps pour recevoir la vie, réaliser l'entrelacement délicat de ses fibres, de ses muscles et de ses veines, restait toujours une œuvre d'une difficulté et d'une longueur inconcevables. Je ne savais d'abord si j'es-

1. Tzvetan Todorov, *Introduction à la littérature fantastique*, *op. cit.*

saierais de créer un être semblable à moi ou un organisme plus simple ; mais mon imagination était par trop exaltée par mon premier succès pour me laisser mettre en doute la possibilité pour moi de donner la vie à un animal aussi complexe et aussi merveilleux que l'homme. Les matériaux que j'avais alors à ma disposition ne paraissaient guère suffisants pour une entreprise aussi ardue, mais je ne doutais point de ma réussite finale. Je préparai mon esprit à une quantité de revers ; mes tentatives pourraient échouer sans cesse et mon œuvre se trouver enfin imparfaite ; pourtant, quand je considérais chaque jour les progrès de la science et de la mécanique, j'arrivais à espérer que mes essais actuels poseraient au moins les bases du succès à venir ; je ne regardais d'ailleurs pas l'immensité et la complexité de mon projet comme une preuve qu'il fût impraticable. C'est dans ces sentiments que je me mis à créer un être humain. [...]

Nul ne peut concevoir les sentiments variés qui me poussaient en avant, tel un ouragan, dans le premier enthousiasme du succès. La vie et la mort m'apparaissaient comme des limites idéales que je devrais d'abord franchir pour déverser sur notre monde ténébreux un torrent de lumière. Une espèce nouvelle bénirait en moi son créateur et sa source ; c'est à moi que devraient l'existence des quantités de natures heureuses et bonnes : nul père ne pourrait, mériter la reconnaissance de son enfant comme je mériterais la leur. Poursuivant ces réflexions, je me disais que s'il m'était donné d'animer la matière inerte, je pourrais, avec le temps (bien que cela semblât encore impossible), renouveler la vie lorsque la mort avait apparemment livré le corps à la corruption[1]. [...]

Ce fut par une lugubre nuit de novembre que je contemplai mon œuvre terminée. Dans une anxiété proche de l'agonie, je rassemblai autour de moi les instruments qui devaient me permettre de faire passer l'étincelle de la vie dans la créature inerte étendue à mes pieds. Il était déjà une heure du matin, une pluie funèbre martelait les vitres et ma bougie était presque consumée,

1. *Corruption* : ici, décomposition.

lorsque, à la lueur de cette lumière à demi éteinte, je vis s'ouvrir l'œil jaune et terne de cet être; sa respiration pénible commença, et un mouvement convulsif[1] agita ses membres.

Mary Shelley, *Frankenstein*,
trad. Germain d'Hangest, GF-Flammarion,
coll. « Étonnants Classiques », 2001, p. 56-57.

Faites un portrait du scientifique.
Quels sont les indices qui annoncent le caractère monstrueux de la créature?
Imaginez le dialogue entre un chercheur, qui exalte les progrès de la médecine, et le président d'une association de consommateurs, qui s'inquiète des dangers d'une évolution scientifique trop rapide.

Docteur Jekyll et Mr. Hyde, ou le dédoublement

Les avancées scientifiques et médicales, notamment celles du professeur Charcot (voir note 1, p. 145) qui travaille sur l'hypnose et l'hystérie, amènent certains auteurs à s'interroger sur l'homme : être complexe, il pourrait être double, tiraillé entre raison et pulsion, entre bien et mal.

A. Le monstre comme *alter ego*

Dans *Le Cas étrange du docteur Jekyll et de Mr. Hyde* paru en 1886, Stevenson (1850-1894) imagine l'histoire du docteur Jekyll, un philanthrope obsédé par la découverte de sa double personnalité. Dans son laboratoire, il met au point une préparation qui lui permet de se transformer le temps de quelques heures en l'horrible Mr. Hyde...

De jour en jour, et par les deux côtés de mon intelligence, le moral et l'intellectuel, je me rapprochai donc peu à peu de cette vérité, dont la découverte partielle a entraîné pour moi un si terrible naufrage : à savoir, que l'homme n'est en réalité pas un, mais bien deux. [...] Ce

1. *Mouvement convulsif* : mouvement nerveux.

fut par le côté moral, et sur mon propre individu, que j'appris à discerner l'essentielle et primitive dualité de l'homme; je vis que, des deux personnalités qui se disputaient le champ de ma conscience, si je pouvais à aussi juste titre passer pour l'un ou l'autre, cela venait de ce que j'étais foncièrement toutes les deux; et à partir d'une date reculée, bien avant que la suite de mes investigations scientifiques m'eût fait même entrevoir la plus lointaine possibilité de pareil miracle, j'avais appris à caresser amoureusement, tel un beau rêve, le projet de séparer ces deux éléments constitutifs. [...]

J'hésitai longtemps avant de mettre cette théorie à l'épreuve de l'expérience. Je savais trop que je risquais la mort; car, avec un produit assez puissamment efficace pour forcer et dominer la citadelle intime de l'individualité, il pouvait suffire du moindre excès dans la dose ou de la moindre intempestivité [1] dans son application, pour qu'elle abolît totalement ce tabernacle immatériel que je comptais lui voir modifier. Mais l'attrait d'une découverte aussi singulière et aussi grosse de conséquences surmonta finalement les objections de la crainte. Depuis longtemps ma teinture [2] était prête; il ne me resta donc plus qu'à me procurer, dans une maison de droguerie en gros, une forte quantité d'un certain sel que je savais être, de par mes expériences, le dernier ingrédient nécessaire; et enfin, par une nuit maudite, je combinai les éléments, les regardai bouillonner et fumer dans le verre, tandis qu'ils réagissaient l'un sur l'autre, et lorsque l'ébullition se fut calmée, rassemblant toute mon énergie, j'absorbai le breuvage.

J'éprouvai les tourments les plus affreux : un broiement dans les os, une nausée mortelle, et une agonie de l'âme qui ne peut être surpassée à l'heure de la nausée ou à celle de la mort. Puis, rapidement, ces tortures déclinèrent, et je revins à moi comme au sortir d'une grave maladie. Il y avait dans mes sensations un je-ne-sais-quoi d'étrange, d'indiciblement neuf, et aussi, grâce à cette

1. *Intempestivité* : action irréfléchie.
2. *Teinture* : ici, potion.

nouveauté même, d'incroyablement exquis. Je me sentais plus jeune, plus léger, plus heureux de corps; c'était en moi un effrénement capiteux[1], un flot désordonné d'images sensuelles traversant mon imagination comme un ru de moulin, un détachement des obligations de devoir, une liberté de l'âme inconnue mais non pas innocente. Je me sentis dès le premier souffle de ma vie nouvelle, plus méchant, dix fois plus méchant, livré en esclavage à mes mauvais instincts originels, et cette idée, sur le moment, m'excita et me délecta comme un vin. Je m'étirai les bras, charmé par l'inédit de mes sensations; et, dans ce geste, je m'aperçus tout à coup que ma stature avait diminué.

Robert Louis Stevenson,
Le Cas étrange du docteur Jekyll et de Mr. Hyde,
trad. Théo Varlet, GF-Flammarion,
coll. « Étonnants Classiques », 2002, p. 108-111.

Faites un portrait du personnage.
Quel est le rôle de la science ? Commentez le choix de l'écriture à la première personne. En quoi cet extrait relève-t-il du genre fantastique ?
Quelle évolution notez-vous concernant le phénomène surnaturel par rapport au texte de Le Fanu ?

B. Autoportrait en monstre

Le narrateur de la nouvelle « Un fou ? » (1884), de Maupassant (1850-1893), relate une rencontre avec Jacques Parent, « un être singulier, troublant », lors d'une nuit d'orage…

Il avait l'air affolé.

Je prononçai :

« Qu'est-ce que tu as ? Perds-tu la tête ?

– Oui, par moments, dans les soirs, comme celui-ci, dans les soirs d'électricité… j'ai… j'ai… j'ai peur de

1. *Effrénement capiteux* : agitation extrême.

moi… tu ne me comprends pas? C'est que je suis doué d'un pouvoir… non… d'une puissance… non… d'une force… Enfin, je ne sais pas dire ce que c'est, mais j'ai en moi une action magnétique si extraordinaire que j'ai peur, oui, j'ai peur de moi, comme je te le disais tout à l'heure! »

Et il cachait, avec des frissons éperdus, ses mains vibrantes sous le revers de sa jaquette. Et moi-même, je me sentis soudain tout tremblant d'une crainte confuse, puissante, horrible. J'avais envie de partir, de me sauver, de ne plus le voir, de ne plus voir son œil errant passer sur moi, puis s'enfuir, tourner autour du plafond, chercher quelque coin sombre de la pièce pour s'y fixer, comme s'il eût voulu cacher aussi son regard redoutable.

Je balbutiai :

« Tu ne m'avais jamais dit ça! »

Il reprit :

« Est-ce que j'en parle à personne? Tiens, écoute, ce soir, je ne puis me taire. Et j'aime mieux que tu saches tout; d'ailleurs tu pourras me secourir.

Le magnétisme! Sais-tu ce que c'est? Non. Personne ne sait. On le constate pourtant. On le reconnaît, les médecins eux-mêmes le pratiquent; un des plus illustres, M. Charcot, le professe; donc, pas de doute, cela existe. […]

Quant à moi… Quant à moi, je suis doué d'une puissance affreuse. On dirait un autre être enfermé en moi, qui veut sans cesse s'échapper, agir malgré moi, qui s'agite, me ronge, m'épuise. Quel est-il? Je ne sais pas, mais nous sommes deux dans mon pauvre corps, et c'est lui, l'autre, qui est souvent le plus fort, comme ce soir.

Je n'ai qu'à regarder les gens pour les engourdir comme si je leur avais versé de l'opium. Je n'ai qu'à étendre les mains pour produire des choses… des choses… terribles. Si tu savais? Oui. Si tu savais? Mon pouvoir ne s'étend pas seulement sur les hommes, mais aussi sur les animaux et même… sur les objets… » […]

Il y avait sur la table une sorte de couteau-poignard dont je me servais pour couper les feuillets des livres. Il allongea sa main vers lui. Elle semblait ramper, s'approchait lentement; et tout d'un coup, je vis, oui, je vis le couteau lui-même tressaillir, puis il remua, puis il glissa doucement, tout seul, sur le bois, vers la main arrêtée qui l'attendait. Et il vint se placer sous mes doigts.

Je me mis à crier de terreur. Je crus que je devenais fou moi-même, mais le son aigu de sa voix me calma soudain.

Guy de Maupassant, « Un fou? », *Contes fantastiques*, Marabout, 2003, p. 210-213.

En quoi ce passage éclaire-t-il le sens du titre du conte? Analysez la structure narrative de l'extrait (alternance récit-discours, les différentes voix narratives, etc.).
Quel est le pouvoir dont est doté Jacques Parent? En quoi le récit relève-t-il plus du «merveilleux scientifique» (voir p. 231) que du fantastique?
Quel est l'effet produit sur le lecteur ?

Dracula au cinéma

Les représentations de Dracula

Nosferatu le vampire (*Nosferatu, eine Symphonie des Grauens*) de Friedrich Wilhelm Murnau, avec Max Schreck, Gustav von Wangenheim, Greta Schröder et Alexander Granach (1922, Allemagne).

Ce chef-d'œuvre du cinéma muet d'épouvante est la première adaptation fidèle du roman de Bram Stoker. Les décors naturels, exceptionnels à cette époque, sont abondants et suscitent la terreur du spectateur. Le jeu des comédiens, qui miment de façon très emphatique les sentiments, relève de l'esthétique expressionniste. Certains ont vu dans cette « symphonie de l'horreur » une métaphore de la société allemande des années 1920, rongée par la défaite et l'instabilité politique et économique, en proie à de nombreuses incertitudes. Les rats peuvent bien se multiplier et les tyrans sortir de leur repaire, tel le comte… Murnau travaille à donner un aspect « monstrueux » à ce dernier, ici embarqué sur le *Déméter* (mains crochues, oreilles pointues, crâne difforme). Le rat sur le bras gauche du personnage rappelle en outre qu'il peut se métamorphoser en animal.

Dracula, prince des ténèbres (*Dracula, Prince of Darkness*) de Terence Fisher (1966, Grande-Bretagne), avec Christopher Lee, Andrew Keir et Barbara Shelley. Terence Fisher s'est spécialisé dans l'adaptation de récits fantastiques. Il en propose plusieurs du roman de Bram Stoker, avec Christopher Lee dans le rôle-titre. Avant *Dracula, prince des ténèbres*, il réalise ainsi *Le Cauchemar de Dracula* (1958). Il adapte également le récit de Mary Shelley, *Frankenstein*, en 1959 : *Le Retour de Frankenstein* (*Frankenstein must be destroyed !*).
Christopher Lee incarne ci-contre un Dracula séduisant, à la beauté ténébreuse. Il porte, comme son prédécesseur Bela Lugosi (*Dracula*, de Tod Browning, 1931), une longue cape noire. La contre-plongée accentue le caractère infranchissable des remparts du château (second plan). L'aigle, sculpté en haut d'une colonne, évoque la rapacité du personnage.

Nosferatu, fantôme de la nuit (*Nosferatu, Phantom der Nacht*) de Werner Herzog, avec Klaus Kinski, Isabelle Adjani et Bruno Ganz (Allemagne / France, 1979). Herzog entend rendre hommage au *Nosferatu* de Murnau : il exige donc de ses acteurs un jeu expressionniste, passé de mode mais qui confère cependant au film une « inquiétante étrangeté », et dote le comte d'un physique monstrueux, à l'image du Nosferatu de Murnau. Herzog prend des libertés importantes par rapport au roman de Bram Stoker : ainsi, à la fin du film, Jonathan (Bruno Ganz), devenu vampire, exprime la victoire des forces du mal…
Malgré sa difformité et sa laideur physiques (visage glabre, oreilles pointues, mains crochues, veines saillantes), ce vampire (Klaus Kinski) demeure sensuel : la main posée sur la poitrine de Lucy (Isabelle Adjani) et le mouvement de la bouche, plus proche du baiser que de la morsure agressive, en témoignent.

Dracula (*Bram Stoker's Dracula*) de F.F. Coppola, avec Gary Oldman, Winona Ryder, Anthony Hopkins et Keanu Reeves (1992, États-Unis). En dépit du titre de son film, Coppola n'est pas réellement fidèle au roman de Bram Stoker. En effet, il introduit une dimension amoureuse nouvelle : Dracula, lié d'un amour éternel à son épouse chérie, recherche, à travers les siècles, la réincarnation de la défunte dans ses victimes. Plus que par la psychologie de ses personnages, Coppola séduit par des décors grandioses et une photographie esthétisante. Il met en valeur les passions destructrices. À l'instar de Christopher Lee, Gary Oldman incarne un Dracula élégant et sensuel, qui envoûte ses victimes plus qu'il ne les agresse. Les décors et les costumes situent nettement l'intrigue à l'époque victorienne.

Les femmes vampires

© Christophe L

Coppola érotise la rencontre de Jonathan (Keanu Reeves) et des femmes vampires dans le château de Dracula. Devant la beauté des trois femmes et la sensualité très importante de la scène, le spectateur hésite : ces séductrices existent-elles ou sont-elles un fantasme du jeune homme ?

Coppola a choisi de donner au personnage de Lucy (Sadie Frost) une rousseur flamboyante, qui la place d'emblée sous le signe du mal. En effet, les sorcières ont traditionnellement une chevelure rousse. Dès le début du film, Lucy est donc, plus que la pure jeune fille blonde et en robe blanche que décrit Bram Stoker, une séductrice voluptueuse. Aussi le vampire ne fait-il qu'exploiter les germes maléfiques que la jeune femme portait en elle. On la voit ci-contre au moment de sa métamorphose en vampire, dans une posture animale, les dents proéminentes, les yeux pleins de violence et de cruauté.

Le docteur Van Helsing

© Christophe L

Le Bal des vampires (The Fearless Vampire Killers) de Roman Polanski (1967, États-Unis / Grande-Bretagne) avec Roman Polanski, Jack MacGowran, Sharon Tate. Comme le titre l'indique, il s'agit d'une parodie des films de vampires. Le réalisateur reprend tous les ingrédients du film fantastique en les détournant pour susciter non la peur mais le rire du spectateur.
La chevelure et la moustache en bataille, le nœud papillon clownesque et la pose professorale font du scientifique (Jack MacGowran) une caricature du savant fou, qui inculque des théories fantaisistes à son jeune disciple (Roman Polanski), naïf et crédule.

À l'inverse, le personnage incarné par Anthony Hopkins dans le film de Coppola, apparaît comme un homme de science digne de confiance. L'usage de la loupe, au premier plan, ainsi que le regard acéré et réfléchi du professeur soulignent le caractère scientifique de ses investigations.

© Christophe L

DERNIÈRES PARUTIONS

ANDERSEN
La Petite Fille et les allumettes
et autres contes (2171)

AU NOM DE LA LIBERTÉ
Poèmes de la Résistance (2106)

BALZAC
Ferragus (2148)

BARBEY D'AUREVILLY
Les Diaboliques (2190)
Le Rideau cramoisi
Le Bonheur dans le crime

BAROQUE ET CLASSICISME (2172)

BARRIE (JAMES MATTHEW)
Peter Pan (2192)

BAUDELAIRE
Les Fleurs du mal (2115)

BERNARDIN DE SAINT-PIERRE
Paul et Virginie (2170)

LA BIOGRAPHIE (2155)

CARRIÈRE (JEAN-CLAUDE)
La Controverse de Valladolid (2164)

CHAMISSO
L'Étrange Histoire de Peter Schlemihl (2174)

LA CHANSON DE ROLAND (2151)

CEUX DE VERDUN
Les écrivains et la Grande Guerre (2134)

LES CHEVALIERS DU MOYEN ÂGE (2138)

CHRÉTIEN DE TROYES
Lancelot ou le Chevalier de la charrette
(2116)

LE CRIME N'EST JAMAIS PARFAIT
Nouvelles policières (2163)

DIDEROT
Supplément au Voyage de Bougainville
(2189)

DUMAS
Les Trois Mousquetaires
1. Les ferrets de la reine (2142)
2. La vengeance de Milady (2144)

LA FARCE DU CUVIER et autres farces
du Moyen Âge (2139)

LES GRANDES HEURES DE ROME (2147)

HOLDER (ÉRIC)
Mademoiselle Chambon (2153)

HUGO
Claude Gueux (2121)
Notre-Dame de Paris (2160)

L'HUMANISME ET LA RENAISSANCE (2165)

JARRY
Ubu Roi (2105)

LA BRUYÈRE
Les Caractères (2186)

LES LUMIÈRES (2158)

MÉRIMÉE
Carmen (2145)

LES MÉTAMORPHOSES D'ULYSSE
Réécritures de l'*Odyssée* (2167)

MOLIÈRE
Le Bourgeois gentilhomme (2133)
L'École des femmes (2143)

MONSTRES ET CHIMÈRES (2191)

MUSSET
Il faut qu'une porte soit ouverte ou
fermée. Un caprice (2149)

MYTHES ET DIEUX DE L'OLYMPE (2127)

ON N'EST PAS SÉRIEUX QUAND ON A QUINZE ANS
Adolescence et littérature (2156)

PAROLES DE LA SHOAH (2129)

LA PEINE DE MORT
De Voltaire à Badinter (2122)

PIRANDELLO
Six Personnages en quête d'auteur (2181)

RÉALISME ET NATURALISME (2159)

LE ROMANTISME (2162)

ROSTAND
Cyrano de Bergerac (2112)

SAUMONT (ANNIE)
Aldo, mon ami et autres nouvelles (2141)

SÉVIGNÉ (MME DE)
Lettres (2166)

LE SURRÉALISME (2152)

SWIFT
Voyage à Lilliput (2179)

VILLIERS DE L'ISLE-ADAM
Véra et autres nouvelles fantastiques
(2150)

VIVRE AU TEMPS DES ROMAINS (2184)

GF Flammarion

04/02/22516-II-2004 – Impr. MAURY Eurolivres, 45300 Manchecourt.
N° d'édition FG218801. – mars 2004. – Printed in France.